앵두네 집

앵두네 집

장은아 장편소설

문이당

작가의 말

과거 없는 현재란 있을 수 없다. 현재를 직시하고 과거를 돌아보지 않는 한 미래도 있을 수 없다. 가끔 한 번씩 방문하는 고국은 갈 때마다 새롭게 발전해 있어서 매번 깜짝깜짝 놀라곤 한다. 그곳에는 암울하고 미래가 보이지 않았던 60년대를 지나고 어떻게 70년대를 견디며 이겨 나왔는지 흔적이 보이지 않는다. 마치 허물을 벗어낸 매미처럼 눈이 부시도록 성장한 오늘을 만들어낸 주역들의 아프고 서러웠던 지난한 세월. 그러나 그립고 아름다웠던 삶을 우리는 기억해야 하며, 다음 세대에 알려야 한다. 그건 이 시대를 사는 어른의 의무이고 책임이기 때문이다.

이 소설의 무대는 서울 변두리 동네의 쇠락한 양반 집안인 초 씨 어르신의 오래된 한옥이다. 각각 말 못 할 과거를 가진 사람들이 그 집에 모여 산다. 6·25 전쟁의 상흔이 채 가시지 않은 60년대를 막 벗어난 70년대 서울 변두리에 모여든 이들 중에는 가난한 가정 형편 때문에 식모살이를 떠났던 누이도 있고,

어쩌다 보니 작부가 되었던 이모도 있다. 그들은 자신을 희생하여 오늘날 눈부신 경제 성장을 일으킬 수 있도록 자기 자신을 던진 사람들이다. 그 시절을 견디며 납작 엎드려 기꺼이 경제 성장의 밑받침이 되어준 사람들이다.

하나같이 가난하고 힘든 삶을 살았지만 그런 가운데서도 풍요로운 해학과 익살을 잃지 않았던 사람들이다. 조금 더 가진 사람이나 덜 가진 사람이나, 조금 더 배운 사람이나 덜 배운 사람이나 차별이나 편견 없이 서로를 인정했던 사람들이다. 한 집에 모여 살면서 콩 한 쪽도 서로 나누며 함께 웃고 함께 울면서 그 시절을 보냈다. 돌아보면 누구나 기억하는 흔한 옛날이야기지만 요즘을 사는 젊은 사람들에게는 보기 힘든 귀한 풍경일 수도 있다. 하지만 어쩌면 그런 삶이야말로 누구나 꿈꾸는 이상적인 삶이 아닐까 싶기도 하다.

나는 소설 속 연지가 되어 그들과 한 동네, 한 집에, 함께 살면서 울고 웃었던 이야기, 서럽고 아팠지만 아름다웠던 그들의 속 이야기에 귀 기울여 보았다. 소설 속 인물들과 함께 좁은 골목길을 돌아나가다 문득 그리운 부모님의 옛 모습이나, 그 시절 코흘리개였던 자신의 어릴 적 모습을 발견하길 바란다. 이 소설은 어쩌면 일기장 어느 귀퉁이에 적어둔 나의 오래된 슬픔이나 그리움 한 조각일 수 있다. 이 소설을 통해 그 시절을 지나온 사람들에게는 향수를, 또 다른 시대를 사는 젊은 사람들에게는 그 시절을 견뎌낸 선배들의 애틋한 삶의 지혜를 보여주고 싶었다.

2024년 6월
장 은 아

차례

작가의 말

앵두네 집 …… 13

기억의 시작 …… 18

엄마 …… 24

앵두네 집, 사람들 …… 29

조막네 아주머니 …… 35

앵두 …… 43

책 장사 아저씨 …… 50

새달 아저씨 …… 63

글자 공부 …… 83

초 씨 어르신 ······ 94

학교 ······ 104

독구 · 메리 · 쫑과 병아리 ······ 113

텔레비전과 승택이 ······ 125

점방 아주머니 ······ 132

수상한 손님 ······ 148

복숭아꽃, 도화 언니 ······ 161

눈물의 씨앗 ······ 178

모든 슬픔은 아름답다 ······ 186

떠나간 사랑 ······ 202

성장통 ······ 209

안녕, 앵두 ······ 228

불어오는 근대화 바람 ······ 238

송옥화의 변론 ······ 250

그리움을 찾아서 ······ 258

앵두네 집 ······ 266

앵두네 집

"눈이 오시는 모양이다."

낮잠을 자고 있던 엄마가 어느새 잠을 깬 모양이다. 병실 커튼을 들추고 창밖을 내다보니, 하늘은 눈썹만큼이나 내려앉았고, 언제부터 내리기 시작했는지 작은 눈발들이 폴폴 날리고 있다.

"귀신이네. 보지도 않고 어떻게 알았어?"

"내 나이 돼 봐. 세상일 절반은 보지 않고도 알아."

엄마는 자고 나더니 정신이 맑은 모양이다. 피식 웃긴 했지만 내 마음은 창밖에 보이는 하늘만큼이나 내려앉아 있었다. 딸이 새로 사귀는 남자친구가 한국 사람이 아니라는 말에 남편은 다짜고짜 화부터 냈다.

"한국 사람을 만나란 말이야. 우리는 단일민족이잖아. 단일민족 몰라?"

'단일민족 좋아하네.' 날 때부터 미국 시민권을 쥐고 태어난 아이한테 그런 억지가 통할 리 없다. 먹히지도 않을 억지 논리는 오히려 씨알도 먹히지 않았다. 서로 똑 닮은 두 사람은 결국 냉전 사태에 이르렀다. 나도 이왕이면 한국인 사위를 보고 싶지만, 사람 사는 일이 어디 그런가. 애초에 미국으로 건너오게 된 건 남편 사업 때문이었다. 그러니 딸아이가 외국인 남자친구를 사귀게 된 건 남편 탓이 아닌가. 엄마 머릿속에 자욱하게 안개가 끼게 만든 것도 굳이 따지고 보면 남편 탓이라는 생각에 더욱 부아가 났다. 노인네를 지구를 반 바퀴나 돌아 말 한마디 통하지 않는 미국 땅에 떨어뜨려 놓았으니.

"당최, 죽인다는 건지, 살린다는 건지, 알아들을 수가 있어야지."

처음 엄마가 길을 잃고 헤매다녔던 날 경찰서에서 마주친 나에게 엄마는 핼쑥해진 얼굴로 오히려 미안해서 절절매며 말했다. 낯선 곳인 데다 말이 통하지 않아 헤매다녔을 거로만 생각했지, 이미 엄마 머릿속이 안개로 자욱할 거라고는 생각하지 못했다.

동네 한 바퀴 돌아본다고 나간 노인네가 해가 저물고, 저녁밥 때가 지나, 깜깜 밤중이 되도록 집에 돌아오지 않았다. 엄마에게 핸드폰이 없었으니 연락할 길도 없었다. 엄마 역시 우리 집에 어떻게 연락해야 할지 막막했을 터다. 핸드폰을 해주겠다고 했지만, 엄마는 굳이 헛돈 들이지 말라고 만류했다. 그랬어도 해줬어

야 했는데, 나도 은근히 별로 사용할 일도 없는 노인네에게 들어
갈 핸드폰값이 아까웠다. 경찰에 신고하고 타들어 가는 마음으로
전화기만 붙잡고 앉아있는데 마침내 전화벨이 울렸다. '실종자분
과 비슷한 연배와 인상착의의 노인 한 분을 보호 중이다. 의사소
통이 전혀 되지 않기에 당신 어머니가 맞는지는 확인하기 어려우
니 직접 와서 확인해주길 바란다.' 라는 내용이었다.

경찰서에 들어서니 덩치가 산만 한 경찰관들이 둘러서서 낄낄
웃으며 농담을 주고받고 있었다. 그들 너머로 구부정히 앉은 엄
마의 왜소한 등이 보였다. 그저 점심 먹은 거 소화나 시킬 겸 동
네 한 바퀴 돈다고, 외투도 없이 가벼운 실내복 차림이었다. 얼마
나 헤매고 다녔는지 몇 가닥 되지도 않을 하얗게 센 엄마의 머리
칼이 완전히 헝클어져 있었다. 얼마나 경황이 없었으면 손가락으
로 머리칼을 쓸어넘기지도 못했을까.

"엄마!"

왈칵 눈물이 나는 걸 겨우 눌러 참으며 조심스럽게 다가갔다.

"미안해, 미안해. 내가 길도 모르면서 괜히 집을 나섰다가."

차라리 얼마나 고생했는지 모른다고 화를 내주면 내가 덜 미
안할 거 같았다. 아무 말 못 하고 그저 차갑게 식은 엄마의 손만
꼭 잡아주었다.

"이 냥반들이 뭐라고 말은 하는데, 당최 알아먹을 수가 있어
야지. 근데 여기가 어디라고 했지? 왜 서양 사람들만 죄 모여 있

어.”

그 와중에도 나는 풋! 웃음을 터뜨렸다.

“미국이잖아. 엄마가 나랑 살러 미국에 왔잖아.”

“아~ 여기가 미국이지, 참.”

엄마도 피식 웃었다. 길을 잃었던 충격으로 잠깐 그러다 말겠지, 대수롭지 않게 여겼다. 충격이 컸는지 그날 이후 엄마의 머릿속에는 고장 난 전구가 생겼다. 엄마의 전구는 불이 들어왔다 나갔다 하는 걸 반복했다. 반짝 불이 켜졌다가 금세 까맣게 꺼졌다. 점점 꺼져 있는 시간이 더 길어져 갔다. 이대로 영영 안 돌아오려나 더럭 겁이 날 때쯤이면 또 거짓말처럼 반짝 눈에 빛을 내며 ‘연지야!’ 내 이름을 불렀다.

요즘 같아서는 여간해서는 엄마의 머릿속을 채운 짙은 안개가 걷히는 날이 없다. 점심을 먹은 후 깜빡 낮잠을 자고 난 엄마가 모처럼 정신이 맑다.

“눈이 많이도 오네.”

다시 창밖을 내다보니 사방이 온통 잿빛이다. 어디가 하늘이고 어디가 땅인지 알 수가 없다.

“그날도 이렇게 눈이 내렸는데.”

바람 같은 목소리에 돌아보니 창밖을 내다보는 엄마의 눈빛이 아련하다.

“자하문 밖, 그 언덕길을 오르는데, 춥기는 얼마나 춥던지.”

흑백사진 같기도 하고, 무성 영화의 한 장면 같던 그 날. 꿈처럼 아득해서 어쩌면 꿈이었을까 싶었던, 엄마는 내내 눈이 펄펄 날리던 자하문 밖 긴 언덕길을 오르던 그 날에 산다. 어스름 저녁 무렵이 되고 머릿속 전구가 깜빡거리기 시작하면 엄마는 주섬주섬 가방부터 쌌다.

"엄마, 왜?"

"가야지. 자하문 밖, 우리 집."

엄마의 머릿속 기억은 날마다 한 겹씩 속절없이 사라지고 있는데, 자하문 밖 그 집의 기억만은 끈질기게 엄마를 붙잡고 있다. 창밖에 눈이 내리자 엄마는 다시 눈 내리는 자하문 언덕길을 오르는 모양이었다.

"엄마 퇴원하면, 자하문 밖 집에 한 번 가 볼까?"

"여기 미국이라며? 한국엘 가자고? 근데 아직 있을까, 그 집이?"

말은 그렇게 하면서도 엄마의 눈이 반짝 빛을 내었다.

기억의 시작

사방이 온통 잿빛이었다. 바닥까지 내려앉은 하늘은 어디가 하늘인지 어디가 땅인지 분간하기 어려웠다. 세찬 바람에 눈발이 어지러이 날렸다. 속눈썹에 매달린 눈물에 앞이 아롱져있었다. 저만치 앞서서 언덕길을 오르는 낡고 짙은 회색 스웨터를 입은 엄마는 하늘에 묻혀 분명하게 보이질 않았다. 엄마를 잃어버릴까, 겁이 나서 올려다보면 어느새 걸음을 멈추고 내가 가까이 오길 기다리는 엄마가 보였다. 겨우 가까이 가서 엄마 손을 잡을라치면 엄마는 어느새 또 저만치 앞장서 갔다. 내가 매서운 눈보라에 눈물이 나는 것처럼, 엄마도 그랬던 모양이다. 나를 내려다보는 엄마의 얼굴은 붉었고 우는 것처럼 보였다.

눈이 덮인 언덕 길가에 철물점, 연탄집, 문방구가 어린아이가 그린 듯 조악한 간판을 매달고 고만고만 늘어섰다. 어느 구멍가게에서 등이 잔뜩 굽은 노인네가 두꺼운 스웨터 앞섶을 여미며 연탄재를 버리려 나왔다. 가게 옆 담벼락 앞에 연탄재를 내려놓은 노인네가 엎어질 듯 언덕길을 오르며 울고 있는 나를 돌아보고 혀를 차며 무어라 하는데 내 귀에는 아무 소리도 들리지 않았다. 사람들이 어깨를 잔뜩 움츠리고 내 곁을 지나가며 말을 걸었지만, 그 소리 역시 들리지 않았다. 심지어 울고 있는 내 울음소리조차 들리지 않았다. 그게 내 기억의 시작이다. 마치 오래된 흑백 무성 영화의 한 장면 같은.

언덕길 끝에까지 가까스로 올라와서야 커다란 이불 보따리를 머리에 이고 있는 엄마를 만났다. 내가 마침내 그곳에 다다르자 엄마는 한 손으로 머리 위의 이불 보따리를 단단히 붙잡고 나머지 한 손으로 내 손을 잡더니 커다란 나무 대문 앞으로 끌었다. 엄마는 가쁜 숨을 고르며 대문 앞에 이불 보퉁이를 내리고는 대문을 마주한 채 가만히 서 있었다. 굳은 듯이 서 있기만 한 엄마를 마냥 올려다보다가 얼어붙을 듯 추운 날씨에 나는 그만 울음을 터뜨렸다. 엄마는 슬픈 얼굴로 나를 가만히 내려다보며 큰 숨 한 번 몰아 쉬고는 조심스레 대문을 밀어 열었다.

작고 네모난 문간 뜨락을 지나 안대문을 또 열자, 넓고 새로운 뜨락이 눈에 들어왔다. 집 안에도 눈발은 날리고 있었지만, 오랫동안 그것이 벚꽃이었던가, 수많은 나비 떼였던가, 착각했을 만큼 대문 밖에 보이던 풍경과는 사뭇 달랐다. 부드러운 눈발이 춤을 추듯 빈 하늘을 나르다가 사뿐사뿐 우물가에 내려앉았다. 춤추는 눈발 너머로 꿈꾸듯 나른한 나비가 보였다. 큰 마루 끝에 걸터앉은 아주머니는 무릎에 턱을 괴고 비스듬히 누워있는 검은 나비의 턱밑을 살살 간질이고 있었다. 내가 나비란 짐승을 본 건 그때가 처음이었는데 이상하게 오래 보아 알고 있던 것처럼, 익숙한 느낌이 들었다. 아주머니는 뜨락에 어색하게 들어서 있는 우리 모녀를 뒤늦게 발견하고는 반색하며 일어나 우리를 맞아주었다. 그 바람에 졸고 있던 나비도 깜짝 놀라 눈을 반짝 뜨고 일어나 큰 마루 안쪽으로 후다닥 달아났다. 나도 덩달아 몸을 움찔했다. 달아났던 나비가 슬그머니 다시 나와 가만히 우리 쪽을 돌아보더니, 앞다리와 허리를 늘씬하게 쭉 뻗어 기지개를 켜며 하품 한 번 하고는 날렵한 다리로 사뿐거리며 어디론가 사라졌다. 나는 눈 깜짝할 새에 사라진 나비의 행방을 쫓느라 두리번거렸다.

"온다는 시간이 한참 지나도록 오질 않아서, 무슨 일인가 했네."

어느새 내 앞에 바짝 다가선 빼빼 마르고 얼굴이 긴 아주머니가 말했다. 엄마는 아주머니의 말에 아무 대꾸도 하지 못하고 그저 고개만 숙였다.

"세상에, 이 날씨에 어린것을 그냥 걸려 왔나 부네. 애가 그냥 고드름이야."

아주머니 역시 딱히 엄마의 대답을 기다린 건 아니었는지 눈물 콧물 범벅으로 살얼음이 앉은 내 얼굴을 두 손으로 따뜻하게 감싸며 혀를 쯧쯧 찼다.

"아버님 나와 보세요. 오늘 이사 온다던 애기 엄마가 이제야 왔네요."

아주머니가 안채 쪽을 향해 큰 소리로 말했다. 그러더니 다시 나를 돌아보며 생각난 듯이 말을 이었다.

"아유, 어린 애가 언태(동태)가 다 되었어. 가만있어봐라, 구들에 불부터 넣어야겠다."

아주머니가 주루라니 붙어 있는 바깥채 방문 중 가운데 문을 두드리니 살집이 조금 있어 보이는 할머니가 얼굴을 내밀고 우리 모녀 쪽을 돌아보았다. 아주머니는 할머니에게 무어라 부탁하는가 싶더니 금세 그 방 아궁이에서 활활 불이 붙은 연탄을 꺼냈다. 어느 틈에 바깥채 마루 밑 아궁이 앞으로 자리를 옮겨 있었는지 나비가 솜바지를 껴입은 조막네 아주머니 다리 사이를 부드럽게 감싸며 휘돌았다. 나는 불쑥 반가움이 일었다.

"저리 가거라, 그러다 네 털에 불이라도 붙으면 어쩔 테냐."

아주머니는 불이 붙은 연탄을 다른 손으로 옮기며 어린아이에게 말하듯 하며 나비를 쫓았다. 아주머니는 활활 타고 있는 연탄을 맨 끝방 아궁이에 넣고는 방금 불을 뺀 아궁이와 새로 불을 넣은 아궁이에 새 연탄 하나씩 더 얹더니 나를 번쩍 안아 툇마루에 올려주었다. 바깥채 전체로 길게 이어진 툇마루 한쪽에 어느새 나비도 뛰어올라 비스듬히 앉더니 나를 탐색하듯 빤히 쳐다보았다. 자기의 영역을 침범한 나를 조금은 경계하는 듯해 보였지만 그다지 겁을 내거나 싫어하는 거로 보이진 않았다. 나 역시 처음 본 나비가 낯설고 신기했지만 겁낼만한 짐승으로 보이진 않았다.

"아유, 춥다. 우선 너부터 녹이자. 세상에, 애를 이렇게 꽁꽁 얼려 왔어."

내 손을 잡아끌어 새로 불을 피운 맨 끝방으로 데리고 들어간 아주머니는 방구석에 놓인 이불 보따리에서 이불 한 채를 꺼내더니 아랫목에 펼쳐놓고 꽁꽁 얼어버린 내 손을 그 속으로 쑥 집어넣었다. 불을 넣긴 했지만, 구들은 아직 찬 고래였고 이불 역시 내내 눈보라를 맞고 온 터라 여전히 차갑고 눅눅했다. 핏기없는 얼굴과 살집이라곤 하나 없이 부지깽이처럼 마른 아주머니가 나보다 더 추워 보였다. 그러는 동안 엄마는 여전히 눈발이 날리는 뜨락에서 서서 초 씨 어르신과 이야기를 하고 있었다. 마치 죄를 지은 사람처럼 엄마는 어르신 앞에서 고개를 푹 숙이고 있었다. 어르신이 방으로 들어가라는 손 시늉에 엄마는 방으로 들어섰지만, 여전히 풀 죽은 얼굴을 숙인 채였다. 열린 문밖에는 여전히 초 씨 어르신이 그런 엄마를 물끄러미 바라보고 서 있었다. 아주머니는 애써 그들 두 사람과 눈을 맞추지 않은 채 내 얼굴만 가만히 들여다보며 빙긋이 웃어주었다.

내가 문밖 초 씨 어르신을 올려다보자, 나와 눈이 마주친 초 씨 어르신이 덤덤히 말했다.

"어디 달아날 사람처럼 보이진 않으니, 잔금은 살면서 차차 맞춰주든지."

말을 마친 초 씨 어르신이 작은 채 쪽으로 사라지자 엄마는 마침내 눈물을 왈칵 쏟으며 무너지듯 깔아놓은 이불 위에 엎드렸다.

"뭔 일인가는 몰라도. 옛말하며 살게 될 거요."

꺽꺽 속울음을 삼키는 엄마의 등을 쓸어주며 아주머니가 나직한 목소리로 말했다.

"난, 조막네. 다들 그렇게 부르니 애기 엄마도 그렇게 부르면 돼요."

엄마

초 씨 어르신의 한옥으로 이사한 날 엄마가 왜 그렇게 서럽게 울었던 건지, 나는 다 크도록 엄마에게 묻지 않았다. 구들에 온기가 천천히 퍼지면서 이불 밑에 누워있던 나는 몸이 녹자 나른해져서 스르르 눈을 감았다. 나를 사이에 두고 마주 앉은 엄마와 조막네 아주머니는 나직한 목소리로 주거니 받거니 이야기를 나누는 소리가 꿈결처럼 들렸다.

"돈이 마련되지 않은 모양이우."

"원래는 타기로 한 낙찰계가 있었는데……."

"틀어졌구먼. 사람 사는 일이 계획대로만 되면야."

엄마는 다시 후드득, 서러운 눈물을 쏟았다.

"아직 젊은데, 아이 아빠 어쩌고 아이하고 둘 뿐이우?"

"죽었어요."

"저런. 어쩌다가."

"사고였어요. 산림청 공무원이었는데, 할미 고개 눈길에서 교통사고로."

"젊은 사람이 얼마나 고생이 많았겠우."

"막막했지요. 시댁이 손이 귀했어요. 남편이 독자인 데다 시부모님도 안 계시고. 피붙이라곤 무악재에 오빠 하나만 있어요."

"그래, 오빠 집에서 살다 나온 거유?"

"네, 피붙이라도 각자 제 식구들 생기니까⋯⋯."

"남의 식구 섞이면 피붙이라도 남보다 못할 때가 많지."

"올케언니가 난감해하더라고요. 가게 딸린 방 하나 얻을 때까지만 있게 해달라고 사정했지요. 제가 올라오자마자 올케는 제일 먼저 데리고 있던 부엌 아이를 내보내더군요. 식모를 살라는 뜻이지요. 차라리 마음은 편했어요. 공밥을 얻어먹긴 싫었거든요. 얼마쯤 그렇게 살림을 봐 주며 지내고 나니 그때부터는 올케가 돈을 조금씩 주더군요. 아무리 몰라도 다른 집 부엌 아이들 받는 시세 정도는 아는데, 턱없이 모자라게 주더라고요. 그래도 '아무려면 피붙이 그늘에 있는 게 낫지.' 섭섭한 마음을 애써 눌렀어요. 갈데없는 애 딸린 과부가 남의집살이하기도 쉬운 일은 아니니까요. 돼지 저금통에 꼬깃꼬깃 돈을 모으는 저를 보고 어느 날 올케언니가 그러더라고요. '그렇게 모아서 언제 목돈을 만들겠어? 내가 계원을 모으고 있는데 애기씨도 한 몫 들어줄까?'"

"그거, 고맙구먼."

"눈이 번쩍 뜨였지요. '사람들이 나를 믿고 끼워줄까요?' 물었더니, 저더러 별걱정을 다 한다고 하더라고요. 자기가 계원들한테 그만한 신용은 얻고 있다고, 애기씨 필요하면 아무 때고 탈 수 있게 해준다고 하지 않겠어요? 얼마나 좋던지 밤마다 이부자리에 엎드려 타지도 않은 곗돈을 계산했지요. 어떻게든 사글세 보증금을 만들어 살림을 나고 싶었거든요."

"그 맘 알고도 남지."

"복덕방에서 이 방이 나왔다는 말을 듣고 얼마나 기쁘던지요. 앞뒤 재지도 않고 계약했지요. 행여나 놓칠까 싶어서……. 모자라는 잔금은 낙찰계를 타서 메꿀 참이었는데……."

"왜? 계가 잘못됐우?"

"언니가 곗돈을 못 태워주겠다는 거예요. 아직 계가 끝나려면 멀었는데 저를 어떻게 믿겠냐고요. 분명히 필요하면 언제든 타게 해준다고 해 놓고선. 이삿날은 다가오는데 잔금을 맞출 수가 있어야지요. 똥끝이 탔지만, 방법이 없었어요. 올케는 아예 새벽부터 집을 비우곤 안 돌아오더라고요."

"저런, 얼마나 서러웠우 그래."

"올케언니도 마음이 복잡했을 거예요. 부엌 아이 대신 싼 값에 저를 써먹었는데, 제가 나가겠다니 부아도 났겠지요. 제가 곗돈을 마저 붓지 못하게 될까 봐 겁도 났을 테고요."

"애기 엄마, 오빠라는 양반은 암말 없구?"

"남자들이 여자들 사이의 일을 뭘 알겠어요."

"하긴 그려. 남자들이 여자들 속 사정을 알 리가 없지."

"잠 한숨 못 자고 밤새 울다가 날이 밝자마자 종일 다니며 사정했지만, 돈을 못 구했어요. 종일 울며 헤매고 다니다가 저물녘이 다 되어가기에 그길로 나와 여길 왔어요."

"그래, 오빠와 올케한테는 뭐라고 하고 나왔우?"

"말도 안 하고 몰래 나왔어요. 섭섭하기도 했지만, 그보다 얼굴 보고 얘기하려면 또 눈물부터 쏟아질 거 같아서."

"쯧, 그 서러운 마음을 누가 모르겠우. 그래도 나중에 마음 좀 풀리면, 그때 가서 좋게 얘기하고, 서로 풀구려. 동기간이라는 게 또 그런 게 아니잖수."

"막상 집은 나섰는데, 손수레를 빌릴 돈도 없고, 이불 보따리만 머리에 이고 걸어왔지요."

"에그, 미련한 사람. 그렇다고 저 어린 걸 그렇게 꽁꽁 얼려 오면 어떡해."

"……."

"인제 그만 울어. 옛말하며 살날 올 테니."

꿈결처럼 귓가를 흐르는 두 사람의 이야기에 나는 까무룩 잠이 들었다. 얼마나 잤을까, 부스스 잠을 깨자 내 얼굴을 들여다보고 있던 조막네 아주머니가 함박웃음을 지어 보였다.

"깼구나. 안채로 가서 저녁 먹자. 곤히 자길래, 깨워야 하나 말아야 하나 했구나."

익숙지 않은 방안 풍경에 잠깐 어리둥절해 있는 나를 아주머니가 잡아 일으키더니 안채로 데려갔다. 알전구가 밝혀진 안채 부엌 안에서 엄마가 펄펄 김이 나는 가마솥에서 떡국 한 그릇씩 떠서 소반 위에 올렸고, 또 다른 아주머니가 그 소반을 들고 큰마루를 지나 안방으로 들어갔다. 천장에 매달린 불빛 아래로 커다란 상을 가운데 두고 그 집에 사는 사람들이 모두 둘러앉았다. 저마다 한마디씩 하며 김이 펄펄 나는 떡국을 후후 불며 먹는 밥상은 시끌벅적하고 풍성했다. 나도 그들 틈에서 누군가 후후 불어주는 떡국을 한 숟갈씩 받아먹었다. 이사한 첫날 저녁 끼니를 안채에서 먹을 수 있었던 것은 미처 찬거리도 마련할 새가 없었을 엄마를 위한 초 씨 어르신의 배려였을 터였다. 그때가 아마 설이 지나고 얼마 안 되었던 모양이다.

앵두네 집, 사람들

　자하문 밖 초 씨 어르신 댁은 터를 넓게 잡아 공들여 지은 한옥이다. 오래되긴 했지만, 햇살이 잘 드는 뜨락은 따스하고 정겨웠다. 햇살이 큰 마루에 길게 드리우면 나비가 몸을 누이고 평화로이 볕을 쬐었다. 뜨락 한가운데에 있는 둥근 우물을 중심으로 안채와 바깥채로 나뉘어 있었다. 안채에는 초 씨 어르신 댁 세 식구가 살았다. 초 씨 어르신네는 원래 꽤 번성한 집안이었는데, 초 씨 어르신이 독자로 태어나면서부터 손이 귀한 집안이 되었다고 했다. 초 씨 어르신이 딸만 내리 셋이나 낳은 후 늦둥이로 얻은 게 '새달 아저씨'다. 초 씨 어르신은 귀하게 얻은 아들이 자손이 번성하고 형통한 삶을 살기를 바라는 마음으로 날 '생生'과 통달할 '달達'을 써서 '생달'이라고 지었으나, 정작 부를 때는 늘 '새달'이라고 불렀다. 아마 '생달' 보다는 '새달' 쪽이 발음하기 쉬웠던 모양이다. 나도 어쩐지 새달이라는 그 이름이 아저씨와 더 어울린다고 생각했다. 통이 넓고 펄럭이는 한복 바지 안에 가늘게 드러나는 아저씨의 다리가 '새 다리' 같기도 하고, '사다리' 같기도 했기 때문이다.

초 씨 어르신의 세 딸이 모두 출가한 후 어르신의 아내가 세상을 떠나자 커다란 한옥에 덜렁 초 씨 어르신과 새달 아저씨 두 식구만 남게 되었는데, 그때 초 씨 어르신은 뜬금없이 인부들을 불러 건너 채 바깥 담장을 허물고 길가 쪽으로 가게 딸린 사글셋방을 셋이나 들여 바깥채를 만들었다. 식구가 없기도 했지만, 변변하게 하는 일 없이 빈둥대는 새달 아저씨에게 월세 벌이라도 만들어 줄 요량이지 않았을까 싶다.

초 씨 어르신은 바깥채 사람들을 포함하여 온 집안의 어른이었고 중심이었다. 사람들은 초 씨 어르신을 두고 대쪽 같고 빈틈이 없어 까다로운 사람이라고 했지만, 나에게는 큰 나무 그늘처럼 언제나 든든한 분이었다.

손이 귀한 집이라 새달 아저씨를 일찌감치 장가를 들이려 하였지만, 통 중신이 들어오질 않았다. 어렵게 조막네 아주머니와 결혼을 하여 총각 귀신을 면하게 되었는데 조막네 아주머니는 피죽 한 그릇 못 얻어먹은 사람처럼 뼈에 거죽만 겨우 덮여 있어서, 새색시 적부터 이미 늙어 보였다고 했다. 어쩌면 새달 아저씨보다 나이를 더 먹었는지도 모를 일이라고 했다. 새달 아저씨는 초 씨 어르신 앞에서는 꼼짝 못 했지만, 조막네 아주머니 앞에서는 공연히 허세를 부리고 퉁명을 떨었다. 그래도 조막네 아주머니는 군소리 하나 없이 새달 아저씨에게 고분고분했다. 초 씨 어르신은 조막네 아주머니에게 다른 건 필요 없고 그저 대를 이을 아들 하나만 낳아 달라고 당부했는데, 아주머니는 대를 이을 아들은커녕 남의 식구가 될 딸도 하나 낳질 못했다. 아주머니는 늘 풀이 죽어 보였다. 나는 종종 조막네 아주머니의 부엌 뒤편에 있는 고즈넉한 뒤란에서 놀았는데 그때마다 조막네 아주머니는 부엌 뒷문을 열고 내다보며 나에게 웃어주었다. 때로는 나를 답삭 안아다가 부뚜막에 앉혀두고 가만히 내 얼굴을 들여다보다가 '나도 딱 너처럼 예쁜 딸이 하나 있으면 좋겠다.' 라고 말하며 한숨을 쉬곤 했다.

우물 건너 바깥채에는 가게가 딸린 셋방이 세 개 있었다. 대문에서 가장 먼, 맨 끝이 우리 엄마 가게였다. 엄마는 뜨개질 실과 바늘도 팔고, 뜨개질 옷을 만들어 팔기도 했다. 자투리 실은 따로 모아두었다가 내게 스웨터를 떠 주곤 했는데 죄 자투리 실이다 보니 언제나 앞판과 뒤판의 색이 달랐다. 나는 그게 부끄러워서 되도록 뒷모습을 보이지 않으려고 게걸음을 걷곤 했다.

가운데 가게는 두부 할머니가 두부와 콩나물을 키워 파는 손두부 집이었다. 살집이 있어 넉넉해 보이는 할머니는 조금 무뚝뚝해 보이기도 했지만, 나를 바라볼 때는 언제나 환한 미소를 지었다. 밤낮없이 콩을 고르고 씻어 삶고 두부를 만드느라 할머니 손은 늘 물에 퉁퉁 불어있었다. 밤에 자려고 누우면 옆방 두부 할머니네 콩나물시루에서 쪼로록 쪼로록 물 떨어지는 소리가 명랑하게 들리곤 하였다.

두부 할머니에게는 월부책을 파는 젊은 아들이 있었다. 나는 그를 '책 장사 아저씨'라고 불렀고, 새달 아저씨는 그를 '어이, 책!'이라고 불렀다. 책 장사 아저씨는 아주 작은 실눈을 가졌다. 웃을 때는 마치 눈을 감은 것처럼 보였다. 그는 점방 아주머니를 포함한 집 안 사람들 누구에게나 친절했고 누구든지 도우려고 했다. 책 장사 아저씨는 나를 종종 '연지 곤지야'라고 부르며 실눈을 뜨고 웃었다.

"내 이름은 연지 곤지가 아니라, 연지에요. 흥!"

나는 공연히 뽀로통 골이 난 것처럼 심술을 부리곤 했지만, 사실은 그런 아저씨가 좋았다.

"그러게, 아쉽구나. 네 동생이 있었으면 이름을 곤지라 지었을 텐데. 연지 곤지, 얼마나 어울리는 이름이니."

그 말을 들을 때마다 있지도 않은 내 동생 '곤지'를 상상해 보곤 했다. 나는 그때까지 이름이 없던 나비에게 '곤지'라는 이름을 붙여주었다. 나비의 이름이 '곤지'라는 걸 알렸을 때 누구보다 책 장사 아저씨가 가장 좋아했다.

대문에서 가장 가까운 가게는 쉰 살이 조금 넘었을까 싶은 박 씨 부부네 점방이 있었다. 널따란 판자를 경사지게 펼쳐놓고 그 위에 주전부리와 부식 거리, 고무줄과 옷핀, 치약과 세숫비누 같은 것들을 되는대로 늘어놓고 팔았다. 그들 부부에게는 자식이 없었다. 두부 할머니와는 달리 점방 아주머니는 나를 그다지 귀여워하는 것 같지 않았다. 두부 할머니가 내 머리를 쓰다듬어 줄 때마다 '얼마나 문질러대는지 애 머리가 개떡에 참기름 바른 듯이 번질번질하네.' 라며 비아냥거렸다. 그러면 또 두부 할머니가 '아이한테 좋은 말 다 두고, 개떡이 뭐야.' 라며 뒤에서 눈을 흘겼다. 두 사람 사이는 언제나 그랬다. 두부 할머니는 사람 좋고, 경우 바른 사람이었지만 이상하게 그 옆집 점방 아주머니와는 자주 다퉜다. 점방 아주머니가 하는 일마다 마음에 들지 않는 눈치였다. 사실은 나도 점방 아주머니가 썩 마음에 들지는 않았다. 점방 아주머니는 좀 얌체 같은 구석이 있기도 했고, 안채의 '곤지'를 질색하며 싫어했기 때문이다.

"저 시커멓고 재수 없는 괭이! 딱 도둑괭이처럼 생겼잖니. 괭이는 영물이다. 괭이가 지나가면 시체도 벌떡벌떡 몸을 일으킨댄다. 끔찍하지 않니?"

점방 아주머니는 몸서리까지 쳤다.

"시체가 벌떡벌떡 일어나는 걸, 지가 직접 봤나?"

두부 할머니가 점방 아주머니에게 입을 삐죽이자, 점방 아주머니도 지지 않고 할머니에게 눈을 허옇게 흘겼다. 나비가 영물이긴 했는지, 두붓집에서는 통 그런 일이 없는데, 종종 자기를 싫어하는 점방 아주머니네 가게 벽 높은 선반 위에 올라앉아 있어서 아주머니를 놀라게 하곤 했다. 그때마다 점방 아주머니는 악을 쓰고 발을 구르며 우산 꼬챙이로 나비를 찔러댔다. 나비는 마구잡이로 찔러대는 우산 꼬챙이를 피하려다가 선반 위에 놓여있던 과자 상자를 떨어뜨리는 일이 다반사였다. 그러고는 잔뜩 약이 오른 아주머니를 놀리기라도 하는 듯 매끄러운 몸짓으로 점방 문을 빠져나갔다. 점방 아주머니보다는 남편 박 씨 아저씨가 좀 낫긴 했지만, 두 사람은 도긴개긴으로 비슷한 구석이 많았다. 부부 사이에 금슬은 엄청 좋아서 약이 올라 씨근거리는 점방 아주머니를 언제나 박 씨 아저씨가 토닥거리며 풀어주었다. 그러면 점방 아주머니는 금세 어린아이처럼 코맹맹이 소리를 내며 몸을 배배 꼬았다. 그런 두 사람을 두고 두부 할머니는 '아이고, 눈꼴 시어서 못 봐주겠네.' 라며 혀를 찼다.

아옹다옹 날마다 서로 투덕거리면서도 바깥채 세 집은 모두 한 울타리 안에서 한 우물물을 먹으며 함께 살았다. 날이 밝으면 눈 비비고 일어나 나란히 붙은 각자의 가게에서 장사했고 날이 저물면 또 나란히 붙은 각자의 살림방에서 밥을 지어 먹고 잠을 잤다. 성격이 서로 다르고 피 한 방울 섞이지 않은 남남이었지만 한 집에서 밤낮 붙어 지내는 한 식구였다.

조막네 아주머니

다른 사람들의 기억은 생생한 데 비해 이상하게 조막네 아주머니의 기억은 흐릿했다. 아주머니의 얼굴에 걸려있던 슬픈 미소 때문이었을까. 아니면 눈이 날리던 뜨락에서 처음 만났던 장면이 꿈결 같아서였을까. 한때는 조막네 아주머니가 실존 인물이 아닌 내가 상상으로 만들어낸 기억 속의 인물은 아니었을까 착각이 든 적도 있었다. 하지만 나중에 아주머니가 일찍 세상을 떠났기 때문이라는 걸 깨달았다. 병색이 있어 보이긴 했지만 늘 그래 보이는 사람은 병증이 있다기보다는 그냥 생김이 그러려니 보아넘기게 되는 모양이다.

"마른 명태처럼 생겨서 그렇지 조막네는 그래도 말귀가 제법 통하는 사람 아니우? 그런 조막네가 왜 저 덜떨어진 양반한테 시집을 왔겠우? 친정이 찢어지게 가난했다지 아마. 초 씨 어르신이 돈으로 며느리를 사 온 셈이지. 돈을 주고 사 온 걸로 치면 조막네가 인물도 영 없고 늘 비실비실 골골대는 게 이상하단 말이지. 하긴 저 새달 양반이 그만큼 변변치 않았으니까. 암튼 새달이 저 양반도 눈은 있을 터니 그런 마누라가 탐탁이나 했겠우?"

한가할 때면 종일 엄마 가게에 눌어붙어 앉아 안채 식구들 흉을 보는 게 점방 아주머니의 일이었다. 여간해서는 말이 새어나가는 법이 없는 엄마가 편했던 모양이다.

"여태 아이가 안 생기는 걸 보면 그 괭이 때문일 수도 있어. 괭이는 영물이잖아. 그 눈 좀 봐. 아이그, 소름이 끼쳐. 그런 재수 없는 괭이를 집안으로 끌어들인 걸 보면, 조막네도 참, 생각이 없어. 그 괭이 새끼가 저 집에 아이 들어올 자리에 대신 들어와 있는 거라고! 하긴, 바싹 마른 그 몸에 어디 아이가 들어설 자리나 있겠어?"

엄마가 별 반응이 없자, 이번에는 나에게 속삭였다.

"얘, 연지야, 조막네 아주머니가 왜 아기가 없는 줄 아니? 그건 아주머니 뱃속이 이렇게 조막만 해서 그런 거야."

아주머니는 주먹을 작게 쥐어 보이며 스스로 우스워서 키들거렸다.

"그럼, 아주머니도 뱃속이 조막만 해요?"

이번에는 내가 점방 아주머니에게 물었다.

"뭐?"

"아주머니도 아기가 없잖아요."

"아우, 애가 영악하네. 농담 좀 했더니 그걸 고대로 나한테 써 먹는 것 좀 봐."

아주머니는 나한테 눈을 하얗게 흘기더니 입을 삐쭉이며 점방으로 돌아가 버렸다. 그 일이 있은 지 얼마 안 되어서 조막네 아주머니는 갑자기 세상을 떠났다.

말로는 오늘 죽어도 이상할 게 없는 사람이라고 했지만, 그녀가 정말 그렇게 갑자기 죽을 줄은 아무도 몰랐다. 식구들은 모두 큰 충격에 빠졌다. 점방 아주머니도 한동안은 입을 조심하는 듯했다. 바깥채 사람 중 누구보다 엄마가 서럽게 울었다. 엄마에게는 조막네 아주머니가 친정엄마와 같은 사람이었다. 있는 듯 없는 듯 늘 조용한 그림자 같은 사람이었지만, 그녀가 사라지고 나자 집안의 모든 것들이 달라졌다. 당장 두 남정네의 꼴이 꾀죄죄해졌다. 늘 반듯하게 손질된 옷을 갖춰 입던 아저씨의 차림이 후줄근해졌고, 언제나 빳빳하게 풀 먹여 인두질 되어있던 초 씨 어르신 나들이옷도 구깃구깃했다.

새달 아저씨가 점방 박 씨 아저씨를 불러 들마루에 마주 앉았다. 막걸리나 마시자고 했다. 대낮부터 술판을 벌인다며 아주머니는 입술을 삐물었지만, 볼썽사나운 홀아비 신세가 된 새달 아저씨의 딱한 처지에 더는 뭐라고 하지 않았다. 막걸리 사발이 몇 번 돌아 거나하게 취기가 오르자 새달 아저씨의 눈가가 붉어지더니 코를 팽 풀었다.

"아니, 형님 지금 우시우?"

빈 막걸리 사발을 털어내던 점방 박 씨 아저씨가 새달 아저씨를 보며 깜짝 놀라 쥐 눈을 반짝 치켜뜨며 물었다.

"평생을 시름시름 하던 여편네라, 또 며칠 그렇게 앓고 나면 일어날 줄 알았지. 누가 그렇게 갈 줄 알았나."

새달 아저씨는 코를 한 번 훌쩍 들이마시더니 말을 이었다.

"아, 그날따라 여편네가 밥때가 되도록 일어날 생각을 안 하고, 자리에 웅크리고 누워있더라고. 당최 꼴 보기 싫어서 여편네 등에 대고 눈을 흘겼지. 사실 미안한 말이지만 나는 늘 여편네가 못마땅했어. 맨날 피죽 한 그릇 못 먹은 사람처럼 배실거리는 것도, 석 달 열흘 햇빛도 못 본 것처럼 혈색 없는 얼굴도, 얼굴은 또 왜 그리 좁고 길던지. 그날도 저러다 또 일어나겠지 싶어서 걱정도 안 했지. 걱정은커녕 되려 해가 똥구녕에 들었는데 자빠져만 있으면 어쩌냐고 버럭 질을 했지. 그날로 그렇게 갈 줄을 누가 알았나. 그 미련한 여편네가 자기가 죽는 날인지도 모르고 손을 바들바들 떨며 아침상을 차렸다니까."

그날따라 더욱 몸이 안 좋아 보이던 조막네 아주머니에게 엄마는 대신 아침상을 봐주겠다고 했지만, 아주머니는 한사코 자기가 해야 한다고 했다.

"남의 집 며느리가 그럴 수 있나. 죽을 때 죽더라도 시아버지 아침상은 올려드려야지."

그것이 초 씨 어르신과 남편 새달 아저씨에게 차려주는 마지막 밥상이라는 걸 알았던 걸까. 엄마 말이 그날따라 곤지 밥을 챙겨주면서 유난히 여러 차례 쓰다듬더라고 했다.

"형님도, 참 무심하시우. 곧 떠날 사람인 줄도 모르고 버럭 질을 하시다니."

박 씨 아저씨가 양어깨를 움츠리고 바짝 모은 다리 사이에 두 손바닥을 모아 끼워 넣으며 말했다.

"마침 그날 우리 두 부자가 외출할 일이 있었단 말이지. 아침밥을 다 먹은 뒤에도 여편네가 상을 물릴 염을 하지 않더란 말이야. 결국, 아버님이 혀를 쯧쯧 차시고는 밥상을 그대로 둔 채 나들이옷을 챙겨 입으셨지. 나도 건넌방으로 건너가서 나들이옷을 챙겨 입는데 평시와는 달리 매무새를 봐줄 생각도 없이 그대로 이불을 뒤집어쓰고 있더란 말이지. '저런, 저런, 배운데 없이!' 기어이 싫은 소리 한마디 내지르고는 돌아누운 그 좁다란 등에 대고 눈을 째지게 흘겼지. 나도 참 모진 사람이야."

"에이~ 형님도 뭐, 형수님이 그렇게 갈 줄 알고 그러셨우? 지나고 나서 보니까 그런 거지. 잊어버리시우 인제."

"평소 같으면 아무리 아파도 일어나서 두루마기 자락 접힌 데는 없는지, 구겨진 데는 없는지 살펴봐 주었을 텐데, 일어나지도 않고, 자빠져만 있으니 역정도 나긴 났지. 아, 그런데 이 여편네가 바깥일 다 보고 돌아왔을 때까지도 그대로 자빠져있더란 말일세."

"그날 우리도 다들 자기 일에 바빠서 형수가 내내 방에서 나오지 않은 걸 미처 몰랐어요. 당최 몸이 약허신데다, 그전에도 가끔 그랬으니까."

"볼 일을 다 보고 집에 돌아왔는데, 여편네가 아침에 나갈 적에 본 그대로 이불을 뒤집어쓰고 있잖어. 그걸 보고 겁이 덜컥 나서 이불을 들춰보지도 못하고 그저 턱만 덜덜 떨고 있는데, 안방에서 벼락 치는 소리가 들리는 거여. 아침 먹은 밥상이 어째 그대로 있냐고. 무슨 변고가 난 모양이라고."

"얼마나들 놀라셨어, 그래."

박 씨 아저씨가 한숨을 쉬며 말했다.

새달 아저씨는 소매 끝으로 눈물을 찍어내더니 코를 팽하고 풀었다. 박 씨 아저씨도 몸을 돌려 눈물을 좀 찍어내더니 새달 아저씨 사발에 막걸리를 부었다.

"자자, 쭉~ 마시우. 밉네, 곱네, 해도 부부 연을 맺고 산 게 얼만데 쉽게 잊히것우? 술 핑계로나 잊어야지. 어서 쭉 들이키시우."

"내 죄가 크지. 내 죄가 커."

막걸리 사발을 비운 새달 아저씨가 여전히 눈물을 질금거렸다.

"뭘 또 그리, 자책하시우. 인명은 재천 아니우."

"자넨 몰러. 내가 그 여편네한테 어떻게 했는지."

새달 아저씨가 손으로 한쪽 콧구멍을 막고 팽하니 코를 풀어냈다.

나는 여태 그때 흰 꽃장식을 잔뜩 붙인 상여가 나가던 풍경과 동네 사람들이 그 뒤를 따라 걸으며 상엿소리를 부르던 게 기억난다. 처음 보는 풍경과 이전에 들어본 적이 없는 노랫가락에 겁이 났으면서도 언덕길을 내려가는 꽃상여를 오래도록 바라보았다. 내내 조막네 아주머니가 보이질 않아 궁금했지만, 아주머니가 먼 길 떠나가는 그 상여 안에 누워있으리라고는 상상조차 하지 못했다. 그날 저녁에 곤지에게 밥을 챙겨주려 했지만, 곤지 역시 보이지 않았다.

"상여에 따라 들어간 거 아녀? 그럼 시신이 벌떡 일어났을 텐데. 아이그, 소름 끼쳐."

점방 아주버니가 몸서리를 쳤다.

조막네 아주머니가 떠나고 안 채의 두 남정네 얼굴에 웃음기가 사라졌다. 밥때가 되면 새달 아저씨가 엉거주춤 나와서 어설프게 밥상을 차렸다. 두 사람은 밥을 먹을 때도, 밥을 먹고 나서도 내내 말 한마디 없이 조용했다. 뜨락을 오갈 때도 서로 소 닭 보듯 데면데면했다. 안채는 적막하다 못해 괴괴하기까지 했다. 한 번씩 부엌일에 서툰 새달 아저씨가 살강 위에 놓인 사기그릇을 떨어뜨려 깨지는 소리와 경을 치는 초 씨 어르신 소리가 오히려 반가울 정도였다. 조막네 아주머니가 없으니, 나도 뒤란에서 놀 맛이 나지 않았다. 그런 중에도 변함없이 이어지는 건 오직 두부 할머니와 점방 아주머니의 다툼이었다. 별일 아닌 걸 가지고도 서로 다시 안 볼 사람들처럼 들러붙어 싸우고, 다음날이면 아무렇지도 않게 필요한 얘기를 나누는 두 사람이 정말 신기했다. 엄마는 식구란 원래 그런 거라고 했다.

한동안 보이지 않던 곤지가 돌아왔다. 그동안 어딜 헤매다녔는지, 곤지는 매우 지쳐 보였다. 털은 윤기를 잃었고 몸은 홀쭉하고 길어졌다. '저승길 따라가다 돌아온 모양이다.' 라고 점방 아주머니가 말했다. 나는 조막네 아주머니를 다시 만난듯이 반가워서 곤지를 꼭 끌어안았다.

앵두

단출하게 차려진 개다리소반을 사이에 두고 엄마랑 마주 앉아서 늦은 아침을 먹고 있었다. 그날 책 장사 아저씨가 집에 있던 것으로 보아, 아마 일요일이었던 모양이다. 내가 밥 한 숟갈 크게 뜨면 엄마가 잘 익은 배추김치를 손으로 쭉 찢어 냉수에 한 번 씻어서 밥숟갈 위에 얹어주었다. 한입 가득 넣고 맛있게 우물거리고 있는데, 삐거덕 바깥 대문이 열리는가 싶더니, 곧 와당탕 작은 대문도 부서지라 열렸다. 그러더니 낯선 여자의 꺾쉰 목소리가 크게 울려 퍼졌다.

"오라버니! 새달 오라버니, 저 왔어요. 옥화가 왔어요."

낯선 목소리에 나는 먹던 밥숟가락을 내려놓았다. 집안에 그렇게 밝고 요란한 사람 소리가 난 건 오랜만이었다. 나는 얼른 방문을 조금 열고 내다보니 웬 펑퍼짐하고 땅딸한 중년 여자와 내

또래로 보이는 여자아이가 보였다. 옆방 두부 할머니와 책 장사 아저씨도 방문을 열더니 궁금한 듯이 문틈으로 모가지를 쭉 뺐다. 마치 순서를 기다렸다는 듯이 박 씨 아저씨와 점방 아주머니 부부 역시 젓가락을 입에 문 채 방문을 열고 내다보았다. 안방에서 새달 아저씨가 당황한 얼굴로 달려나와 큰 마루 끝에 섰고, 그 뒤로 눈을 휘둥그레 뜬 초 씨 어르신도 보였다.

"오마, 오마, 내가 맞게 찾아왔네. 우리 새달 오라버니가 맞으셔. 내가 오라버니 집을 바로 찾았어요. 저, 옥화예요, 오라버니. 옥화가 왔다고요. 아유, 세상에 이게 얼마 만이우. 내가 오라버니를 얼마나 찾아 헤맸는지 아시우?"

여자는 뒤뚱거리며 큰 마루 끝까지 바싹 다가가 요란하게 인사를 하더니 금세 또 징징 우는 소리를 냈다. 큰 마루 기둥 뒤에서 비스듬히 누워있던 곤지도 낯선 여자의 꺾쉰 목소리에 놀랐는지 털을 세우고 껑충 댓돌 아래로 뛰어내렸다. 그 바람에 당장에라도 마루 위로 기어오를 듯하던 여자는 땅바닥에 엉덩방아를 찧으며 주저앉았다.

"아이구, 깜짝이야. 집 안에 웬 도둑괭이람."

성난 듯이 어깨를 세운 곤지는 낯선 여자 쪽으로 '냐아옹!' 날카로운 소리를 내고는 부엌 안으로 미끄러져 들어갔다. 곤지가 사라지자 여자는 가슴을 쓸어내리며 일어나 엉덩이를 툭툭 털더니 다시 응석 섞인 우는 소리를 냈다. 함께 온 여자아이는 뚱한 얼굴로 나비가 사라진 부엌문 안쪽을 기웃거렸다.

"뉘, 뉘신가?"

여전히 어리둥절한 초 씨 어르신이 마루 끝으로 나와 서서 물었다.

"아이고, 아버님이신가 부네. 아버님, 처음 뵙습니다. 진작 찾아뵈어야 했는데……. 아유, 새달 오라버니가 연락을 딱 끊어 버리는 바람에, 이제야 찾아뵙네요. 아우, 저 매정한 양반!"

여자는 엉거주춤 큰 마루 위로 기어오를 듯한 자세로 초 씨 어르신께 인사하더니 새달 아저씨 쪽으로 눈을 흘겼다.

"가, 가만, 아니, 자네는, '과부집' 옥화가 아닌가. 아니, 근데 자네가 여긴 웬일인가? 여긴 어떻게 찾아온 거야?"

초 씨 어르신은 여전히 넋이 나간 표정이었고 새달 아저씨 쪽은 당황해서 어쩔 줄 몰랐다.

"어떻게 찾아왔기는요, 천신만고 끝에 겨우 찾아왔지요."

"아니, 아니, 그러니까 자네가 왜 나를 그렇게 찾아, 글쎄. 여기가 어디라고 찾아와. 이것 보시게나, 우선 나가세. 어디 조용한 데 가서 얘기하세."

새달 아저씨가 초 씨 어른 쪽을 힐끔거리며 허둥지둥 댓돌 위의 흰 고무신을 꿰신으며 마당으로 내려와 여자의 피둥피둥 살진 팔을 잡아끌었다.

"아유, 오라버니, 아파요. 이것 좀 놓으세요, 글쎄."

"아니, 내가 뭘 그리 세게 잡았다고 아프다는 거야?"

"지금 제 팔을 비틀어 잡으셨잖아요. 오랜만인데, 오라버니는 반갑지도 않으시우?"

"반가우나 마나, 여기가 어디라고 들이닥쳐서 이러나, 이러길. 나가자고. 여긴 자네가 올 집이 아닐세. 일단 나가서 얘기하자고."

"오라버니, 정말 섭섭하게 이러시기예요? 아니, 제가 못 올 데라도 왔나요? 아유, 세상에 내가 얼마나 고생해서 찾아왔는데."

여자는 사방을 둘러보며 더욱 목청을 돋우었다.

"아니, 이 사람이, 나 원 참, 아닌 밤중에 홍두깨라더니. 이거 당황스러워서 원. 이보게, 이보게, 일단 좀 조용히 하시고. 아무튼, 나랑 잠깐 나가세. 요 앞에 다방에라도 가서 얘기하세."

새달 아저씨는 귀밑까지 붉어져서는 여자를 끌어내려고 안간힘을 썼지만, 삐삐 마른 몸으로 그 절구통같이 땅딸하고 투실투실한 여자를 끌어내는 일이란 쉽지 않아 보였다.

"아니, 가기는 어딜 자꾸 가자는 거예요? 오라버니, 안에 들어가서 얘기해요. 얘, 앵두야, 넌 뭐하고 섰냐? 늬 아버지시다, 인사 디려라."

여자는 여전히 부엌문 쪽을 기웃거리던 아이의 팔을 우악스럽게 잡아끌어 새달 아저씨 코앞에 들이밀었다.

"뭐? 아, 아버지? 누, 누가? 내, 내가? 이 여편네가 미쳤나."

새달 아저씨가 핏기 가신 얼굴로 여자의 입을 틀어막았다. 새달 아저씨의 새 다리처럼 가느다란 다리가 폭넓은 한복 바지 안에서도 달달 떨리는 게 그대로 느껴졌다. 초 씨 어르신이 휘청 흔들리더니 큰 마루 기둥에 의지해 몸을 기댔다.

'앵두? 이름이 앵두라고?' 눈곱만치도 앵두를 닮은 구석이 없는 여자아이의 이름을 듣고는 나도 모르게 웃음을 터뜨렸다. 옆방 책 장사 아저씨가 검지를 입술에 대고 조용히 하라는 시늉을 했고 엄마도 내 등을 탁, 치면서 눈을 흘겼다. 여자의 입을 틀어막고 있던 새달 아저씨는 그제야 바깥채 사람들이 모두 모가지를 빼고 내다보고 있다는 걸 깨닫고 미간을 구겼다. 여자는 입을 틀어막고 있던 새달 아저씨의 손을 억지로 떼어내더니 퉤퉤, 침 뱉는 시늉을 했다.

"다들 무슨 구경이 났다고 그러고들 계시나? 어이, 거기 점방, 그리고 두부네, 연지네, 별일 아니니 신경 쓰지 마시고 방문 닫고 하던 일들이나 보셔 들. 어이 책, 자네도 들어가고, 연지 너도 들어가거라."

새달 아저씨의 싸늘한 눈길에 엄마는 여전히 몸 절반쯤이나 툇마루 쪽으로 내밀고 있던 나를 방 안으로 끌어당겼다. 그러나 다시 밥을 먹기에는 뜨락 사정이 너무나 궁금했는지 엄마는 밥상을 한쪽으로 밀어놓았다.

"엄마, 들었어? 저 애 이름이 '앵두'래."

내가 말했지만, 엄마는 정신을 딴 데 팔고 있었다. 그 틈을 타서 나는 다시 살그머니 방문을 열었다. 소란을 피우고 있는 여자 곁에서 뚱한 얼굴로 무심히 뒤를 돌아보던 앵두라는 아이와 눈이 딱 마주쳤다. 순간 나도 그 애도 몸을 움찔하고는 말없이 서로를 바라보았다. 마치 정글에서 마주친 낯선 동물들이 서로를 경계하며 탐색하듯이. 내 영역을 무단으로 침범당한 듯한 적대감과 또래에게 느끼는 묘한 동질감에 호기심이 섞인 묘하고 복잡한 감정이었다.

앵두라는 이름을 가진 그 아이는 곱상한 편은 아니었지만 그렇다고 우악스럽고 밉살스러운 편도 아니었다. 비가 오면 우산이라도 받쳐주고 싶을 만큼 콧구멍이 들린 들창코에 오소소 주근깨가 내려앉아, 묘하게 정감 있는 얼굴이었다. 그게 내가 기억하는 앵두와의 첫 만남이었다. 내내 흑백사진과 같았던 내 어린 기억에 알록달록 색이 입혀진 건 그때부터였다.

여전히 앵두라는 아이와 눈을 맞추고 있던 그때 큰 마루 기둥에 의지해 겨우 서 있던 초 씨 어르신이 휘청 쓰러지셨다. 뜨락에 내려 서 있던 새달 아저씨가 외마디 소리를 지르며 마루로 뛰어 올라갔다. 새달 아저씨의 비명에 바깥채 사람들은 거의 동시에 후다닥 밖으로 뛰쳐나왔다. 새달 아저씨의 눈살에 방문을 닫고 있긴 했어도 하나같이 뜨락 쪽으로 신경을 곤두세우고 있었던 모양이다.

"이거, 이거 큰일 났네. 누가 나가서 의원을 좀 모셔와 주게나."

새달 아저씨는 불쌍할 정도로 당황한 얼굴로 바깥채를 향해 목소리를 떨었다. 책 장사 아저씨가 후다닥 운동화를 구겨 신는가 싶더니 어느새 쏜살같이 대문 밖으로 튀어 나갔다. 새 다리처럼 가느다란 다리가 아저씨 바지 안에서 와들와들 떨고 있었다. 새달 아저씨가 와들거리며 초 씨 어르신을 부축하자 조금 전까지 뜨락에서 돌확처럼 꿈쩍도 안 하고 버티던 여자가 금세 고무공 튕겨 오르듯 큰 마루로 뛰어오르더니 초 씨 어르신의 다른 쪽 겨드랑이에 팔을 끼고 부축하여 함께 안방으로 들어갔다. 홀로 남겨진 아이가 바깥채 사람들의 시선에 머쓱한 얼굴로 돌아보더니, 비척비척 불안하고 어색한 걸음으로 제 엄마를 따라 안방으로 사라졌다.

갑작스럽게 들이닥쳐 한바탕 소란을 피운 낯선 모녀가 가지고 온 커다란 여행 가방과 양산만이 거짓말처럼 덩그러니 뜨락 가운데 놓여있었다.

책 장사 아저씨

의원이 왕진을 마치고 돌아간 뒤에도 앵두네 모녀는 커다란 여행 가방을 끌어안은 채 큰 마루 한쪽 끝에 풀 죽은 얼굴로 걸터앉아 있었다. 의원이 놓아준 침은 효과가 있었다. 저녁때가 다 되어서야 정신을 가다듬은 초 씨 어르신은 새달 아저씨를 시켜 앵두네 모녀가 별채 손님방에 짐을 풀도록 했다. 새달 아저씨는 앵두 엄마에게 그때까지 아무것도 먹지 못한 초 씨 어르신이 드실 죽이라도 좀 끓여보라고 했다. 그걸 시작으로 조막네 아주머니의 부엌은 앵두 엄마의 차지가 되었다. 그 덕분에 새달 아저씨가 더는 거기에 들어가지 않아도 되었다. 며칠이 지나도록 초 씨 어르신은 안방에서 나오지 못했다. 새달 아저씨만 풀 죽은 얼굴로 아침저녁으로 안방과 건넌방 사이를 시계추처럼 속절없이 왔다 갔다 했다. 기세 좋게 쳐들어와 꺾쉰 목소리로 집안을 발칵 뒤집어

놓은 앵두 엄마에게 초 씨 어르신이 쓰러진 일은 복병이었던 모양이다. 내내 풀이 죽어 별채 방에 처박혀 있다가 끼니때가 되면 한 번씩 나와서 뿌루퉁한 얼굴로 밥을 안치고 된장을 끓였다. 살집 좋은 여자가 찬장과 살강 사이를 오가며 뚱싯뚱싯 부엌일을 하는 모습이 생경하였다. 왈각달각 그릇 부딪는 소리가 요란한 부엌이 예전에 소리 없이 조용하던 조막네의 부엌과 같은 장소라는 게 믿어지지 않았다. 앵두 엄마는 장독대에서, 우물가에서 바깥채 사람들과 마주쳐도 눈을 맞추지 않았다. 그러는 동안 안채는 여전히 조용했다. 초 씨 어르신이 몸져누워 계시니 새달 아저씨도 얼굴이 말이 아니었고, 앵두네 모녀도 그저 새달 아저씨 눈치만 설설 살폈다. 그러는 가운데에서도 앵두 엄마는 부뚜막에 비스듬히 누워있는 곤지만 보면 소리 없이 눈을 부라리며 부지깽이를 휘둘러 부엌 밖으로 쫓아내었다. 갈 곳 잃은 곤지 역시 큰 마루 아래 웅크려 앉아 눈치만 살피고 있었다. 조막네 아주머니가 죽은 후로는 엄마와 두부 할머니가 마루 밑으로 밥을 넣어주었지만, 곤지는 그대로 밥을 남겼다.

집안은 조용했고 살얼음판처럼 두렵고 불안했다. 바깥채 사람들은 되도록 안채 사람들과 마주치지 않으려고 종일 가게에만 붙어 있었고, 저녁이 되어 가게 문을 닫으면 일찌감치 저녁밥을 해 먹고는 방에서 나오지 않았다. 나도 갈 데가 없었다. 앵두 엄마가 조막네 아주머니의 부엌을 차지한 것처럼 앵두는 나의 뜨락을 침

탈했다. 내 세상이었던 뜨락은 이제 그 아이 차지가 되었다. 나는 마음이 쓸쓸해졌다.

그날따라 엄마가 큰 시장에 도매 물건을 떼러 가는 날이었다. 엄마는 가게에 자물통을 채우고 나를 두부 할머니 가게에 맡겨두 었지만, 할머니는 두부를 만들 콩을 삶느라 바빴다. 점방도 그때 마침 손님이 여럿 들어와 있어서 내가 있을 순 없었다. 나는 상실 감과 쓸쓸함과 서러움이 뒤섞인 묘한 슬픔을 느끼며 슬그머니 집 을 빠져나갔다. 마루 밑에서 꿈쩍 않는 곤지도 나와 같은 마음일 지 몰랐다. 나는 나무토막 하나를 주워 담벼락을 긁으며 언덕길 양쪽으로 미로처럼 꼬물꼬물 이어진 골목길을 헤매기 시작했다. 뜨락을 빼앗긴 이후로는 자주 밖으로 나가 미로찾기 놀이에 재미 를 붙인 참이었다. 미로찾기란 아무 골목이나 들어가, 거기서 이 어진 또 다른 골목길로, 또 다른 골목길로 헤매며 낯선 길을 찾아 가는 놀이였다. 혼자서 무료한 시간을 보내는 데는 그만이었다. 그렇게 헤매다 보면 또 어느새 우리 집으로 올라가는 언덕길을 만 나곤 했다. 언덕길만 만나면 우리 집을 찾아오는 건, 식은 죽 먹기 였다. 어디를 헤매더라도 늘 만나게 되는 큰길을 보면서, 나는 세 상의 모든 길은 결국 통하게 되어있다는 큰 진리를 깨달았다.

그날도 미로처럼 얽혀있는 골목길을 돌고 돌아 꽤 먼 시장까 지 왔다. 그만 돌아갈까 하다가 그날은 평소보다 조금 더 먼 데까 지 가 보기로 했다. 얼마쯤 걸었을까 낯선 국민(초등)학교 담장이 나왔다. 너무 먼 데까지 온 건 아닌지 불현듯 겁이 나서 몸을 돌려 지나왔던 골목길들을 되짚어가기로 했다. 학교 담장을 끼고 돌아 시장 어귀까지 닿았다. 이제 시장 골목을 빠져나가 도랑 하나만 건너면 내가 아는 언덕길로 이어지는 골목이 나올 터였다. 하지만 이상하게 골목마다 하나같이 똑같아 보여, 우리 동네 언덕길을 찾을 수가 없었다. 이 골목인가, 저 골목인가 기웃기웃 들어가 봐도 내가 아는 길이 아니었다. 당황하여 이리저리 골목마다 쑤시며 헤매다니다 보니 나중엔 어디가 어딘지, 알 수가 없게 되었다. 시장을 몇 바퀴나 돌고 나니 방향감각도 완전히 상실해 버렸다. 영영 집으로 돌아갈 수 없을지도 모른다는 생각에 정신이 아득해졌다.

엎친 데 덮친 격으로 사실은 아까부터 똥이 마려운 걸 참고 있었다. 누가 툭 건드리기만 해도 우왕~ 울음이 터질 거 같았다. 울음을 꾹꾹 눌러 삼키며 다시 학교 쪽으로 걸어가는데, 후문 축대 옆으로 아이들이 우르르 모여 있었다. 무슨 일인가 싶어, 아이들 곁으로 가까이 가 보았다. 아이들 틈으로 얼핏 낯익은 얼굴이 보인 듯하여 까치발을 세우고 넘겨다보니 놀랍게도 책 장사 아저씨가 아이들에게 둘러싸여서 뭔가 열심히 설명하고 있었다.

와락 반가운 마음에 아이들 틈을 비집고 들어갔다. 책 장사라더니 과연 아저씨 곁으로 몇 질의 세계문학 전집이 쌓여있었다. 하지만 아저씨가 손에 들고 설명을 하는 건 책이 아니라 장난감

무전기였다. 아저씨가 무전기의 성능을 확인시켜줄 때마다 아이들은 소리를 지르며 즐거워했다. 아이 중 한 명에게 무전기 하나를 쥐여주고 아저씨와 직접 무선으로 통신하는 걸 보여주자 아이들은 입을 헤벌쭉 벌리고 더욱 흥분했다. 나도 신기하여 잠깐 똥이 마려운 것도 잊어버렸다.

"아저씨, 전집 한 질만 사도 무전기를 선물로 주는 게 맞아요?"

부스럼 난 까까머리 아이가 물었다.

"그럼, 그렇다니까."

아저씨가 까까머리 아이 쪽으로 실눈을 뜨고 웃으며 말했다.

"무전기 두 개 모두 주는 거 맞죠?"

이번에는 누런 콧물을 매달고 있는 아이가 콧물을 훌쩍이며 물었다.

"아, 그럼 무전기라는 게 하나만 주면 무슨 소용이냐? 두 개 모두 주고말고."

아저씨가 뭘 그런 당연한 걸 묻느냐는 식으로 웃었다.

"와아~."

아이들은 또 서로의 얼굴을 바라보며 기뻐서 소리를 질렀다.

"자, 자, 그래서 책을 사고 싶은 사람이 누구냐? 한 줄로 서서 한 명씩 이름과 주소를 적으려무나. 그러면 아저씨가 너희 집으로 찾아가 부모님을 설득할 테니."

아저씨가 말하자 몇 명은 잽싸게 아저씨 곁으로 다가가 줄을 섰고 또 나머지 아이들은 무전기를 놓아둔 쪽으로 몰려들었다.

"얘들아, 책도 안 사면서 무전기만 만지다가 고장 내면 너희가 물어내야 한다."

아저씨가 줄을 선 아이들을 한 명씩 만나 이름과 주소를 받아 적다 말고 무전기 쪽에 몰려 서 있는 아이들을 향해 소리쳤다. 아저씨의 고함에 무전기를 만지던 아이들이 잠시 움찔하더니 이내 아이들은 다시 무전기에 손을 뻗었다.

"안 되겠다, 이 녀석들. 아무래도 무전기를 고장 내고야 말겠구나."

아저씨가 아이들 손에서 무전기를 빼앗아 가방 속에 넣어버렸다. 실망한 아이들이 '에이!' 하며 아저씨를 비난하였으나 아저씨는 아무 상관도 없다는 듯이 도로 줄을 선 아이들에게로 가서 이름과 주소를 받아 적기를 계속했다. 그러자 아이들은 김새는 얼굴로 하나둘씩 자리를 떴다. 나는 아이들이 떠나간 휑한 축대 앞 공터에 그대로 서서 아저씨의 일이 끝날 때까지 기다렸다.

"아저씨, 그럼 내일 꼭 우리 집에 와 주셔야 해요."

마침내 맨 마지막에 서 있던 아이가 신이 나서 신발주머니를 돌리며 저만치 멀어져갔다. 아저씨는 아이들의 이름과 주소가 적힌 공책을 한번 훑어보고는 무전기가 들어있는 가방 한쪽에 집어넣었다. 제법 많은 아이가 신청했는지 아저씨는 콧노래를 부르며 세계문학 전집을 정리하기 시작했다.

"아, 아저씨."

"오, 그래, 너도 책을 사고 싶은 게냐?"

무심코 돌아보던 아저씨가 나를 보더니, 눈이 휘둥그레졌다.

"아니! 너는? 연지가 아니냐? 네가 여기까지 웬일이냐?"

아저씨는 여전히 어리둥절한 모양이었다.

"엄마는? 설마, 너, 여기까지 혼자 온 거냐?"

나는 갑자기 후드득 눈물이 떨어져 내렸다.

"왜, 왜 울어? 무슨 일이냐? 오호라, 너 길을 잃은 거로구나."

아저씨의 말에 나는 소매로 눈물을 훔쳐내며 고개를 끄덕였다.

"아니, 어쩌다 길을 잃은 거냐. 나도 인제 그만 집으로 갈 참이니까 같이 가자. 이 책을 저기 문방구점에 맡겨두고 나올 테니 너는 여기서 잠깐 기다려라."

아저씨는 뒷주머니에서 손수건을 꺼내 내 눈물을 닦아준 뒤에 전집 묶음을 양손에 나눠 들고 길 건너 문방구로 들어가 책을 맡겨놓고 나왔다.

"그런데 네가 이 먼 데까지 어떻게 혼자 걸어왔니?"

아저씨가 내 손을 잡으며 말했다. 아저씨에게 손을 맡기자 그렇게 든든할 수가 없었다. 나는 아저씨에게 내가 하던 미로를 찾는 놀이를 설명했다.

"골목들이 서로 연결되어 있어서, 아무 골목으로 들어가도 언제나 우리 동네 언덕길로 이어졌는데, 오늘은 아무리 헤매도 그 길을 찾을 수가 없었어요."

"저런, 얼마나 헤매고 다닌 거냐, 그래. 그래도 용케 나를 만났으니 다행이구나. 다리 아플 텐데, 업혀라. 아저씨가 업어줄게."

그렇지 않아도 다리가 아팠던 나는 순순히 아저씨의 등에 업혔다. 하지만 아픈 다리보다 더 큰 문제는 아까부터 똥이 마려웠던 거였다. 당장에라도 밀고 나오려는 똥 덩어리를 내가 얼마나 더 참아낼 수 있을지, 그거야말로 큰 문제였다. 하지만 아저씨에게 창피해서 똥이 마렵다고 말할 수가 없었다. 그저 아저씨가 긴 다리로 겅중겅중 빨리 걸어주기만을 속으로 간절히 빌었다. 생각보다 내가 꽤 먼 거리까지 걸어갔던 모양이었다. 빠르게 걷는 아저씨의 걸음으로도 집이 금방 나타나지 않았다.

"아!"

참다못한 내 입에서 앓는 소리가 새어 나왔다.

"왜, 왜 그러냐? 어디 아픈 거냐?"

아저씨가 놀라서 등 뒤의 내게 물었다.

"아, 아니에요."

"나는 아니라고 했지만, 진땀을 흘렸다.

"그럼 왜 그러냐?"

"아, 그게…… 똥이, 똥이 나오려고 해요."

나는 너무 창피했지만 어쩔 수 없었다.

"오호, 저런. 더 빨리 가야겠구나. 조금만 더 가면 되니까 조금만 참아라."

아저씨는 벌써 뛰기 시작했다. 하지만 그때 그만 야속하게도 참았던 똥이 물컹! 밀고 나오고 말았다. 내 속옷 뒤쪽으로 뜨끈하고 묵직한 똥 덩어리가 매달렸다. 아저씨도 분명 그 물컹한 느낌을 느꼈으리라.

"앗, 너!"

"아, 아저씨…… 미, 미안해요."

똥 덩어리를 매달고 아저씨 등에 계속 업혀있을 수도 없는 노릇이었다. 아저씨도 걸음을 멈추고 나를 내려주더니 딱하고도 당혹스러운 표정으로 내려다보았다. 나는 너무나 부끄러워서 고개를 들 수가 없었다.

"아…… 어쩌니. 미안하다. 아저씨가 조금 더 빨리 뛰었어야 했는데."

아저씨 잘못이 아니라고 말하고 싶었지만 나는 벌써 울고 있었다.

"울지마, 연지야. 괜찮아. 빨리 집으로 가자꾸나."

아저씨는 내 손을 꼭 잡고 부지런히 걸었다. 우리가 지나갈 때 누군가 구린내가 난다고 하자 아저씨는 '제가 똥을 밟았나 봅니다. 허허허' 하며 웃어넘겼다. 나는 그런 아저씨에게 더욱 미안해져서 고개를 들 수가 없었다.

마침내 우리 두 사람이 우리 집 대문 앞에 다다라, 가게 쪽을 돌아보았지만, 우리 가게엔 아직도 자물통이 채워져 있었다.

"연지야, 엄마는 가게에 안 계신 모양이구나?"

나는 고개를 끄덕였다.

"음…… 어쩐다. 일단 집으로 들어가자."

우리가 나란히 대문을 열고 뜨락으로 들어서니 앵두 엄마가 부엌에서 밥상을 들고나오다가 우리 쪽을 돌아보았다.

"아, 안녕하세요? 저 아시지요? 전 바로 요기, 가운뎃방에 세 들어 사는 사람이에요. 하하하 벌써 저녁 드시려나 봐요?"

책 장사 아저씨가 너스레를 떨며 가운데 방을 가리키며 말하자 앵두 엄마는 뚱한 얼굴로 고개만 한번 끄덕여 보이고는 그대로 안채로 들어갔다.

"마당에 아무도 없다. 자, 아저씨가 돌아서서 망을 볼 테니 너는 어서 씻어라."

아저씨는 어느새 입고 있던 점퍼를 벗어 툇마루에 걸쳐놓고 우물물을 퍼 대야에 받아놓았다.

"자, 누가 나오기 전에 어서."

아저씨가 우물 저쪽에 서서 망을 보는 동안 나는 반대쪽에 쪼그려 앉아 몸을 씻었다. 내가 방안에서 옷을 갈아입고 나오니, 아저씨는 어느새 더럽혀진 내 속옷을 깨끗이 빨아서 빨랫줄 한쪽에 널어놓았다.

"고맙습니다. 근데, 아저씨! 오늘 일은 비밀로 해주세요."

내가 옷을 다 갈아입고 나와서 수줍게 말했다.

"그래. 비밀을 지켜주마. 근데 너 이제부터는 먼 데까지 혼자 가는 건 하지 마라. 오늘은 운이 좋아 나를 만났으니 망정이지 하마터면 미아가 될 뻔했잖니."

"네."

"살다 보면, 안다고 생각했던 길에서도 때때로 길을 잃는 법인데……."

아저씨는 세숫대야를 헹구어 한쪽에 세워두면서 혼잣말하듯이 말을 잇다가 나를 슬쩍 돌아보며 피식 웃어 보였다.

"근데 아저씨."

"응."

"아저씨는 무전기도 팔아요? 아까 보니까 무전기를 팔던데."

"음…… 그건 말이지. 말하자면 조금 복잡한데 쉽게 말하면 아이들을 모으기 위한 미끼 같은 거야. 그러니까 무전기를 파는 건 아니고 무전기에 눈이 팔린 아이들이 제 발로 걸어오게 만드는 거지. 요즘 애들은 약아서 그런 거 없이 책을 팔 수 없단다. 허허허, 내가 너한테 별 소릴 다 하는구나."

"그럼 책을 사는 아이들에게는 정말로 무전기를 주는 거예요?"

내가 묻자 아저씨가 정색하고 가만히 나를 내려다보았다.

"그게…… 이건 더 어려운 말인데, 사실 무전기를 주는 일은 없어. 내가 월부책 팔아서 얼마나 번다고 무전기까지 주겠냐."

아저씨가 조금 머쓱한 미소를 지으며 말했다.

"그럼 거짓말을 하는 거네요? 거짓말은 나쁜 거잖아요."

내가 아저씨에게 조금 실망해서 말했다.

"글쎄, 거짓말이라고 보면 거짓말이고……."

아저씨가 얼굴이 약간 붉어지면서 말했다.

"그런데 사는 건 그런 거야. 거짓말의 연속이지. 그러니까 아저씨는 아직 많이 살아보지 않은 아이들에게 조금 일찍 인생을 가르쳐주는 셈이지. 그냥 그렇게만 알고 있어라."

아저씨는 변명하듯 말을 이었다.

"인생이 뭔데요?"

"음……. '사람이 살아가는 일'을 말하는 거야. 그러니까 너같이 작은 아이가 태어나, 자라서 어른이 되어가는 거. 그렇게 살아가는 거. 그걸 '인생'이라고 말하지."

"그럼 아이가 어른이 되는 일은 거짓말을 하게 되는 거예요?"

"크하핫, 우리 연지 아주 똑똑한걸. 그래, 그렇지. 거짓말이 난무하고, 거짓말인 줄 뻔히 알면서도 그 거짓말에 속아주고. 그런 게 인생이란다. 그런데 그런 말 어디 다른 데 가서는 하지 마라. 그런 건 살면서 알게 되는 거지, 누가 미리 가르쳐준다고 알게 되는 게 아니거든."

"비밀인가요?"

"그렇지. 스스로 깨달을 때까지 비밀이지."

"그럼 우리는 서로 하나씩 비밀을 나눠 가졌네요."

"그렇구나. 우린 서로 비밀을 나눠 가진 사이구나. 기념으로 아저씨가 우리 연지한테 책 한 권 선물해 줘야겠다."

"전, 아직 글씨를 몰라요."

"뭐야? 명색이 책 장사 옆방 사는 놈이 여태 글도 못 깨쳤단 말이냐? 저런, 이제 곧 학교에 가야 할 텐데 글씨를 몰라서야 쓰나. 내일 당장 공책 한 권 사다 줘야겠네. 우선 아저씨가 우리 연지 이름부터 가르쳐 주마."

내가 고개를 끄덕이자 아저씨는 실눈을 더욱 가느다랗게 뜨고 웃었다.

새달 아저씨

"아니 형님, 이게 웬 날벼락이우? 그 애가 정말로 형님 애가 맞우?"

점방 박 씨 아저씨가 새달 아저씨를 뜨락 한쪽으로 끌고 가면서 소곤거렸다. 걱정하는 척했지만, 실상은 자기 궁금증에 그러는 게 뻔했다.

"아, 나도 지금 뭐가 뭔지 정신이 하나도 없으니, 나중에 얘기하세."

새달 아저씨가 그렇지 않아도 바싹 마른 대추처럼 주름진 얼굴을 구기며 대답했다.

"이렇게 어영부영 시간을 끌 일이 아니에요, 글쎄. 그러니까 저 여편네하고는 어떤 관계유?"

"관계는 무슨 관계! 아무 관계도 읎는 여편네여."

"아니, 근데, 그런 여편네가 왜 여길 찾아왔대? 아니, 그보다 아무 관계도 아닌 여편네를 왜 집안에 들이냐고요, 들이길."

"내가 지금 우리 아버님 약 지으러 나가봐야 하니까 자세한 얘긴 나중에 하자고."

"허허, 이 형님 참 말귀 못 알아들으시네. 아무리 봐도 저 여편네가 보통 여편네는 아닌 거 같아서 그러잖아요. 아무래도 어수룩하고 세상 물정 모르는 형님이 저 여편네한테 속는 것 같다 이거지, 내 말은."

박 씨 아저씨가 쪽 째진 쥐눈을 반짝이며 말했다.

"누굴 바보로 알어? 누가 어수룩하고 세상 물정을 모른다는 거야?"

새달 아저씨는 괜한 자격지심에 버럭 소리를 질렀다.

"나 원 참, 똥 뀐 놈이 성낸다더니, 내가 지금 형님께 도움을 드리려고 하는 거잖아요, 지금. 이 문제를 어떻게 해결해야 할지 형님이 지금 도통 모르잖아요."

"뭐? 뭐? 이 사람이 보자, 보자 하니까, 뭐? 똥 뀐 놈이 뭐 어째?"

"아, 말이 그렇다는 거지요. 누가 형님더러 똥 뀄대요? 당최 말귀를……. 어쨌든 저 여편네가 여염집 여편네로 보이질 않는다고요. 맘만 먹으면 숙맥 같은 형님 속여먹는 건, 식은 죽 먹기지. 내가 그래도 형님을 친형님으로 생각하니까 도와드리려고 하는 거예요. 자, 까놓고 얘기해 봐요. 저 여편네하고 그럴만한 일이 있기는 있었우?"

"허허! 이거, 버선목이니 뒤집어 보일 수가 있나."

새달 아저씨가 긴 한숨과 함께 빈 하늘을 올려다보며 답답한 듯 가슴을 쳤다.

"버선목이 아니라 뭐라도, 그 속 좀 뒤집어 보이시우. 보는 내가 더 답답하네. 대체 저런 절구통 같은 여편네랑 어떻게 엮인 거예요?"

새달 아저씨도 한숨을 내 쉬며 뜨락 한쪽에 놓은 들마루 위에 털썩 엉덩이를 걸쳤다. 박 씨 아저씨도 옳다구나 쪼르르 다가가 곁에 앉았다.

"휴~ 어디서부터 얘길 해야 하나. 그 왜, 자네도 저 시골에 우리 땅이 좀 있는 건 알고 있지?"

"그거야 여기 자하문 밖 사람 중에 모르는 사람이 어딨우? 매년 추수 끝나면 용달차로 쌀가마니 실어 오는 거, 그걸 모르면 이 동네 사람 아니지."

"그게, 한 오륙 년 되었나? 그중 한군데 논을 가로질러 고속도로가 뚫린다고 하질 않았겠나. 해서, 그 일로 몇 번 다녀온 적이 있질 않은가, 왜."

"그랬지요. 그때 보상금 문제로 몇 번 댕겨오셨지요."

"그게, 금세 끝나는 일이 아니라 근처 여관에 짐을 부려놓고 저 여편네가 있던 '과부집'이라고 술집에서 밥을 대 먹었거든. 저 여편네가 손이 좀 거칠긴 해도 제법 음식 맛을 내거든. 근데 어디 밥만 먹게 되나? 밥 먹으매 반주로 술도 몇 잔씩 기울였지."

"가만 보면 술도 약허신 양반이 반주는 꽤 자셔."

"그렇지, 내가 술에 약한걸, 자네도 알지."

"알다마다요. 몇 잔 마셨나 싶으면 금세 픽 쓰러져 주무시는 거."

"그렇지. 그래도 반주 석 잔은 보약이라지 않는가. 저녁 먹으매 몇 잔 기울이다 픽 쓰러져 잔 게 두 번이던가, 세 번이던가."

"그러니까 저 여편네랑 뭔 일이 있긴 했구먼요?"

"아니, 그게 당최 기억이 읎어. 뭔 일이 있었는지 읎었는지."

"그걸 어떻게 기억을 못 해?"

"내가 술에 취해 몸도 가누질 못했을 텐데, 그게…… 허허, 참."

"아이고 답답해. 그러니까 기라는 거유, 아니라는 거유?"

"그걸 내가 모르겠다는 거야. 자다가 눈을 떴는데, 눈앞에 허옇고 피둥피둥한 뭉게구름 같은 여편네 속살이 보이더라는 거지. 깜짝 놀라 정신을 차려보니 내가 저 여편네의 피둥피둥한 품에 파묻혀 안겨서."

"저런, 저런, 사달이 났구먼. 그때 이미 사달이 났어."

"가슴이 덜컥 내려앉아서 벌떡 일어났지. 아, 글쎄, 나도, 저 여편네도, 속저고리까지 활딱 벗어젖히고……."

"저런, 저런. 남녀가 저고리를 활딱 벗었다면 말 다 한 거지."

"허허, 그거야 여름이니께 더워서……. 아니, 벗었다고 다 뭔 일이 있는가?"

새달 아저씨가 말하다가 말고 공연히 버럭 역정을 내었다.

"내가 뭘 어쨌다고 역정은 내시우? 활딱 벗은 건 형님인데, 왜 나한테."

박 씨 아저씨가 슬슬 새달 아저씨를 놀리는 것 같았다.

"자네, 시방 나랑 말장난하자는 건가! 자네도 생각을 좀 해 보게. 이십여 년을 함께한 조막네도 자식 하나를 못 두었는데 기껏해야 두어 번, 그것도 잤는지 안 잤는지 확인할 길도 없는 여편네가 덜컥 아이를 가졌다는 게 말이 되는가?"

"그거야 되려면 한 번에라도 그렇게 될 수 있는 일 아니우?"

"글쎄, 그런 게 아니라니까 그러네. 아이구, 답답해!"

새달 아저씨가 답답하다며 가슴을 치며 돌아앉았다.

"뭐가 답답하다는 건지 모르겠네."

"자네는 모르지, 내 말 못 하는 속을 자네가 어찌 알겠나."

"말 못 하는 그 속이 뭔지는 몰라도, 아무튼 형님, 숙맥처럼 보여도, 밖에 나가서는 별짓 다 하고 다니시네요!"

새달 아저씨가 사방 눈치를 살피며 큰 소리로 말하는 박 씨 아저씨의 입을 두 손으로 틀어막았다.

"이 사람이 근데! 아예, 확성기에 대고 동네방네에 방송하지, 그러냐."

새달 아저씨는 내가 바깥채 툇마루에 걸터앉아 둘의 대화를 듣고 있다는 걸 깨닫고는 박 씨 아저씨에게 눈을 흘기며 목소리를 한껏 낮췄다.

"이거 남부끄러워서 살 수가 있나? 애들이 다 기어 나와서 듣고 있잖어. 그 정도만 하세. 그렇지 않아도 지금 내가 온전한 정신이 아니여."

새달 아저씨는 금방이라도 울 것 같은 얼굴로 안채 쪽으로 향하다가, 한약방에 약을 찾으러 가려던 길이었다는 걸 뒤늦게 깨닫고는 다시 대문 쪽으로 몸을 돌렸다. 그때 별채 손님방 문이 열리더니 앵두가 뚱한 표정으로 나와 툇마루에 걸터앉았다. 새달 아저씨는 걸음을 멈추고 그런 앵두를 마땅치 않은 얼굴로 힐끗 돌아보더니 힘없이 물었다.

"그래, 네 이름이 뭐랬더라? 머루랬나? 다래랬나?"

"앵두."

"오, 그래, 앵두. 어디 한 구석 앵두 같아 뵈는 데는 없지만, 암튼, 앵두로구나."

앵두가 말끄러미 새달 아저씨를 올려다보았다.

"근데, 앵두야. 어른한테는 존댓말을 써야지. 어른이 이름을 물었으면 '앵두에요' 하고 존댓말로 대답하는 게 맞지. 알겠냐?"

"네에."

"옳지. 나이는 몇 살이고?"

"다섯 살."

"어허, 어린 것이 또 반말이네. 하긴 네 어미가 그런 걸 제대로 가르쳤을 리가 없지. 근데 앵두야, 그러니까 너는 여태 늬 엄마하고 둘이 살았니?"

"……."

앵두는 대답 대신 조금 풀이 죽은 얼굴로 입술을 쑥 빼물었다.

"이런, 이런, 누가 뭐랬다고 입술을 빼물어? 그러니까 너는 쭉 늬 엄마하고 둘이서만 살았던 거야? 어디서 살았니? 설마, 여태 거기 '과부집'에서?"

"……."

앵두는 아까보다 더 풀이 죽어서 금방이라도 눈물을 떨어뜨릴 것 같았다.

"아니, 내가 뭘 어쨌다고 울려고 하니? 내내 너희 둘만 살았어? 내 말은 그러니까 누구 다른 사람은 없이 쭉 늬 모녀 둘이서만 살았냐구. 아이구, 답답해."

새달 아저씨는 혹여 별채 방 안에서 앵두 엄마가 들을까 봐서 그랬는지 목소리를 한층 낮추고 소곤소곤 물었다. 아이가 여전히 아무 대답을 하지 않자 새달 아저씨도 입을 다물고 아이의 얼굴만 물끄러미 내려다보았다.

"내가 어린 너랑 무슨 얘길 하겠냐. 느닷없이 늬 어미에게 손목 잡혀 온 너도 딱하고, 아닌 밤중에 홍두깨격으로 이 사태를 맞은 나도 참 딱하게 되었다."

새달 아저씨는 멀거니 빈 하늘을 올려다보았다. 마침 별채 뒤쪽에서 빨래를 널고 나오던 엄마와 장독대에서 장을 한 숟갈 떠오던 두부 할머니가 그런 새달 아저씨를 보고 그대로 걸음을 멈췄다. 시름 깊은 얼굴로 대문 밖으로 사라져가는 새달 아저씨의 뒷모습에 대고 박 씨 아저씨가 고개를 저으며 혀를 찼다. 그제야 엄마와 두부 할머니도 바깥채 쪽으로 걸음을 옮겼다. 두부 할머니가 여전히 별채 툇마루에 앉아있는 앵두 쪽을 힐끗 돌아보며 엄마 귀에 속삭였다.

"이게 웬 마른하늘에 날벼락이야? 조막네가 간 지 얼마나 되었다고⋯⋯."

언제 나왔는지 점방 아주머니도 슬쩍 끼어들어 말참견했다.

"딱 봐도, 보통 여편네가 아니지 않아요? 아무래도 저 모자란 양반이 속는 거 같단 말이지. 근데 저 애가 정말 초 씨네 핏줄 같아 보여요?"

"글쎄⋯⋯ 닮았나 싶기도 하고."

"믿어야지 어쩌겠어요. 설마 아이를 두고 거짓말이야 하겠어요?"

두부 할머니와 엄마가 자신 없는 목소리로 한마디씩 거들었다.

"닮긴 어디가 닮어! 눈을 씻고 봐도 닮은 구석이라곤 한 군데도 없구먼."

점방 아주머니의 목소리가 자기도 모르게 커졌다. 그러자 별채 손님방 문이 벌컥 열리더니 앵두 엄마가 싸늘한 얼굴을 내밀고 눈을 허옇게 치떴다. 그 바람에 쑥덕거리고 있던 세 여자가 당황하여 입을 다물었다. 앵두 엄마는 입을 삐죽이며 사람들을 위아래로 한번 훑어보더니 들으라는 듯이 큰 소리로 말했다.

"이눔의 집구석 여편네들은 할 일들도 더럽게 없나 보네. 남의 집 사정이 그리도 궁금할까. 앵두야, 어여 들어와, 여편네들이 너를 동물원 원숭이 구경하듯 하질 않니?"

앵두가 방 안으로 들어가자 앵두 엄마는 여전히 뜨락에 얼쯤하게 서 있는 세 여자를 향해 또 한 번 눈을 허옇게 흘기더니 문을 탁, 닫아버렸다. 여자들은 저마다 가슴을 쓸어내리며 흩어졌다. 온 집안이 내내 뒤숭숭했다.

새달 아저씨는 오후 내내 약탕기에 한약을 달였다. 약탕기 앞에 쪼그려 앉은 새달 아저씨는 깊은 생각에 잠겨 사람들이 지나다니는 것도 몰랐다. 날이 어둑할 무렵 아저씨가 정성껏 달인 한약 사발을 소반에 얹어 들고 안방 초 씨 어르신께 들어갔다. 안채 사정이 궁금한 바깥채 사람들은 약속이나 한 듯이 다들 방문을 열고 안채 쪽으로 목을 빼고 내다보고 있었다. 금세 방 안에서 초 씨 어르신의 역정 소리와 함께 와당탕 약사발 내던지는 소리가 함께 들려 나왔다. 초 씨 어르신이 휘두른 담배통에 뒤통수라도 맞았는지 '아고고고' 새달 아저씨가 머리를 감싸 쥐고 나뒹구는 그림자가 비쳤다.

"내가 너무 오래 살았다. 내가 너무 오래 살다 보니 별꼴을 다 보는구나! 에잇 못난 놈, 저러니, 군대를 두 번씩이나 댕겨왔지."

초 씨 어르신은 새달 아저씨에게 몹시 화가 난 모양이었다.

"오마오마, 저 양반이 군대를 두 번이나 댕겨왔대요?"

점방 아주머니가 어느새 신발을 챙겨 신고 내려와 두부 할머니 방 앞으로 쪼르르 다가와서 물었다.

"글쎄, 그랬다더구먼. 언젠가 조막네한테 들은 적이 있어. 갔다 온 지 얼마 지나지 않아 입영 통지를 다시 받았다고."

"아니, 그건 또 무슨 일이래요?"

"글쎄, 조막네 말로는, 복무 기록이 없어졌다더구먼. 기가 맥힐 노릇이지만 기록이 없다는데 어쩌겠어. 울며 겨자 먹기로 또 댕겨올 밖에. 그 바람에 애먼 조막네만 서방도 없이 시집살이했다지, 아마."

"참, 저 양반은 생긴 것도 쪼그라진 대추처럼 억울하게 생겼는데 살아온 내력도 참 억울한 양반일세."

"그 시절 억울한 인생이 어디, 한 둘인가?"

"왜요, 누가 또 억울하대요?"

"말이 그렇다는 거지."

두부 할머니가 말끝을 흐렸다.

"안 그래도 모자란 사람이 군대를 두 번이나 갔으니, 고생깨나 했겠어요."

"군대를 두 번이나 댕겨오는 바람에 사람이 얼이 빠져 저렇게 되었다고 하더라는데."

"괜히 하는 말이지 뭐, 똑똑한 사람이면 애초에 군대를 두 번이나 갔다 왔겠어요?"

점방 아주머니는 입을 삐죽거리며 새달 아저씨를 비웃었다. 별채 앵두 엄마도 안채 쪽이 신경 쓰이는지 방문을 조금 열고 동정을 살피다가 바깥채 사람들과 눈이 마주치자 도로 방문 안으로 사라졌다. 아무 소리도 들리질 않아 지루해졌을 때쯤 새달 아저씨가 그새 핼쑥해진 얼굴로 방에서 나와 별채의 앵두네 모녀를 불러들였다. 앵두 엄마는 기다렸다는 듯이 치맛자락을 바짝 끌어당겨 여미고는 엉덩이를 흔들며 앞서 걸었다. 앵두도 고개를 외로 꼬고 그 뒤를 따랐다. 궁금증을 참지 못한 박 씨 아저씨가 슬슬 안채 큰 마루 앞까지 가서 기웃거렸다. 나머지 사람들도 궁금하긴 마찬가지라 박 씨 아저씨 쪽을 살폈다. 안방에서는 앵두 엄마가 바깥에까지 다 들리도록 꺼이꺼이 울면서 서러운 넋두리를 늘어놓았다.

"아, 이것 보게 옥화, 목, 목소리 좀 낮추게. 밖에서 다 듣겠어."

"지금 내가 목소리 낮추게 생겼어유? 아우, 내가 이런 양반을 찾아 헤맸으니⋯⋯."

"조용히들 못 해! 어디서 남부끄러운 줄도 모르고. 배워먹지 못한 것들 같으니."

결국, 초 씨 어르신이 역정을 내고서야 조용해졌다. 안방에서는 긴 이야기가 이어졌지만, 밖에서는 아무 소리도 들리지 않자 지루해진 사람들은 모두 자기 방으로 돌아갔다.

다음 날 아침 아궁이에서 밥을 끓이는 엄마에게 두부 할머니가 다가와 하는 얘기를 들으니 초 씨 어르신이 결국 그 낯선 여자를 새 며느리로 받아들이기로 한 모양이었다.

"새달이 저 양반도 생각이 많은지, 밤이 깊도록 빈 뜨락에 나와 서서 하염없이 하늘만 올려다보더라고. 내가 변소 가느라 나왔는데도 모르고 그냥 그렇게 서 있더구먼."

두부 할머니가 말했다.

"혼례를 올려주겠다는 걸 보니 두 사람이 보통 사이가 아닌 건 확실하구먼. 변변찮게 생겼어도 밖에서는 별짓을 다 하고 다니는가 봐. 아유, 우스워 죽겠네."

점방 아주머니가 키득거렸다.

"아유, 아주머니도. 애 듣는데 별소리를 다⋯⋯."

엄마는 내 쪽을 힐끔거리며 점방 아주머니 옆구리를 찔렀다.

"하긴 저 양반도 이해가 안 되는 건 아니지. 사실 조막네가 바

싹 마른 북어 같아서 어디 만질 맛이나 났겠어요? 둘 다 삐삐 말
랐으니, 둘이 껴안으면 왈그락 달그락 뼈다귀 부딪치는 소리나
났겠지, 뭐. 저 여편네 뭉게구름 같은 살집을 보세요. 얼마나 찰
지고 만질 맛이 나겠어요. 그저 죽은 사람만 딱하지. 자기 가는
날인 줄도 모르고, 저런 서방한테 죽는 날까지 아침밥을 해다 바
쳤지 않아요."

엄마가 옆구리를 찌르든 말든 점방 아주머니는 기어이 하고
싶은 말을 다 하고 나서야 돌아갔다.

새달 아저씨와 앵두 엄마가 혼례를 올리기 전에 집안에 액운
부터 쫓아야겠다는 초 씨 어르신의 말씀에 따라 동네에서 소문난
무당을 불러 한바탕 굿을 벌였다. 요란한 모자에 울긋불긋한 옷
을 뻗쳐 입고 딸랑이를 흔들고 꽹과리를 치며 펄쩍펄쩍 뛰는 무
당을 처음 본 나는 너무 무서웠다. 창호 문에 붙은 손바닥만 한
유리창에 눈을 대고 뜨락에서 그들을 엿봤다. 무당은 워낙에 인
상이 사나운 데다 눈썹을 짙게 그리고 입술도 빨갛게 발라서 더
무서워 보였다. 그녀는 연신 알 수 없는 말을 계속 주절거리며 방
울을 흔들고 제자리에서 펄쩍펄쩍 뛰었다. 무당이 뭐 하는 사람
인지는 몰랐어도 어쩐지 삶과 죽음의 경계 어디쯤 걸쳐있는 사람
처럼 느껴졌다. 삶과 죽음의 세계를 넘나드는 사람이 펄쩍펄쩍
뛰어대는 굿판이 벌어지고 있는 내내 나는 무서워서 꼼짝도 못
하고 방에 갇혀있었다.

정말 어이없는 일은 바로 다음 날 벌어졌다. 집안의 액을 쫓겠다고 굿판까지 벌였건만, 바로 다음 날 초 씨 어르신이 풍을 맞아 자리에서 일어나시지 못하는 사달이 벌어진 것이다.

"아고, 아버님, 이게 웬일이시우? 아고, 정말 못 일어나시겠어요?"

아침밥 먹을 때가 다 되도록 안방에서 기척이 없자 새달 아저씨가 문을 열고 들여다보니, 초 씨 어르신이 베개가 멀찍이 달아났어도 베개를 똑바로 끌어다 놓지 못한 채 천정만 멀뚱멀뚱 바라보고 누워있더라고 했다. 예전 같으면야 이른 아침부터 안방에 마주 앉아 이런저런 얘기를 나누며 조막네가 들여오는 아침 밥상을 기다렸을 새달 아저씨가, 앵두네 모녀가 들이닥친 후로는 초 씨 어르신의 눈치만 설설 살피는 처지라 밥때가 되어야만 슬그머니 안방에 들어갔다. 밥때가 지나도록 안방에서 초 씨 어르신이 일어난 기척이 없자 그제야 새달 아저씨가 초 씨 어르신을 살피러 들어갔던 것이다.

"아고, 이를 어째. 내가 웬수여, 웬수."

새달 아저씨는 울며불며 달려가 의원을 모셔왔다. 모셔온 의원도 별 신통한 소리 없이 큰 병원 가서 자세한 검사를 받아보라고 할 뿐이었다. 결국, 박 씨 아저씨가 구급차를 불러주어, 초 씨 어르신을 병원으로 모셔갔다. 병원에서는 워낙 혈압이 높았던 데다 최근 신경 쓸 일이 많아 스트레스를 받았던 모양이라고 하니 새달 아저씨가 여러 가지로 면목이 없게 되었다. 이전에 쓰러졌던 게 아마 그 전조증상이었던 모양이었다.

초 씨 어르신이 한 일주일 만에 퇴원하자 시집가서 멀리 따로 산다던 새달 아저씨의 세 손위 누이들이 앞서거니 뒤서거니 몰려왔다. 새달 아저씨와 달리 셋 모두 투실투실했고 게다가 드세 보이기까지 한, 여자들 셋이 모이자 한 마디씩만 보태도 안채가 들썩들썩할 만큼 시끄러웠다. '집안에 웬 근본도 모를 여편네가 들어오더니 이런 사달이 난 거 아니겠냐' 라며 하나같이 입에 거품을 물며 야단법석이었다. '웬 여자가 누구 핏줄인 줄도 모르는 어린아이를 달고 들어와서 어수룩한 새달의 재산을 빼돌리려 한다. 아이고, 초 씨 집안 말아먹게 생겼네.' 마룻바닥을 치며 곡을 하는 그들은 마치 벌써 상이라도 당한 사람들 같았다. 급기야 입이 돌아가 말도 제대로 못 하는 초 씨 어르신이 경을 쳤다.

"내가 죽었냐? 왜들 곡은 하고 지랄들이여. 멀쩡히 산 사람 앞에 놓고, 땅을 치며 곡을 하는 너희들이야말로 정신 사납고 꼴도 보기 싫구나! 출가외인들은 다들 썩 물러가거라!"

초 씨 어르신의 호통에 새달 아저씨의 누이들 셋은 하나 같이 앵돌아져서 치맛자락을 바짝 여며 잡고 고개를 쳐들고 몰려나갔다. 시끄러운 초 씨 여자들 셋이 떠나고 나서야 집안은 평온을 되찾았다.

앓고 일어난 초 씨 어르신은 말이 어눌하고 한쪽 다리와 한쪽

팔이 조금 불편해졌지만, 다행히 일상생활에는 큰 문제가 없었다. 지팡이를 짚으면 그만저만 걸을 수도 있었다. 의원은 꾸준히 운동하면 호전될 수도 있지만 연로하신 어른이니 신경 쓰고 마음 상하는 일이 없도록 하라며 새달 아저씨를 붙들고 신신당부하였다.

"내가 이렇게라도 살아 있을 때 조촐하게라도 혼례상을 차리고 식을 올리자꾸나. 내가 너희들 혼례를 올려주지 않으면 극성맞은 네 누이들이 저 모녀를 어떻게 내칠지 모를 일이야. 저 아이가 네 피붙이라지 않니, 그러면 거두어야지. 제 자식을 거두지 않으면 사람도 아니지. 아무리 대충 아무렇게나 만난 사이라도 짐승들도 아니고, 아무렇게나 붙어살 순 없는 법. 그렇다고 뭐 그리 자랑스러울 일도 아니니 그저 집안 식구들끼리 조촐하게 식을 올리려무나. 출가외인, 누이들은 부를 것 없다. 그것들 몰려오면 정신만 사납지."

초 씨 어르신은 새달 아저씨를 향해 여전히 성난 얼굴을 하고 있으면서도 두 사람에게 혼례를 올려주겠다고 말했다.

"그래도 아버님이 편치 않으신데 제가 어떻게……."

"그럼, 나 죽은 담에 식을 올릴 테냐?"

새달 아저씨는 기어이 초 씨 어르신의 역정을 듣고 나고서야 고개를 끄덕였다.

동네 사람들과 나눌 음식을 적당히 장만하고 뜨락 한쪽에 조촐한 혼례상이 차려졌다. 신랑 신부가 깨끗한 한복을 한 벌씩 지어 입었다. 점방 박 씨 아저씨가 새달 아저씨 신랑 차림을 도왔고 엄마와 두부 할머니가 신부의 차림을 도왔다. 삐삐 마르고 늙수그레한 신랑과 뒤룩뒤룩하고 땅딸한 신부가 새로 지은 한복을 곱게 차려입으니 또 그럴듯해 보였다. 엄마와 점방 아주머니가 신부의 겨드랑이에 팔을 끼고 앉혔다 일켰다 절을 시켰다. 한 번 주저앉으면 다시 일어나기 힘든 신부 때문에, 양쪽에서 들어 올리는 엄마와 아주머니가 애를 먹었다. 신부가 주저앉을 때마다 점방 아주머니는 구시렁거리며 신부 뒤통수에 대고 눈을 흘겼다. 정신없으니 다른 데 가서 놀라는 어른들의 말씀은 있었지만, 그처럼 재미난 구경거리를 놓칠 수는 없었다. 내 눈에는 다 큰 어른들이 때때옷 차려입고 마주 서서 앉았다 일어났다 서로 절을 하는 꼴이 그렇게 우스울 수가 없었다. 한쪽 구석에 서서 손으로 입을 틀어막고 키득거리며 웃다 보니까 나 말고도 키득거리며 구경하고 있는 아이가 또 하나 있었다. 앵두였다.

"안녕? 나 알지? 저쪽 바깥채 끝방."

내가 말을 걸자 앵두가 눈을 맞추며 고개를 끄덕였다.

"너, 이름이 앵두라며?"

앵두가 코를 한번 훌쩍 들이마시더니 자기 이름에 대해 길게 설명했다.

"난 앵두, 맨 처음에는 '나앵두'였다가 얼마 전에는 '송앵두'였는데. 오늘부터는 '초앵두'래."

"내 이름은 연지. 난 그냥 처음부터 쭉 강연지."

내가 그냥 처음부터 쭉 내내 강연지라는 이름 하나로 사는 동안 앵두가 나 앵두에서 송 앵두로, 송 앵두에서 초 앵두로 여러 차례 이름을 바꿔왔다는 게 조금 부러웠다.

"그리고 저기 뜨락에 웅크려 앉은 나비 이름은 곤지야."

"하하 연지, 곤지네? 네 나비야?"

"아니, 내가 이 집에 처음 왔을 때부터 여기 살던 나비야."

"와, 그럼 저 나비는 백 살도 넘겠다."

"그건 나도 몰라."

"나는 혼례식 하는 거 처음 봐."

"나도."

앵두가 코를 또 한 번 훌쩍거리며 말했다.

"넌 왜 그렇게 코가 나오니?"

"몰라. 우리 엄마가 그러는데 내 콧구멍이 번쩍 들려있어서 그런 거 같대."

나는 저절로 고개가 끄덕여졌다. 초례청에 마주 앉은 아저씨와 아주머니는 술잔을 들고 마시고 있었다.

"앵두야, 우리 저기 가서 같이 놀까?"

"그래."

우리는 함께 대문 빗장에 매달려 그네를 탔다.

"어허 이놈들, 문짝 내려앉는다."

뜨락에서 혼례식을 돕던 점방 아저씨가 어느결에 대문간에 나와서는 대문을 타는 우리에게 말했다. 우리는 무섭지도 않으면서 괜히 달아나며 까르르 웃었다. 나와 앵두는 어느새 친구가 되었다. 늘 혼자서 놀 땐 잘 몰랐는데 함께 놀 수 있는 친구가 생기고 나니 혼자 노는 거 보다, 훨씬 더 재미났다. 곤지는 나에게 새 친구가 생기자 마루 밑에 웅크리고 앉아 우리가 노는 걸 물끄러미 바라보았다.

새달 아저씨와 앵두 엄마는 이제 부부가 되어 건넌방에서 함께 살게 되었다. 밤이 되자 점방 박 씨 아저씨가 '문구멍을 뚫어 늙다리 신랑 하는 꼴 좀 엿보자' 하고 실없는 소리를 했다가 하마터면 초 씨 어르신 담뱃대 끝에 달린 놋 담배통으로 머리를 맞을 뻔했다.

"옴멈머, 저 어르신은 아무한테나 저렇게 담뱃대를 휘두르신담. 풍 맞으셨다는 양반이 성깔은 그대로야. 이 양반이 그냥 웃자고 한마디 한 것이지, 정말 문구멍을 뚫고 들여다보겠어요? 뭐 그리 좋은 구경이라고."

점방 아주머니가 뒤돌아서서 구시렁거렸다.

"아유, 어르신 마음이 오죽할까. 농담도 눈치를 봐 가면서 해야지."

두부 할머니가 기어이 한마디 보태는 바람에 두 사람은 또 한바탕 들러붙어 싸울 뻔한 걸 엄마가 겨우 뜯어말렸다.

"엄마, 앵두는 '나앵두'였다가 '송앵두'였다가 이제는 '초앵두'가 되었대. 나도 이제 앵두처럼 강연지 말고 다른 연지가 되면 안 될까?"

밤에 잠자리에 누운 나는 엄마에게 물었다. 그 말을 들은 엄마는 내 머리를 한번 쥐어박더니 말을 이었다.

"그런 쓸데없는 소리는 하지 마. 넌 앞으로도 계속 강연지일 테니. 앵두 이름이 '초앵두'가 되었다는 건 이젠 정말 새달 아저씨의 딸내미가 되었다는 뜻이야. 앞으로 앵두랑 사이좋게 잘 지내야 한다."

엄마 목소리가 조금 쓸쓸하게 들렸다.

글자 공부

초 씨 어르신은 새달 아저씨의 혼례 이후로 부쩍 말수도 적어
졌고, 거의 움직이려 하지도 않았다. 움직임이라고 해야 기껏 지
팡이를 짚고 뜨락이나 비척거리며 왔다 갔다 하는 정도였다. 오
후 내내 멍한 얼굴로 지팡이를 의지해 큰 마루 끝에 앉아 햇볕을
쬐었다. 한쪽 몸에 마비가 온 초 씨 어르신은 가만히 있어도 입
이 한쪽으로 씰그러져 있어서 바보처럼 보였다. 더는 작은 채 방
에 반듯하게 앉아 책을 읽지도 않았고, 전처럼 빳빳하게 풀 먹인
나들이옷을 차려입고, 꼿꼿한 걸음걸이로 외출하는 일도 없었다.
초 씨 어르신을 찾아오던 손님들 발길도 끊어졌다. 그렇게 멍하
니 앉아있다가도 뜨락을 왔다 갔다 하는 앵두 엄마만 눈에 띄면
얼굴을 굳히고 찬바람이 돌만큼 쌩하니 돌아앉았다. 여간해서는
누구 앞에서도 기가 죽지 않을 것 같은 앵두 엄마지만 초 씨 어르

신의 서슬에는 슬슬 눈치를 살피며 게걸음을 걸었다. 하지만 새달 아저씨 앞에서는 태도가 달랐다. 걸핏하면 새달 아저씨를 향해 눈을 부라렸다. 새달 아저씨는 화도 내지 못하고, 그저 쩔쩔매며 히죽거리기만 했다.

앵두 엄마가 안채의 안주인이 되어 살림을 사는 모습은 매우 낯설게 보였다. 조금씩 조막네 아주머니의 흔적이 지워지는 거 같아서 공연히 서러웠다. 앵두 엄마는 조막네 아주머니와 아주 달랐다. 내가 아무리 뒤란을 왔다 갔다, 걸어도 부엌 뒷문을 열고 내다봐 주지 않을뿐더러 장독대 앞에서 앵두와 함께 소꿉을 놀면 성가시다고, 놀려면 넓은 뜨락으로 나가서 놀라면서 우리를 훠이 훠이 쫓았다. 그뿐만 아니라 부뚜막에 앉은 곤지를 보면 어찌나 사납게 부지깽이를 휘두르며 쫓는지 곤지는 부엌 쪽으론 얼씬도 못 했다. 어쩌면 곤지도 나만큼 조막네 아주머니가 그리웠을 터였다.

그저 기분이 좋아 히죽거리는 사람은 오직 새달 아저씨뿐이었다. 젊은 새 마누라가 생기니 좋기는 했던 모양이다. 처음엔 난감해하던 딸까지 거저 생겼으니 더더욱 좋았던지, 괜히 혼자 벌쭉벌쭉 웃었다. 괜히 한 번씩 '앵두야' 하고 지나가는 앵두를 불러놓고는 아무 말도 없이 헤벌쭉 웃기만 했다. 전에 없이 자고 일어나서 헛둘, 헛둘! 구호를 붙여가며 맨손체조를 하기도 했다. 박 씨 아저씨가 뜨락 가운데서 맨손체조 하는 새달 아저씨 쪽으로 다가

가며 말했다.

"아이구, 형님은 새장가 들더니 기운이 펄펄 나시나 봅니다. 신수도 훤하시고, 입은 아예 귀에 걸리겠네. 그렇게 좋우?"

"딸내미를 찾았으니까, 당연히 좋지!"

"딸내미만? 오랜만에 옛 여자의 뭉게구름 같은 품속에 안겨 한 이불을 덮으니 새록새록 정이 좋습디까?"

"어헛, 이 사람. 애들 듣는데, 낫살이나 먹은 사람이. 아, 핏줄을 찾으니 좋다고 말하지 않았나!"

"핏줄은 무슨. 시집 보내면 그만인 딸내미가 무슨 핏줄이우. 아들이라야 내 핏줄이지."

"그러는 자네는, 그런 딸이라도 있나?"

새달 아저씨가 박 씨 아저씨를 향해 눈을 허옇게 흘겼다. 부엌에서 허드렛물을 버리려 나왔던 앵두 엄마도 박 씨 아저씨를 향해 썰렁 머리를 흔들었다.

앵두 엄마가 부엌 안으로 사라지자 점방 박 씨 아저씨가 목소리를 낮추고 말을 이었다.

"형님, 정신 바짝 차려요. 이왕 부부의 연을 맺은 사람들이니 더는 말 못 하겠지만, 혹시라도 핏줄을 내세워 뭘 요구라도 하면 잘 판단하시라고요. 내가 보니까 형님은 벌써 넋이 절반쯤은 빠져 보여서, 걱정이라니까."

"어허, 이 사람. 별소리를 다 듣겠네. 한 번만 더 그딴 소리 했다간 아무리 자네라도 다시 안 볼 테니 그리 알아!"

새달 아저씨도 정색하며 말했다.

"아이구, 좋은 말도 들을 귀 있는 사람한테나 하는 거지. 내가 형님이니까 이런 소리 해주는 줄이나 알아요. 막말로 저 아이가 진짜 형님 딸인 걸 누가 알아요, 글쎄. 아무리 눈을 뒤집고 보아도 내 눈에는 당최 형님을 닮은 구석이 눈곱만큼도 없다니까."

"어허! 그런 소리 하려거든 당장 방부터 빼고 계속하게나."

"참 나, 사람 맘을 저리 모를까. 알았우, 내가 다신 참견 안 하지요."

앵두 엄마가 부엌에서 밥상을 들고나오자 새달 아저씨가 점방 박 씨 아저씨를 한 번 더 흘겨보고는 앵두 엄마 궁둥이를 좇아 안채로 사라졌다. 밥상을 들고 앞서 걷던 앵두 엄마도 새달 아저씨의 어깨너머로 박 씨 아저씨 쪽으로 째지게 눈을 흘겼다.

"저 여자가 집안에 나쁜 운을 끌고 들어온 게 틀림이 없다니까. 생각을 해봐, 저 여자 들어오고 갑자기 어르신이 풍을 맞은 것도 그렇고. 영 찜찜해. 안 그런가?"

두 사람이 안채로 사라지고 나자 점방 아저씨가 우물가에서 양치질하고 있던 옆방 책 장사 아저씨 곁으로 바짝 붙어 속삭였다.

"아유, 뭐가 그렇겠어요?"

책 장사 아저씨가 대수롭지 않게 대꾸했다. 아저씨는 바깥에서 책을 파는 일만으로도 피곤할 터인데 박 씨 아저씨가 자꾸 눈치 없이 말을 시켰다.

"아냐, 저 여자 들어오고 나서 이 집이 기운이 달라졌어. 요즘 부쩍 어르신이 기력이 쇠해지셨다니까. 두고 봐, 올겨울 넘기기 힘드실 테니."

점방 아저씨가 소리를 낮춰서 소곤거렸다.

"거! 쓸데없는 소리 좀 하지 말아요! 말이 씨가 된다는데, 좋은 소리는 못 하고. 나잇살이나 먹어서 젊은 애 데리고 별 희한한 소리 하고 있어."

마침 우물가로 나온 두부 할머니가 우물물을 한 바가지 떠다가 확 끼얹으면서 점방 박 씨 아저씨한테 눈을 흘겼다.

"앗 차가워! 아니 이 노인네가 왜 괜히 물은 끼얹어요? 옷을 버렸잖우. 내가 못 할 말을 했나? 내 눈에 그렇게 보이니 하는 말이지……."

박 씨 아저씨가 두부 할머니를 향해 화를 내며 바깥채 방으로 들어가자 두부 할머니가 책 장사 아저씨의 귓전에 대고 말을 이었다.

"저 집구석 사람들 얘기는 귀담아들을 거 없다. 만날 뒤에서 남의 험담이나 하는걸. 들어봐야, 건질 말 하나 없어."

"예, 알았어요. 괜히 한 집안사람들끼리 얼굴 붉히지 마세요."

"한집에 사는 것도 부끄러운 사람들이다."

두부 할머니는 역정을 냈지만 사람 좋은 책 장사 아저씨는 그저 히죽 웃고는 양치를 마저 하고 세숫대야에 물을 받아 사방에 물방울을 튀기며 요란하게 세수를 하였다. 아저씨는 아침밥을 먹더니 툇마루 끝에 앉아서 무전기를 챙겼다. 또 아이들에게 인생을 가르칠 참인 모양이었다.

"참, 연지야. 아저씨가 너 주려고 공책 사 왔다."

아저씨가 생각난 듯이 가방 속에서 공책 두 권을 꺼냈다.

"하나는 네 거고, 또 하나는 저 안채, 앵두 거야. 너희 둘 다 이제 곧 학교에 들어갈 텐데 이름자는 쓸 줄 알아야지."

나는 공책을 받아서 펼쳐 보았다. 거기에는 커다랗게 깍두기처럼 그려진 작은 네모 칸이 많이 그려져 있었다.

"어머나, 나도 미처 신경을 못 써줬는데 이거 고마워서 어쩌나?"

어느새 내 등 뒤에 와서 깍두기처럼 생긴 네모 칸 공책을 들여다보며 엄마가 말했다.

"뭘요. 연지가 조카 같아서 그러는 건데요."

나는 고개를 돌려 엄마를 올려다보며 웃었다. 나는 아저씨와 비밀을 나눠 가진 이후로 아저씨와 더욱 친밀해진 느낌이었다. 아저씨가 우리 아빠가 되어 우리와 한방에서 살았으면 좋겠다고 생각했다. 엄마와 아저씨가 마주 서서 웃는 걸 보니 더욱 그런 생각이 들었다. 셋이 함께 밥상에 둘러앉아 아저씨가 발라주는 생선 살을 받아먹고, 밤이 되면 셋이 나란히 누워 아저씨의 팔을 베고 잠을 자는 상상을 하니 더없이 행복했다.

점심을 먹고 나서 엄마는 공책에 내 이름을 써 주었다. '강연지' 글씨로 보는 내 이름이 신기했다. 입으로 하는 모든 말을 글자로 쓸 수 있다는 엄마의 말에 깜짝 놀랐다. 엄마는 앵두의 공책에도 '초앵두'라고 이름을 써 주었다. 처음엔 '나앵두'였다가 이후에 잠시 '송앵두'였더라도 인제는 그냥 '초앵두'만 쓰는 거라고 했다. 나와 앵두는 엄마가 본보기로 이름을 써 준 공책을 들고 초 씨 어르신의 작은 채 방으로 뛰어 들어갔다. 우리는 연필 끝에 침을 발라가며 각자의 공책에 '강연지'와 '초앵두'를 써 내려갔다. 공책의 맨 첫 장, 한 면을 다 쓰고 쪽을 넘겨 다음 장까지 써 내려가니 왠지 이제는 글씨를 제법 아는 것 같은 기분이 들었다. 저녁에 책 장사 아저씨가 돌아와서 '오늘 쓴 것 좀 보자' 할 때 자랑스럽게 공책을 내밀어 보일 생각에 기뻤다. 하지만 첫 장의 앞 뒷면을 꽉 차게 다 쓰고 나서는 그다음 쪽에는 어떻게 써야 할지 갑자기 앞이 캄캄했다. 뜨락 쪽으로 뚫린 분합창 너머를 멍하니 내다보니 누마루 위에 비스듬히 누운 곤지가 그런 나를 가만히 바라보고 있었다. 앵두와 친구가 된 뒤로 나는 점점 곤지를 소홀히 대했다. 곤지에게 조금 미안한 마음이 들었지만, 앵두와 재미나게 놀 때는 곤지 생각이 나지 않았다.

"공책 다른 쪽 면에는 어떻게 써야 하는 거지? 앵두야, 너는 알아?"

"아니, 나도 글자는 처음 써보는 거라."

"그럼, 우리 엄마한테 물어볼까?"

"그러자."

우리는 공책을 가슴에 끌어안고 쪼르르 엄마 가게로 달려갔다. 엄마는 손님하고 스웨터 색깔을 논의하는지 여러 색의 실뭉치를 들어 보이며 손님과 이야기 중이었다.

"엄마?"

"왜? 엄마, 지금 바쁜데."

"공책 이쪽 면에는 이름을 어떻게 써야 해?"

"뭘 어떻게 써. 아까 쓴 거랑 똑같이 쓰면 되지."

엄마는 여전히 실뭉치를 뒤적거리며 건성으로 대답했다.

"그러니까 어떻게 똑같이?"

똑같다면 거울을 보듯 마주 보게 똑같이 써야 한다는 건지 아니면 같은 방향으로 똑같이 써야 한다는 건지 나는 여전히 알 수가 없었다.

"뭘 어떻게 똑같이? 다른 쪽 면에 쓴 대로 똑같이 쓰면 되지."

엄마의 목소리에 짜증이 묻어났다. 한 면에 깍두기처럼 생긴 네모 칸이 열 개가 그려진 공책에 내 이름을 세 번 쓰고 나니까 한 칸이 남아 있었다. 그럼 반대쪽 면에는 거울에 비친 것 같이 한 칸을 미리 띄고 쓰는 건가? 조금 자세히 설명해 주면 좋겠는데, 엄마는 내게 관심이 없다. 골라놓은 실 자락을 외국 잡지에

실린 스웨터 사진 위에 올려보며 여전히 손님과 색상을 고르고 있었다.

"그럼 이쪽 면은 한 칸을 띄고 쓰는 거야?"

"아유, 공책 한 장에 칸이 몇 개나 된다고, 칸을 또 띄고 쓰니, 그냥 쓰면 되지."

엄마는 여전히 눈길도 안 준 채 성가신 듯 손만 홰홰 내저었다. 할 수 없이 나와 앵두는 공책을 끌어안은 채 도로 작은 채로 돌아왔다. 내가 가만히 공책을 들여다보자 앵두도 혓바닥을 쑥 빼물고 코를 한번 훌쩍 들이마시며 나를 가만히 쳐다보았다. 나는 세상의 모든 것들은, 그것들이 그 자리에 있는 이유가 있는 거라고 믿었다. 그러니 공책을 묶은 중앙선이 아무 의미 없이 그냥 거기 있을 리가 없었다. 그렇다면 중앙선을 중심으로 거울을 본 듯이 이쪽과 저쪽이 마주 보게 똑같이 쓰는 것이 맞겠지.

내가 먼저 쓰기 시작했다. 왼쪽 면에 '강연지'를 썼으니까 중앙선 너머 오른쪽 면에는 '지연강'을 거울로 비친 듯이 똑같이 뒤집어서 썼다. 아니, 썼다기보다는 그렸다. 내가 하는 양을 가만히 들여다보던 앵두도 '아하' 하더니 나와 똑같이 '두앵초'를 거울에 비친 듯이 뒤집어서 그렸다. 글자 공무를 마치고, 오후에는 뒤란 장독대 앞에서 소꿉을 놀았다. 소꿉놀이란 곤지와 놀 때는 할 수 없던 놀이였다. 혼자였을 때보다 둘이 함께 노는 것이 재미있었다. 내가 점점 재미있어질수록 곤지는 점점 외로워져 갔다. 하지만 나는 외로운 곤지를 모른 척 외면했다.

저녁에 책 장사 아저씨가 퇴근해 돌아왔을 때 나와 앵두는 잔뜩 들떠서 공책을 끌어안고 아저씨가 발을 다 씻을 때까지 기다렸다.

"하하 녀석들, 그래, 오늘 공책에 이름은 잘 썼더냐?"

아저씨가 발을 다 씻더니 툇마루 끝에 앉아서 수건으로 발의 물기를 닦으며 물었다. 나와 앵두는 서로 눈을 맞추며 웃었다.

"그래 어디 공책들 좀 보자. 얼마나 잘 썼는가."

나와 앵두가 공책을 아저씨께 내밀자 빙그레 웃으며 공책을 펼치고 들여다보았다. 아저씨의 표정이 잠깐 굳어지더니, 금세 깔깔 웃음을 터뜨렸다.

"어디, 어떻게 썼는지 엄마도 좀 보자."

종일 바빴다던 엄마도 그제야 여유가 생겼는지 내 공책을 들여다보았다. 그러더니 엄마의 얼굴도 금세 굳어졌다.

"하하하…… 이 녀석들이 글자를 죄 뒤집어썼네, 그래……."

엄마도 붉어진 얼굴로 내 머리에 꿀밤을 먹이며 부끄러운 웃음을 웃었다. 똑같이 쓰라고 해서 거울에 비친 듯 똑같이 썼을 뿐인데, 뭐가 잘못된 것인지. 아저씨는 그날 저녁에 나와 앵두의 공책에 우리의 이름자를 똑바로 다시 써주며 글자마다 정해진 소리가 있다는 것과 공책의 중앙선을 넘어서도 순서가 똑같이 '강연지'라고 써야 한다는 걸 가르쳐주었다. 그런 아저씨의 옆얼굴을 보며 나는 마음이 따뜻해졌다. 다정하고 아는 것이 많은 아저씨가 우리 아빠가 되어서 퇴근하여 저녁마다 나에게 글자를 가르쳐 주면 좋겠다고 생각했다.

초 씨 어르신

초 씨 어르신은 앵두 엄마에게는 여전히 냉랭했지만, 앵두를 바라보는 눈빛은 따뜻했다. 엄마는 그런 게 핏줄이라고 했다. 앵두가 내 핏줄은 아니었지만 나 역시 점점 더 앵두가 좋아졌다. 앵두와 함께 하는 소꿉놀이는 언제나 즐거웠다. 사금파리에 흙으로 밥을 짓고, 풀잎 뜯어 조물조물 나물로 무치고, 깨진 벽돌을 가루 내어 고춧가루로 만들어 김치를 담그고, 흙을 물에 개어서 떡을 만드는 놀이를 종일토록 해도 지루하지 않았다.

"하이 됴케 노야야."

초 씨 어르신은 풍을 맞은 뒤로는 발음이 안 좋아져서 신경 써서 잘 듣지 않으면 무슨 말을 하는 건지 알아들을 수가 없었다. 마주 앉아 놀고 있는 앵두와 나를 보며 언제나 '사이 좋게 놀아라' 라고 말했는데 그때마다 내 귀에는 '하이 됴케 노야야'로 들렸다.

이제는 우리의 놀이방이 된 작은 채 방에서 나와 앵두가 마주 엎드려 공책에 글씨를 쓰곤 하였다. 초 씨 어르신은 뜨락에 나와 걷기 연습하다가, 작은 채 누마루 너머로 열려있는 분합 창문을 통해 우리를 가만히 들여보곤 했다. 가끔 점방 박 씨 아저씨를 시켜 과자 몇 가지를 가져다주게 하기도 했다. 공부하면서 먹는 과자는 꿀맛이었다. 나는 초 씨 어르신 같은 좋은 분을 할아버지로 둔 앵두가 부러워졌다. 나도 초 씨 어르신의 핏줄이면 좋겠다고 생각했다.

"이반에 애드 소이가 나니 됴쿠나, 도아. 이에 하람 하는 디비지."(집안에 애들 소리가 나니 좋구나, 좋아. 이게 사람 사는 집이지.)

초 씨 어르신은 나와 앵두가 이리저리 뛰어다니며 장난치는 걸 바라보며 삐뚤어진 입을 더욱 삐뚤어지게 벌리고 흐뭇한 웃음을 웃었다. 초 씨 어르신은 우리 둘이 함께 작은 채 방에서 잠을 자도 좋다고 했다. 건넌방에서는 새달 아저씨와 앵두 엄마 둘만 쓰게 두라고 했다.

"와아! 정말 그래도 돼요?"

앵두와 나는 뛸 듯이 기뻐하며 소리를 질렀다. 그 얘기를 전해 들은 새달 아저씨는 귀밑까지 붉어진 얼굴로, 큼큼 헛기침하며 부끄러워했다. 그런 새달 아저씨를 보고 점방 박 씨 아저씨는 또 놀려댔다.

"저, 저, 저 애들 앞에서 부끄러운 줄도 모르고. 아, 형님, 그렇게 좋수?"

"허허, 누가 좋아했다고 그래? 사람, 참……."

새달 아저씨는 공연히 버럭 역정을 내고는 자리를 피했다.

"쯧, 죽은 조막네만 불쌍하지……."

점방 아주머니가 새달 아저씨를 힐끔거리며 들릴 듯 말 듯 중얼거리며 입을 삐죽거렸다. 날마다 기분이 좋은 사람은 온 집안에 새달 아저씨뿐이었다. 처음 나타났을 적에는 곤혹스러웠던 앵두 엄마였지만 살림을 차리고 보니 점점 정이 붙는 모양이었다. 밥때도 아닌데 공연히 부엌문을 열고 '밥이 아직 멀었는가?' 묻거나 보는 눈이 많은데도 주책없이 앵두 엄마의 뒤꽁무니를 쫓았다. 한번은 밥상을 높이 들고 부엌 문지방을 넘는 앵두 엄마의 저고리 밑으로 드러난 겨드랑이를 간질이다가 간지러움을 참지 못한 앵두 엄마가 그만 밥상을 부엌 바닥에 메다꽂는 바람에 온 집안사람들이 다 몰려나와 그 광경을 보게 되었다. 두부 할머니는 '점잖지 못하게'라며 상을 찌푸렸고, 엄마도 모르는 척했지만, 얼굴을 붉혔다. 초 씨 어르신은 '모자란 놈'이라고 혀를 끌끌 찼고, 박 씨 아저씨는 두고두고 그런 새달 아저씨를 조롱했다. 그런데도 새달 아저씨는 그저 히죽히죽 웃기만 했다.

"어이구, 깍짓동 같은 여편네라도 치마 두른 여자라고 저 좋아하는 꼴 좀 봐라."

점방 아주머니가 키들거렸다.

"열 계집 마다하는 사내 봤나? 절구통에다 치마만 둘러놓아도 좋다고 하지."

두부 할머니가 모처럼 점방 아주머니와 죽이 맞았다.

그해 겨울엔 유난히 눈이 많이 내렸다. 창호지 문에 박힌 작은 유리창으로 내다본 하얗게 눈이 덮인 뜨락은 그림 같았다. 그전에는 초 씨 어르신이 뜨락을 쓸었지만, 이젠 비질하는 건 점방 박씨 아저씨와 새달 아저씨 몫이 되었다. 초 씨 어르신은 방 안에서 꼼짝하지 않고 좀처럼 바깥바람을 쐬려 하지 않았다. 두 사람이 서까래로 한쪽에 밀어놓은 눈으로 앵두와 내가 눈사람을 만들어 세워놓았다. 기름기 하나 없이 주름진 얼굴로 작은 채 분합창문 곁에 앉아서 우리의 하는 양을 내다보고 있던 초 씨 어르신이 빙긋이 웃었다. 초 씨 어르신은 겨울이 깊어가면서는 뜨락 출입도 힘에 부쳤는지 안방에서 좀처럼 나오는 일이 없어졌다. 박 씨 아저씨가 그해 겨울을 못 넘길 거라고 장담했지만, 용케 그해 겨울을 넘기셨던 초 씨 어르신은 이듬해 봄이 오자 결국 돌아가셨다. 밤사이 잠을 자다가 돌아가신 초 씨 어르신을 두고 사람들은 엽렵한 조막 네가 있었더라면 아마 그 고비를 넘기고 조금 더 사셨을 거라고 말했다.

초 씨 어르신은 내가 기억하는 가장 옛날 사람이었고 가장 오랜 세월을 살아온 사람이었다. 그때까지 한 번도 초 씨 어르신이 없는 세상을 생각해 본 적이 없었다. 전에 보았던 초 씨 어르신의 출가한 세 딸이 다시 몰려와서 이전처럼 땅을 치고 곡을 했다. 많은 문상객으로 집안은 잔칫집처럼 북적였지만 나는 세상이 무너진 듯이 슬펐다. 누가 시킨 것도 아닌데 나는 어른들 틈에 끼어서 통곡하며 울었다. 앵두도 그동안 어르신과 정이 몹시 들었는지 눈물에 콧물까지 범벅되어 서럽게 울었다.

세상의 중심이었던 초 씨 어르신이 사라졌는데도 여전히 세상이 돌아간다는 게 놀라웠다. 하지만 초 씨 어르신이 없는 세상은 초 씨 어르신이 있던 세상과 매우 달랐다. 우선 대문에 걸렸던 오래되어 낡고 글씨가 흐릿하게 바랬던 초 씨 어르신의 문패가 내려지고 그 자리에 '초생달'이라고 새로 새긴 문패가 걸렸다. 반들반들 윤이 나는 명패의 글씨가 어찌나 선명한지 금방이라도 먹물이 뚝뚝 떨어질 것 같았다. 새달 아저씨는 자기 이름이 새겨진 문패 옆에 또 하나의 패를 걸었는데 거기에는 '앵두네 집'이라고 쓰여 있었다.

"문패를 새기러 간 김에 하나 새겼지. 왜, 뭐 잘못됐나? 앵두네 집이니까 앵두네 집이라고 새겼구먼."

대문 앞에 줄줄이 늘어서서 새로 걸린 문패 '앵두네 집'을 뜨악한 표정으로 보고 있는 바깥채 사람들을 향해 새달 아저씨가 퉁명스럽게 말했다.

"쳇, 누가 뭐라우?"

공연히 변명을 길게 늘어놓는 새달 아저씨에게 점방 박 씨 아저씨가 콧방귀를 뀌며 말했다.

초 씨 어르신이 쓰던 물건들이 정리되면서 새달 아저씨와 앵두 엄마가 안방으로 거처를 옮겼다. 앵두 엄마가 명실공히 집안의 안주인이 되는 순간이었다. 그때까지 집안이 초 씨 어르신을 중심으로 돌았으니 이후로는 새달 아저씨를 중심으로 돌아야 옳겠지만 현실은 새달 아저씨가 아닌 앵두 엄마를 중심으로 돌아갔다. 사람 팔자 모른다고 하더니 앵두 엄마의 처지는 이제 확연히 달라졌다. 초 씨 어르신 생전에는 어르신과 눈도 똑바로 마주치지 못하고 늘 게걸음을 걷던 앵두 엄마가 이제는 뜨락 한가운데를 마음껏 활개 치고 다니는 것은 물론이고 목소리가 어찌나 큰지 걸핏하면 그녀의 꺾쇤 목소리가 담장을 넘었다. 한 번씩 우산이나 부지깽이를 들고 큰 마루에 웅크리고 앉아 있는 곤지 쪽을 찔러대며 소리를 질렀고 그 외의 소리는 새달 아저씨를 쥐 잡듯이 잡는 소리였다.

"저, 저, 꺾쇤 목소리 좀 들어보게나. 당최 여염집 여편네 목소리가 아니라니까……."

앵두 엄마가 목청을 돋울 적마다 점방 박 씨 아저씨는 상을 찌푸렸다. 앵두 엄마가 권세를 잡은 뒤로 '앵두네 집'의 기강을 새롭게 잡아나가기 시작했다. 초 씨 어르신이 관리했던 집안의 대소사는 물론이고 모든 들고 나는 돈 관리와 돌아가는 일도 앵두 엄마가 관리했다. 월세를 받는 일도 어느새 앵두 엄마 차지가 된 모양이었다. 초 씨 어르신이 돌아가시고 나서는 한나절이 되도록 늦잠을 자고 나와 새달 아저씨가 아사 직전이 되어서야 겨우 늦은 아침상을 차리는 날이 대부분인데, 월세 받는 날이 되면 식전부터 방방마다 다니며 세를 내라고 독촉하였다. 다른 집은 몰라도, 초 씨 어르신이 사정을 봐주어 늘 한 달씩 밀려내던 엄마가 당장 곤욕을 치러야 했다.

"연지 엄마, 아니 연지 엄마는 뭘 믿고 월세를 한 달씩 깔고 밀려 낸 대유?"

앵두 엄마가 장부 공책을 손가락으로 콕콕 찔러 가며 엄마에게 따졌다.

"아, 예. 전에 어르신은 늘 그렇게⋯⋯."

엄마는 죄인처럼 기어들어 가는 목소리로 말끝을 흐렸다.

"전에 어르신? 전에 어르신이 누구랴? 전에 어르신, 돌아가신 지가 언젠데 아직도 전에 어르신을 찾는댜?"

"아, 예, 그게⋯⋯."

"아니, 그러니까, 멀쩡하게 산 사람을 앞에 두고 왜 죽은 사람을 찾아유? 전에야 돌아가신 양반하고 어떻게 했든지 나하고는 상관이 없고, 지금은 나하고 얘기 해유. 우선 한 달 치 내고 밀린 것도 이른 시일 내에 해결해 줘유. 이렇게 되면 또박또박 날짜대로 내는 다른 집들이 뭐라고 하것유?"

앵두 엄마는 손가락에 침을 퉤 뱉더니 엄마가 건넨 지폐를 세면서 앙칼지게 말했다.

"어떻게든 마련을 해 보겠지만 요새 장사가 잘 안돼서……."

엄마가 쩔쩔매며 사정을 하자 앵두 엄마가 눈을 치떴다.

"장사 잘될 때만 월세를 내도 된다는 법이 워디 있대유? 남의 집을 공짜로 살겠다는 심보도 아니고…… 그럼 못쓰쥬. 사정 많이 봐주는 건 줄이나 알어유. 쯧!"

앵두 엄마가 찬바람이 돌게 쌩한 얼굴로 안채로 돌아가자 옆방 두부 할머니가 스르르 방문을 열더니 앵두 엄마 뒤통수에 대고 소곤거렸다.

"원, 언제 적부터 주인이라고 주인행세를 하나. 예전 조막네는 생전 그런 법이 없었구먼. 에효, 굴러들어온 돌멩이가 박힌 돌을 어쩐다더니……."

"주인은 주인이죠."

엄마가 깊은 한숨과 함께 힘없이 웃으며 마주 소곤거렸다.

"이제 곧 새뜻하니 봄옷들 장만하려고 할 테니까 주문 좀 들어올 거야. 여기 자하문 밖에 연지네만큼 솜씨 좋은 사람이 어디 있어. 염려 말어. 더한 날도 견뎠는데, 뭘."

"뭘 이렇게 야박하게 굴어?"

점방 박 씨 아저씨가 나서서 새달 아저씨와 담판을 지어보겠다며 소매를 걷어 올리고 안채를 찾아갔지만, 새달 아저씨의 입에서는 엉뚱한 소리만 튀어나왔다. 아마 앵두 엄마가 미리 새달 아저씨에게 다짐을 받아놓은 모양이었다.

"아니, 요즘이 어떤 시댄가, 새마을 운동의 시대가 아닌가. 나라가 나서서 방방곡곡 모두 새마을 정신으로, 새마을을 건설한다고 법석이는데 우리 집이라고 맨날 예전처럼 구태의연하게 살면 되겠는가. 어떤 식으로든 변하고 발전해야 나날이 발전해나가는 국가의 국민 된 도리가 아니겠는가. 안 그런가? 큼큼."

"저게 말이여, 막걸리여."

박 씨 아저씨가 어이없다는 듯이 고개를 저으며 허탈하게 안채에서 돌아왔다.

엄마가 앵두 엄마 앞에서 죄인처럼 고개를 들지 못하고 굽신거리던 모습은 내 마음에 오래도록 아프게 남아 있었다.

곤지가 식구들 눈에서 완전히 사라졌던 게 바로 그즈음이었다. 점방 아주머니가 어느 깊은 밤 변소에 다녀오다가 앵두 엄마가 부삽으로 뭔가를 내다 버리는 걸 보았다고, 어두워서 자세히 보지는 못했지만, 지나고 보니, 그건 분명히 죽어서 뻣뻣해진 곤지 사체였다고 말했다. 어쩌면 앵두 엄마가 밥에 쥐약을 타 먹였을지도 모르고, 또 어쩌면 물이 가득 담긴 물 항아리에 곤지를 거꾸로 처박아두고, 그 위에 무거운 항아리 뚜껑을 덮었을지도 모르는 일이라고 말했다. 앵두 엄마라면 충분히 그러고도 남을 여편네라고. 그 말이 사실인지 확인할 수는 없었지만 나는 어쩐지 앵두 엄마가 그랬을지도 모른다는 생각이 들었다. 나는 무릎에 얼굴을 묻고 한참이나 울었다. 내 오랜 친구를 잃어버려서 울었고, 앵두가 이사 온 이후 곤지에게 무심했던 것이 미안해서 울었다. 한때는 나에게 둘도 없는 친구였던 곤지를 지켜주지 못한 게 미안해서 울었다. 그러는 동안, 초 씨 어르신네 한옥은 이제 완전히 앵두네 모녀 차지가 되어버렸다. 이전에 초 씨 어르신과 조막네 아주머니가 함께 살던 따뜻하고 아름다운 집이 아니었다. 주인 행세하며 바깥채 식구들을 닦달하는 앵두 엄마가 있는 꼴사나운 집구석이 되어버렸다. 나도 이제는 앵두와 함께 놀지 말아야겠다고 생각했다. 이제부터는 앵두가 불러도 못 들은 척 돌아보지 않고 혼자 놀아야겠다는 오기가 났다. 하지만 '그럴수록 앵두랑 더 사이좋게 놀며 약게 굴어야 네 엄마가 편하다'라고 점방 아주머니가 귀띔해 준 일이 아니었더라도 내 결심은 반나절도 채 못 갔다. 나는 이제 혼자가 아닌 둘이 함께 놀기에 너무 익숙해 버린 탓이었다. 오히려 앵두가 나와 놀아주지 않을까 봐 조바심이 났다. 앵두 엄마가 하는 짓이 아니꼬워도 꾹 참을 수밖에 없었다. 나는 나도 모르게 조금씩 세상 살아내는 법을 터득하고 있었다.

학교

"어이, 점방!"

새달 아저씨가 지나가는 점방 박 씨 아저씨를 불러 세우더니 우물가에서 물장난치고 있는 앵두를 턱짓으로 가리켰다.

"워떠, 나를 닮긴 닮은 것 같지?"

그러자 점방 박 씨 아저씨는 조금 성가시다는 듯이 쥐눈을 찌푸리며 건성으로 대답하였다.

"글쎄요."

"잘 보라고! 저 애 왼뺨에 폭 패인 볼우물이 보이지 않나? 이 보라고, 나도 왼뺨에 이렇게 볼우물이 패었더라니까!"

새달 아저씨가 자기 왼편 얼굴을 박 씨 아저씨의 눈앞에 들이밀며 말했다.

"에이! 형님, 그건 볼우물이 아니라 나이 자셔서 주름이 팬 것 아니우!"

박 씨 아저씨가 새달 아저씨의 얼굴을 밀어내며 대답하자 새
달 아저씨가 벌컥 부아를 냈다. 새달 아저씨는 걸핏하면 앵두의
손목을 끌어 잡고 동네를 한 바퀴 돌며 늦게 얻은 딸 자랑질을 해
댔다.

"딸이었우? 난 영감 얼굴이 하도 쪼글쪼글 바싹 마른 대추같이
생겨서 여태 손녀딸인 줄 알았더니."

"손녀라니! 손녀라니! 내 나이가 몇이라고 벌써 손녀를 둔단
말이여!"

철물점 최 씨 아저씨가 눈치도 없이 앵두가 딸이 아니고 손녀
인 줄 알았다고 하는 바람에 하마터면 주먹다짐이 벌어질 뻔한
걸, 연탄 가게 석 씨 아저씨가 겨우 뜯어말렸다. 석 씨 아저씨는
얼마 전에 가마솥을 얹은 안채 땔감 아궁이를 연탄 아궁이로 바
꾼 앵두네 집에도 연탄을 배달해 준 일이 있어서 새달 아저씨와
안면이 있는 사이였다. 하필이면 싸움을 뜯어말린 게 연탄 배달
을 막 마치고 돌아온 석 씨 아저씨라 새달 아저씨의 하얀 옷에도
검댕이 손자국이 나고 말았다. 그 바람에 새달 아저씨는 앵두 엄
마가 빨랫방망이로 세숫대야를 챙챙 소리 나게 두드리며 늘어놓
는 지청구를 꼼짝없이 들어내야 했다. 다행한 것은 새달 아저씨
가 앵두를 챙기는 것 못지않게 앵두도 새달 아저씨를 매우 잘 따
랐다는 것이다. 내막을 모르는 사람이 보면 앵두를 앵두 엄마가

아닌 새달 아저씨가 데리고 들어온 자식으로 생각할 판이었다.

초 씨 어르신이 돌아가신 해 봄에 앵두와 내가 입학을 코 앞두고 있던 어느 날이었다. 새달 아저씨가 앵두에게 등에 메는 책가방을 사 왔다. 앵두는 그날도 분홍색 잔 줄무늬가 놓인 새 책가방을 메고 제 아버지 손을 잡고 헛 둘, 헛 둘, 동네를 두 바퀴나 돌았다. 학교에 들어가려면 번호 붙여 행진하는 법을 알아야 한다나 뭐라나. 지난번에 앵두를 손녀딸인 줄 알았다고 해서 새달 아저씨와 한바탕 몸싸움을 벌였던 철물점 최 씨 아저씨가 이번에도 또 새달 아저씨더러 '나잇값도 못 하고 하는 짓마다 꼴사나워서 못 봐주겠네.' 라며 입을 삐쭉인 바람에 새달 아저씨가 또 한 번 발끈 소맷자락을 걷어붙이다가 제풀에 그만두었다.

"얘가, 내 딸인데 이번에 핵교에 들어간답니다."

새달 아저씨는 앵두를 데리고 걸으며 문이 열린 상점마다 들여다보며 '얘가, 하나밖에 없는 내 딸이우. 이번에 핵교에 들어간답니다.' 하고 누구 하나 묻지 않은 말을 하면서 동네를 돌았다. 하다못해 지나가는 개한테까지도 자랑을 늘어지게 했다. 이번에도 눈치 없는 만화방 영감이 '보기에는 물기를 꼭 짜놓은 행주 같아서, 나이깨나 자신 줄 알았더니, 이제 학교에 들어가는 딸이 있우?' 했다가 철물점 최 씨 아저씨와 마찬가지로 새달 아저씨에게 멱살을 잡혀야 했다.

앵두와 새달 아저씨의 요란스러운 행동이 거슬렸는지 점방 아주머니가 뒤에서 구시렁거렸다.

"인정머리 없는 사람 같으니라고. 집안에 학교 들어가는 아이가 둘인데 어뜨케 죄 딸 거만 사 온 대? 초 씨 어르신이 계셨으면 벌써 그 뒤통수에 담뱃대가 날아갔을 거여. 옛날 조막네만 있어도 이런 일은 없을 거구먼."

"아이고, 사돈 남 말 하시네. 집안에 어린 것 하나 있어도 생전 십 원짜리 미루꾸(밀크캐러멜) 하나 집어주는 법이 없더구먼."

그런 점방 아주머니도 밉상이라는 듯이 두부 할머니는 엄마 귀에 속삭이더니 점방 아주머니 말도 아주 틀린 말은 아니라면서 말을 이었다.

"아닌 게 아니라, 생각이 없어도 저렇게 없을꼬? 한 집에 동갑내기 어린애가 있는 줄 뻔히 알면서 어찌 자기 딸만…… 사는 길에 하나 더 사 왔으면 좀 좋아?"

"아유, 별말씀을요, 그거야 당연한 거지요. 아버지가 딸내미 책가방 사 온 걸, 뭐라 하면 되나요?"

당황한 엄마가 두부 할머니의 옆구리를 쿡 찌르며 말했다. 그래도 엄마의 웃는 얼굴이 조금 쓸쓸해 보였다. 사실 그때 정말로 쓸쓸했던 건 나였다.

"낼모레 시장에 가 보자. 너도 책가방 사줄게."

엄마도 내 마음을 눈치챘는지 사람들이 모두 사라지고 난 후 엄마가 말했다.

다음 날 저녁에 퇴근해 온 책 장사 아저씨가 우리 방문을 똑똑 두드렸다. 마침 저녁밥을 먹던 참이라 김치 한 쪽 쭉 찢어 밥숟갈에 얹어 막 입에 넣으려는 참이었다. 엄마가 문을 열자 아저씨의 정다운 실눈 미소가 나타났다.

"웬일이에요? 우리 저녁 먹는 참인데 같이 들래요?"

엄마가 웃으며 물었다.

"아뇨, 밥이야 어머니 가게 문 닫고 들어오시면 먹으면 되고요. 연지한테 줄 선물이 있어서요."

"선물요?"

아저씨의 말이 끝나기가 무섭게 나는 밥숟갈을 밥상 위에 딱 내려놓고 문을 활짝 열었다. 그러자 아저씨는 앵두 것보다 더 앙증맞게 예쁜 책가방을 내 눈앞에 들어 보였다. 등에 메는 우체통처럼 네모지고 빨간 책가방이었다.

"와아~"

나는 너무 기뻐서 탄성을 질렀다.

"앵두 것보다 훨씬 이쁘다. 앞 덮개까지 달렸네. 작은 우체통 같이 생겼어."

내가 눈을 휘둥그레 뜨고 책가방을 이리저리 돌려보면서 흥분을 해서 떠들자 아저씨가 가방을 내 등에 메어 주면서 말했다.

"맘에 드니? 자 메 보렴. 너 그때 내가 책을 맡기던 그 문방구 알지? 거기서 제일 예쁜 걸로 사 온 거란다."

"네, 맘에 들어요. 최고로 예뻐요."

내가 책가방을 메고 폴짝거리며 말했다. 책가방 속에는 공책과 필통도 들어있었다. 엄마는 고맙고 미안해서 어쩔 줄을 몰랐다.

"에구, 매번 이렇게 신세만 져서 어쩌나…… 어미가 돼서 어미 노릇도 못 하고, 내가 젊은 사람 앞에서 부끄럽네."

"아니에요. 저희가 어디 연지 책가방 하나 못 사줄 사인가요? 안 그래도 어제 안채 어르신이 앵두 책가방만 사 오셨다는 말을 들어서……."

두부 할머니가 아저씨에게 어제의 일을 얘기했던 모양이었다. 나는 너무 좋아서 하루빨리 책가방을 메고 학교에 가고 싶어졌다. 나는 참을 수가 없어서 밥 먹다 말고 당장에 책가방을 메고 뜨락을 뱅뱅 돌았다. 내 하는 양을 보고 엄마와 책 장사 아저씨가 큰소리로 웃었다. 웃음소리에 때마침 가게 문을 닫고 들어온 두부 할머니도 돌아보았고 점방 박 씨 아저씨네 부부도 방문을 열고 내다보며 웃었다. 웃음소리가 안채에까지 들렸는지 안방 방문이 열리고 밥숟가락을 입에 문 앵두가 내다보더니 앵두도 밥숟갈을 내동댕이치고 책가방을 메고 나왔다. 앵두와 나는 신이 나서 책가방을 메고 헛 둘, 헛 둘, 우물가를 뱅뱅 돌고 또 돌았다. 그 바람에 온 집안사람들이 모두 뜨락을 행진하는 우리 둘을 내다보며 웃었다. 앵두네 모녀가 들어온 뒤로 모처럼 한마음이 되었다. 나는 잠자리에 들어서도 책가방을 꼭 끌어안았다. 정말로 책 장사 아저씨가 우리 아버지면 좋겠다고 생각했다. 나도 앵두처럼 아버지가 사준 책가방을 메고 싶었다.

마침내 기다리던 입학식을 마치고 우리는 학생이 되었다. 왼쪽 가슴에 흰 손수건을 달고 학교에 갔다. 학교는 교실이 모자라 저학년 학생들을 오전반 오후반으로 나누어 2부제로 수업을 했고, 1학년 학생들은 당분간 운동장에서 노래하고 춤추는 것만 배운다고 했다. '사과 같은 내 얼굴' 노래를 배우는 건 재미있었지만, 남자아이와 짝을 이루어 마주 보고 춤추는 것은 참 쑥스럽고 어색한 일이었다. 게다가 때로는 손도 잡아야 했고 또 '송아지' 노래를 부를 때는 짝꿍의 귓불을 잡으며 '두 귀도 얼룩 귀, 엄마 닮았네'를 불러야 하는 것이 내게는 아주 곤욕이었다. 얼마간을 그렇게 운동장에서 노래하고 춤추더니 마침내 우리도 오전 오후 반으로 나뉘어 교실 수업을 할 수 있게 되었다. 초록색으로 칠해진 칠판이 신기했고 나무 책상 나무 걸상들이 줄을 맞춰 놓여있는 게 신기했다. 백지를 묶은 종합장을 삼등분으로 접어 칸칸이 이름 쓰는 것을 배웠다. 앵두와 나는 이미 이름 쓰는 것을 배워두어서 보란 듯이 자랑스럽게 우리의 이름을 썼다.

이름 쓰기를 배우자마자 선생님은 바로 한글을 가르쳐주기 시작했다. 선생님이 칠판에 쓰는 대로 나와 아이들은 종합장에 그대로 그려 넣었다. 첫날에는 ㄱ, ㄴ, ㄷ을 썼다. 멋도 모르고 이름을 썼을 때와는 또 다른 감동이 밀려왔다. 그 귀엽게 생긴 글자들에 기역, 니은, 디귿이라는 제 이름까지 있다는 게 여간 신기한 일이 아니었다. 학교가 파하고 나와 앵두는 작은 채 방에 배를 쭉 깔고 엎드려 종합장에 색연필로 선생님이 숙제로 내준 ㄱ과 ㄴ과 ㄷ을 썼다.

"숙제들 하는구나. 어디 보자."

언제 퇴근해서 왔는지 책 장사 아저씨가 누마루 건너로 작은 채 분합 창문을 통해 들여다보았다. 나와 앵두는 경쟁하듯이 누마루로 달려 나가 각자의 종합장을 들어 아저씨 코앞에 들이밀었다.

"ㄱ, ㄴ, ㄷ을 배웠구나. 내일은 ㄹ, ㅁ, ㅂ을 배울 테니 두고 보렴."

아저씨가 실눈으로 웃으며 말했다. 다음날 놀랍게도 선생님은 아저씨가 말한 대로 ㄹ과 ㅁ과 ㅂ을 가르쳐 주었다. '와아~ 아저씨 말이 사실이었구나' 싶어서 눈을 동그랗게 뜨고 앵두를 쳐다보니 앵두 역시 입을 쩍 벌리고 놀란 표정으로 나를 바라보았다. 하긴 아저씨가 다른 것도 아니고 책을 파는 사람이니 그 모든 글자를 잘 아는 것은 당연한 일이었다. 그런데 가만히 보니 우리가 배운 글자가 모두 우리가 앉은 나무 걸상에 담겨있었다. 거기에 ㄱ도 있고 ㄴ도 있고 ㄷ도 있었다. 등받이에는 커다랗게 ㅂ도 들어있었다. 나는 너무 놀라서 교실 안을 둘러보았다. 가만히 보니 칠판에도 창문에도 교실 미닫이문에도 글씨들이 들어있었다. 학교 안에 있는 모든 물건은 아이들에게 가르쳐줄 글자들을 숨기고 있는 모양이었다.

학교가 파하고 앵두와 나는 달리기 경주라도 하듯이 필통 소리를 달그락거리며 집으로 달려왔다. 그러고는 당장에 작은 채방에 배를 깔고 엎드려 새로 배운 글자들을 종합장에 쓰면서 책장사 아저씨가 돌아오기를 기다렸다. 마침내 아저씨가 돌아와 작은 채 분합창을 통해 들여다볼 적에 우리는 한목소리로 크게 외쳤다.

"아저씨 말이 맞았어요. 정말로 ㄹ과 ㅁ과 ㅂ을 배웠어요. 아저씨는 정말로 모르는 것이 없네요."

내가 눈을 동그랗게 뜨고 말하자 아저씨는 또 실눈을 뜨고 큰소리로 웃더니 다시 정색하고 말했다.

"내일은 ㅅ과 ㅇ과 ㅈ을 배우게 될 거다."

또 배워야 할 글자가 있다는 말에 나는 하늘이 노래지는 것 같았다. 도대체 글자들은 얼마나 많은 것이며 내가 그 많은 글자를 어떻게 다 익히고 외워서 쓸 수 있을까 걱정이 되었다.

"아직도 배워야 할 글자들이 남은 거예요?"

내가 묻자 곁에 섰던 앵두도 걱정스러운 얼굴로 고개를 끄덕였다. 내 말에 아저씨는 큰 소리로 깔깔 웃었다. 학교에서 배울 것은 무궁무진한 모양이었다. 얼마나 많은 글자를 배워야 책을 읽을 수 있는 것인지 나는 한숨이 나왔다.

독구·메리·쫑과 병아리

　학교에서 돌아오는 길 삼거리 시장에는 별의별 것들이 다 있었다. 연탄불 위에 얹은 국자에 하얀 각설탕을 넣어 녹여 나무젓가락으로 소다를 콕 찍어 넣고 젓가락으로 뱅뱅 젓다가 마침맞게 녹으면 넓은 금속판에 탁, 쏟아놓고 그것이 다 굳기 전에 별이나 꽃 모양을 찍어서 파는 '달고나'가 있었다. 앵두는 날마다 10원짜리 동전을 내고 달고나 할아버지의 파라솔 아래 쪼그려 앉아서 국자 안의 각설탕을 녹여 달콤한 달고나를 만들어 먹었지만, 나는 언제나 그 동전 한 닢이 없었다. 그저 달고나를 먹는 앵두 곁에서 군침만 흘릴 뿐이었다. 어쩌다 한번 앵두가 떼어준 손톱만 한 달고나, 한 조각을 입에 넣으면 얼마나 달콤하고 맛있는지 심장까지 녹아내릴 것만 같았다. 그 작은 조각의 달콤한 맛이 얼마나 아쉽고 간절하던지……

달고나 파라솔을 지나면 이번에는 길바닥에 고무 대야를 놓고 병아리들을 파는 할머니와 아직 눈도 못 뜬 주먹만 한 강아지 네 마리를 올망졸망 늘어놓고 앉아있는 할아버지가 나란히 앉아있었다.

"할아버지, 이 강아지들 팔려고 내놓으신 거예요?"

"팔려고 내놓았지, 그럼. 안 그러면 내가 뭐 하러 여기에 강아지를 늘어놓고 앉아있겠냐."

앵두가 물어보자 할아버지가 퉁명스럽게 대답했다. 앵두는 넋이 빠져서 강아지들을 들여다보며 손으로 살살 쓰다듬었다. 나 역시 부드럽고 보송보송한 노란 털이 덮인 병아리들을 가지고 싶어서 한참을 들여다보고 있었다. 나에게는 당연히 병아리를 살 만한 돈이 있을 리가 없었고, 방금 달고나를 사 먹고 난 앵두도 돈이 없긴 마찬가지였으니 그야말로 그림의 떡이었다.

"너희는 집에 안 가냐? 안 살 거면 그만 비켜라, 성가시다."

강아지를 사지도 않고 강아지 앞에 쪼그려 앉아 떠날 기색이 없는 앵두에게 강아지를 파는 할아버지가 버럭 역정을 냈다.

"병아리는 그렇게 더러운 손으로 만지면 죽는다. 너도 그만 가라."

조심스럽게 병아리 깃털을 만져보는 나를 흘겨보고 있던 병아리 할머니도 참지 못하고 나에게 결국 한마디 했다.

"가자."

114

앵두는 풀이 죽은 얼굴로 일어나 코를 한 번 훌쩍이더니 어깨를 축 늘어뜨리고 앞장섰다. 나 역시 여전히 병아리에게서 눈을 떼지 못한 채 맥없이 일어나 앵두의 뒤를 따랐다.

"얘가 왜 이러냐? 어떤 놈이 우리 앵두를 때리기라도 한 것이냐? 아침까지만 해도 엉덩이를 씰룩거리며 신이 나서 학교에 갔던 우리 앵두가 왜 이렇게 풀이 죽은 것이냐?"

세상 무너진 표정으로 들어서는 앵두를 보자 우물가에서 손을 씻던 새달 아저씨가 깜짝 놀라 일어서며 내게 물었다.

"아뇨. 누가 때린 것이 아니라……."

"그게 아니면, 애가 왜 이러냐?"

새달 아저씨의 말이 끝나기가 무섭게 앵두가 코맹맹이 소리와 함께 몸을 배배 꼬며 말했다.

"아버지, 강아지가 갖고 싶어요. 강아지 좀 사주세요."

"강아지?"

"지금 삼거리 시장에서 강아지를 파는 할아버지가 있어요. 강아지가 네 마리뿐이라 아마 조금 있으면 다 팔리고 없을 거예요. 빨리 가야 해요, 빨리."

조급한 마음에 내가 말을 보탰다.

"강아지는 뭔 강아지. 강아지는 말고, 돈 줄 테니 눈깔사탕이나 사 먹어라."

"힝~ 강아지 사줘요. 강아지를 사달란 말이에요."

앵두가 어깨를 더욱 흔들며 보챘다.

"아이구 참. 그렇게 강아지가 가지고 싶은 게냐?"

"네, 빨리 가면 아직 남아 있는 강아지가 있을 거예요. 아마 아직 병아리들도 남아 있을 거예요."

나는 내친김에 얼른 묻지도 않은 병아리 얘기까지 말했다.

"그래, 가자. 당장 가자. 이 아버지가 강아지를 사주마. 암만, 사주고말고. 우리 금쪽같은 무남독녀 앵두가 갖고 싶다면 사 줘야지. 그까짓 강아지 때문에 코가 빠져 있어서야 쓰나."

"이야~"

앵두가 좋아서 깡충깡충 뛰었다.

"애가 사달란다고 그렇게 다 사주면 워쩐대유. 개가 생기면 성가실 사람은 난디. 이전에도 나비가 있어서 때마다 밥 챙겨 멕이기 성가셔 죽을 뻔했구면."

앵두 엄마가 부엌에서 고개를 내밀고 두 사람을 향해 빽 소리를 질렀다.

"성가시긴 뭐가 성가셔. 먹고 남은 찬밥에 물이나 부어주면 될 것을! 앵두가 갖고 싶다는데 그까짓 걸 못 사주남? 그렇지 않아도 나비가 없으니 허전하던 참인데, 이참에 강아지 한 마리 키우지 뭐."

웬일로 새달 아저씨는 앵두 엄마에게 눈 하나 깜짝하지 않고 부엌 쪽을 향해 소리를 지르고는 의기양양하게 집을 나섰다. 나도 신이 나서 그들 부녀를 따라나섰다. 서둘러 삼거리 시장을 가니 아직 강아지도 두 마리가 남아 있었고, 병아리도 너덧 마리 남아 있었다.

"거, 강아지 한 마리 주시우. 앵두야 어느 놈이 좋으냐, 이 얼룩이 놈을 사랴, 저 누렁이 놈을 사랴."

"누렁이!"

"거기 누렁이 놈으로 한 마리 주시우."

앵두가 벌써 누런 강아지를 품에 안고는 좋아서 팔짝팔짝 뛰었다. 나는 마음이 급해져서 새달 아저씨의 옷자락을 잡으며 말했다.

"아저씨, 여기 병아리도 좀 보세요. 엄청 귀여워요."

새달 아저씨는 잠깐 내 얼굴을 내려다보더니, 무심한 얼굴로 다른 데를 쳐다보고 있는 병아리 할머니에게 말했다.

"아, 병아리 안 팔 거유? 거, 튼실하게 생긴 놈으로 골라서 세 마리만 주시우."

앵두는 강아지를 품에 안고, 나는 병아리가 든 박카스 상자를 품에 안고 깡총 걸음을 뛰며 집으로 향했다.

"이런 데서 파는 병아리들은 죄 병든 거란다. 네 눈이 하도 간절해서 내가 사주긴 했다만……. 이왕 돈 주고 샀으니, 잘 키워 봐라."

"네에!"

나는 그저 눈앞의 병아리만 좋아서 건성으로 대답했다.

다음 날 아침, 앵두 엄마가 앵두와 함께 이불 속에서 자고 있던 강아지를 발견하고는 한바탕 악다구니가 벌어졌다.

"개가 사람하고 한 이불 덮고 자는 일은 없다!"

그러더니 그 불똥이 새달 아저씨에게 튀었다.

"당상 개집을 만들어 밖에 두고 키우게 하지 못하겠우?"

새달 아저씨는 그길로 나가 나무판자들을 구해왔지만, 판자들을 이리 세웠다, 저리 세웠다 하면서 머리만 긁적거렸다.

"형님이 뭐 하나라도 만들 수 있는 게 있긴 하우?"

박 씨 아저씨가 슬그머니 다가와 새달 아저씨의 부아를 돋웠다.

"그렇게 잘하면 자네가 만들어 보든지!"

새달 아저씨는 기회는 이때라고 뒷전으로 물러섰다. 판자와 톱을 건네받은 박 씨 아저씨는 판자들을 줄 자로 재고 연필로 표시를 하더니 경쾌하게 톱질을 하며 말했다.

"우리 점방에 선반이며 판자며 다 내가 만들지 않았겠어요?"

"저 양반은 남의 집 개집 만드는 일에 뭐가 저리 신이 났대? 쳇, 저 집구석 사람들은 우리를 자기네 부리는 사람쯤으로밖에 여기질 않는다니까! 아니, 우리가 세를 안 내 뭐를 안 내? 하다못해 냄새나는 변소 사용료까지 꼬박꼬박 내고 있구먼!"

점방 아주머니가 개집을 짓느라 법석을 떨고 있는 두 남자를 향해 눈을 흘겼다. 내가 보기에는 새달 아저씨보다 오히려 박 씨 아저씨 쪽이 더 신이 나서 들썩거렸다. 박 씨 아저씨는 뚝딱하더니 금세 개집을 만들어 안채 건넌방 기둥 옆에 두었다. 강아지는 아직 손바닥만 한데 개집은 사람이 들어가 살아도 좋을 만큼 컸다.

"웬 개집을 본대 없이 저렇게나 크게 만들었대? 사람 집이라고 해도 믿겠네!"

앵두 엄마가 개집을 발로 툭툭 건드려가며 시큰둥한 표정으로 말했다.

"저 집구석 사람들은 뭘 해줘도 좋은 말 한마디 할 줄을 모른다니까!"

점방 아주머니가 앵두 엄마의 뒤통수에 대고 눈을 흘기며 엄마에게 귀엣말했다.

"아닌 게 아니라, 저만한 집이라도 자기 집이 있으면 좋긴 하겠네요."

엄마가 점방 아주머니에게 속삭였다.

"하긴, 저 개새끼 팔자가, 우리 바깥채 사람들 팔자보다 낫구면."

점방 아주머니도 고개를 주억거렸다.

아저씨들은 개집을 완성하고 나더니, 이번에는 뒤란에 모아둔 나뭇가지들을 가져다가 한데 엮어 병아리들을 위한 둥우리도 만들어 주었다. 새달 아저씨가 둥우리를 별채 쪽 구석에 세워놓으며 말했다.

"낮에는 뜨락에 풀어두고, 밤에는 둥우리 안으로 몰아넣어 거기서 자게 해라."

"네에!"

나도 신이 나서 소리 높여 대답했다

"근데, 강아지 이름을 뭐라고 지을까요?"

앵두가 터무니없이 큰 개집에 강아지를 밀어 넣으며 물었다.

"누렁이는 어떠냐?"

새달 아저씨가 말했다.

"누렁이는 싫어요. 멋진 이름을 지어주고 싶어."

"그럼, 뭐가 좋을까?"

"할 일들 참 없으시네! 아무거나 부르기 쉬운 걸로 하나 붙여주면 될걸."

앵두 엄마가 성가시다는 듯이 짜증을 부렸다. 그러자 새달 아저씨는 얼른 박 씨 아저씨 쪽을 돌아보았다.

"독구가 어때요? 요즘 독구라고들 많이 짓던데."

박 씨 아저씨가 설레는 얼굴로 말했다.

"독구? 그게 뭔 말이여?"

"나도 모르지요."

"뜻도 모르고 이름을 지어?"

"난 메리가 좋은데."

앵두가 끼어들었다.

"메리는 여자 이름인데, 가만, 이 개는 수컷 아니냐?"

마침 퇴근하여 집으로 돌아온 책 장사 아저씨가 커다란 개집을 들여다보며 벙글거렸다.

"어이 책! 뭐 좋은 이름 없는가?"

"글쎄요. 쫑 어때요?"

"쫑? 그거 좋구먼. 한 글자니 부르기도 간단하고."

"싫어, 난 메리가 좋아!"

"그건 여자 이름이라잖니. 독구가 좋구먼 그러네."

"당신이 왜 남의 집 개 이름 짓는 일까지 참견이우?"

박 씨 아저씨가 한마디 거들다가 점방 아주머니에게 옆구리를 꼬집혔다.

"싫어요. 난 메리가 좋아."

"쫑이 좋다니까!"

"흠…… 그럼, 오늘부터 이 개 이름은 '독구·메리·쫑'이야. 앞으로 그렇게 불러주세요."

의견만 분분하고 좀처럼 마땅한 이름을 고르지 못하는 가운데 앵두가 판사처럼 결론을 내렸다.

"뭐? 독구·메리·쫑?"

어른들이 웃음을 터뜨렸다. 시큰둥하니 서서 눈을 흘기고 있던 점방 아주머니도 쿡, 웃음을 터뜨렸다.

"그거, 공평하고 좋구나!"

새달 아저씨가 말했다.

"그 이름 참 길기도 길고, 재미도 있구나."

식구들은 모두 독구·메리·쫑을 한 번씩 불러보며 깔깔거렸다. 독구·메리·쫑은 하루가 다르게 무럭무럭 자랐다. 분명히 개를 팔던 할아버지 말로는 혈통이 좋은 진돗개라고 했는데 독구·메리·쫑은 아무리 봐도 혈통이 좋아 보이지 않았다. 보통은 윗니가 아랫니를 덮어야 하는데, 거꾸로 아랫니가 윗니 바깥으로 나 있었다. 게다가 자랄수록 구둣솔처럼 뻣뻣해지는 털은 좀처럼 만져주고 싶지 않았다. 독구·메리·쫑에 비하면 매끄러운 털을 가진 곤지는 얼마나 격조 있고 근사해 보였던가. 독구·메리·쫑은 자라면 자랄수록 근사한 진돗개의 풍모에서 점점 더 멀어지고 있었다.

"저 집구석은 개도 주인을 닮아 약간 모자라 보인다니까."

점방 아주머니는 개집을 지나칠 때마다 키들키들 웃었다. 먹을 것만 밝히고 낯선 사람을 보아도 짖을 줄을 모르고 아무에게나 꼬리를 흔들어대는 독구·메리·쫑을 보며 앵두 엄마도 '집도 지키지 못하는 개를 뭐 하러 키우는지 모르겠다'며 혀를 찼다. 얼마 뒤 앵두 엄마가 텔레비전 세트를 들여놓으면서 앵두는 금세 독구·메리·쫑의 존재를 잊어버렸다. 내가 앵두와 놀면서 곤지의 존재를 잊어버린 것과 같았다. 사람은 본래 그렇게 의리가 없게 생겨 먹은 모양이다.

정작 변고는 뜨락에 놓아 기르던 병아리들에게 먼저 생겼다. 분명히 종종거리며 돌아다녀야 할 병아리들이 한 마리도 보이지 않았다. 헛간 뒤쪽이나 작은 채 누마루 밑이나 뒤란 깊은 안쪽을 다 살피고 장독대 뒤쪽까지 뒤져도 병아리들은 보이지 않았다. 헛간 문도 열어 보고 별채 손님방 뒤쪽까지 다 살펴보아도 찾을 길이 없었다.

한참 지나서 마침 변소에서 볼일을 보던 두부 할머니가 기겁해서는 미처 옷도 다 추키지 못한 채 뛰쳐나왔다.

"에구머니나! 놀라 자빠지것네!"

"왜 그러세요?"

"똥통 안에서 뭐가 꼬물거리길래 가만히 내려다보았더니 글쎄 병아리들이 바둥대고 있질 뭐니!"

그 소리에 한달음에 변소 간으로 달려갔더니 과연 병아리들이 깊은 똥통 안에 빠져 똥이 범벅 된 날개를 바둥거리며 삐악거리고 있었다. 낮에 앵두가 변소에 갔다가 문을 제대로 닫고 나오지 않은 모양이었다. 엄마가 자루가 긴 쇠스랑을 똥통 안으로 넣어 병아리들을 건져내었다. 바로 우물물을 길어 깨끗이 씻어 주었지만 그중 한 마리는 미처 젖은 털이 다 마르기도 전에 바로 죽었다. 나머지 두 마리의 병아리들도 한 이틀을 꼬박꼬박 졸다 죽고 말았다.

"똥독이 오른 모양이다."

점방 아주머니가 말했다.

"내가 애초부터 병든 병아리들이라고 말하지 않든."

새달 아저씨도 쯧쯧 혀를 차며 말했다. 그날 밤 나는 이불을
뒤집어쓰고 울었다. 병아리들을 지켜주지 못한 것이 너무나 미안
했다. 곤지도 지켜주지 못하고 병아리들도 지켜주지 못한 내가
한심했다.

텔레비전과 승택이

앵두네 집에 금성 텔레비전 세트를 들여놓은 뒤로 나는 날마다 앵두네 집으로 달려가 어린이 연속극을 구경했다. 난생처음 보는 텔레비전의 위엄은 대단했다. 두꺼운 불투명한 잿빛 유리판 앞쪽으로 달린 접이식 미닫이문조차 근사했다. 텔레비전을 켜면 푸르스름한 불빛과 함께 그 안에서 작은 사람들이 나와 노래하고 춤췄다. 사람들을 웃기기도 하고 울리기도 했다. 도대체 그 사람들은 어떻게 해서 그 두꺼운 유리판 안쪽에 갇혀 살게 된 건지. 아무리 코를 박고 들여다봐도 아른아른 불빛만 흔들려 보일 뿐 그 안쪽 세상은 보이지 않았다. 나는 점점 더 텔레비전에 넋을 빼앗겼다. 텔레비전을 보고 싶어서 진종일 몸을 비틀며 방송 시간을 기다리다가 시간이 되면 틈만 나면 앵두네 안채로 달려갔다. 방송 시간이 되기도 전에 조바심을 치며 나오지도 않는 텔레비전을 틀어놓고 파도의 하얀 물거품같이 흔들리는 불빛을 하염없이 바라보고 있기도 했다..

내가 종일 텔레비전에 정신이 팔려있다는 걸 알게 된 엄마는 걱정이 태산이었다. 급기야 숙제를 마치지 않으면 텔레비전을 보지 못한다는 조처를 내렸다. 텔레비전을 보기 위해서는 반드시 방송 시간이 되기 전에 숙제를 마쳐야만 했다. 서둘러 저녁을 먹고 숟가락을 내려놓기 무섭게 쏜살같이 안채로 달려갔다. 그러지 않으면 '바다의 왕자 마린보이'나, '우주 소년 아톰'과 같은 만화영화 시간을 놓쳤다. 어린이 프로가 끝이 나면 새달 아저씨와 점방 아저씨가 나란히 앉아 뉴스를 보았고, 뉴스가 끝나면 밥상을 물리고 설거지를 마친 여자 어른들이 옹기종기 모여 앉아 '여로'나 '아씨' 같은 연속극을 보며, 울기도 하고 웃기도 했다. 앵두 엄마를 마뜩잖게 생각하던 점방 아주머니도 연속극 시간이 되면 은근슬쩍 텔레비전이 있는 건넌방 한쪽에 궁둥이를 밀어 넣었다. 나는 일요일이 제일 좋았다. 학교에 가지 않아서도 좋았지만, 종일토록 텔레비전을 볼 수 있어서 더욱 좋았다. 앵두 엄마는 텔레비전과 함께 냉장고라는 크고 신기한 기계를 들여놓았는데, 앵두는 종종 거기서 깍두기처럼 작고 네모난 얼음 조각들을 꺼내다가 그 위에 눈처럼 하얀 설탕 가루를 뿌려 먹었다. 앵두가 우쭐거리며 한 번씩 선심 쓰듯 건네준 설탕 가루가 묻은 얼음을 녹여 먹으며 텔레비전을 보는 건 정말 꿈 같은 일이었다. 가장 재미있는 건

126

역시 배삼룡과 구봉서가 나오는 '웃으면 복이 와요'라는 코미디 프로그램이었다. 토요일이면 남진과 하춘화가 '쇼쇼쇼'에 나와서 춤을 추고 노래를 불렀다. 노래라고는 학교에서 배운 '무궁화꽃'이나 '학교 종이 땡땡땡' 같은 동요만 알았던 내가 그렇게 흥이 나는 노래가 있다는 걸 처음 알았다. 나는 잘생긴 남진과 예쁜 하춘화, 그들 둘이 왜 결혼하지 않는 건지 정말 이해할 수가 없었다. 나는 그들이 화려한 불빛이 쏟아지는 무대에서 반짝거리는 옷과 통 넓은 바짓단을 펄럭이며 노래하고 춤을 출 때마다 그저 황홀해서 입을 떡 벌렸다. 나도 그들처럼 화려한 무대에서 노래하고 싶다는 생각에 줄넘기 손잡이를 마이크 삼아, 줄을 손에 두어 번 감아쥐고 가수처럼 무게 잡고 뜨락을 왔다 갔다 멋스럽게 걸으며 유행가를 따라 부르곤 했다.

앵두네 집 건넌방 단골손님은 나 말고도 한 명이 더 있었다. 그건 우리 동네에 새로 이사 온 승택이었다. 새마을 운동이 한창이던 그때 우리 동네에도 건설 바람이 불어왔고 승택이 아버지는 그 바람을 타고 우리 동네로 흘러들어왔다. 그는 동네 공터에서 시멘트 블록을 찍어냈다. 어른들 말이 나라에서 동네마다 공짜로 시멘트를 보내 그걸로 집을 새로 짓고, 길을 닦고 담장을 고치는 거라고 했다. 그 바람에 우리 동네에도 순 논밭이었던 자리에 신식 집들이 들어서고 있었다. 승택이네는 블록 공장 한쪽에 자기네가 찍어낸 블록을 쌓아 방을 만들고 그곳에서 살았다. 그 집은 문도 달려 있지 않아 입구에 두꺼운 천막을 씌워서 비바람을 피했다. 승택이 아버지는 종일 거푸집으로 블록을 찍어냈고, 만들어진 블록을 햇빛에 말리고 잘 마른 블록을 일일이 들어 공터 한쪽에 가지런히 쌓아 올렸다. 그는 날마다 고된 일을 하면서도 늘 웃었다. 뙤약볕 아래에서 검게 그을린 그가 흰 이를 드러내고 활짝 웃으면 그의 얼굴은 흑인처럼 검고 반짝거렸다.

승택이 엄마도 남편을 도와 종일 뙤약볕 아래에서 블록을 만들었다. 그녀의 튀어나온 양쪽 광대뼈 위에는 새까맣게 기미가 내려앉아 있었다. 삐삐 마른 그녀에게 블록을 찍어내는 일이 힘에 부쳐서였는지, 아니면 햇살에 눈이 부셔서 그랬는지, 언제나 눈을 가늘게 뜨고 이마를 찌푸리고 있었는데, 그런 그녀는 웃고 있어도 우는 것처럼 보였다.

블록을 찍는 일은 참으로 재미나 보였다. 자갈을 걸러낸 모래와 시멘트를 섞어 물과 함께 반죽하여 거푸집에 채워 넣고, 거푸집을 들어 몇 번 흔들고, 탕탕 힘있게 내려친 다음, 조심스럽게 거푸집을 빼내면 근사한 블록이 만들어졌다. 척척 블록을 찍어내는 거푸집이 참으로 신기해서, 나는 그때 어느 장난감보다도 거푸집이 너무나 갖고 싶었다. 잘 만들어진 블록들이 반듯하게 줄을 맞추어 햇볕 아래에서 하얗게 빛을 내며 끝없이 늘어선 풍경은 참으로 장관이었다.

승택이네 천막 덮은 블록집에 텔레비전이 있을 리가 없었다.

텔레비전은커녕, 그 집에 전깃줄을 끌어다 알전구를 달아 놓은 것만도 신기한 일이었다. 그러니 승택이도 나처럼 저녁 밥숟가락 내려놓기가 무섭게 고무신 꿰어 신고 달려오는 건 당연한 일이었다. 승택이는 달려오면서도 벌써 재미가 있는지 헤벌어지게 벌린 입으로 활짝 웃고 있었다.

"너무 늦게까지 있지 말고 딱, 만화영화만 보고 가야 한다!"

앵두 엄마는 승택이를 볼 때마다 이마를 찌푸리며 퉁명스럽게 말했다. 만화영화가 끝나고 저녁 뉴스가 시작될 즘, 승택이는 떨어지지 않는 발걸음을 억지로 떼어 집으로 돌아가야 했다. 승택이는 앵두 엄마 서슬 때문인지 늘 주눅이 들어있었다. 씻을 데가 마땅치 않던 승택이는 손등에 때가 더께 앉아있었고, 머리칼도 늘 엉겨 붙어 있었다. 그런 승택이를 두고 앵두는 늘 코를 쥐며 냄새가 난다며 진저리를 치며 놀려 먹었다.

"야, 너만 오면 쿰쿰한 냄새가 난다. 저만치 윗목에 떨어져 앉아있어!"

앵두는 아랫목 벽에 등을 딱 붙인 채 팔짱을 끼고 앉아서 '7번 틀어라. 9번 틀어라. 소리를 작게! 크게!' 큰소리로 거만하게 외쳤고, 승택이는 마치 머슴처럼 텔레비전 옆에 구부정히 앉아 그 명령에 따랐다. 그러면서도 승택이는 화 한 번을 내지 않았다. 내 눈에는 앵두의 위생 상태나 용모 역시 승택이를 나무랄 형편이 못 되었다. 앵두 역시 날마다 누런 콧물을 훌쩍거렸고, 소맷부리는 늘 콧물이 말라붙어 번들거렸다.

앵두가 승택이에게 못되게 구는 건 마음에 안 들었지만, 나는 아무 말도 할 수가 없었다. 앵두네 건넌방이 아니면 어디서도 텔레비전 구경을 할 데가 없었던 승택이나 나는 앵두가 아무리 아니꼽게 행동하여도 그저 살살 그 비위를 맞춰야만 했다. 그러면서도 셋이 나란히 앉아서 키들거리며 만화영화를 보는 일은 언제나 즐거운 일이었다.

그런데 이상하게도 승택이가 집에 가려고만 하면 승택이 신발한 짝이 보이지 않았다. 시간이 지나도록 승택이가 돌아오지 않자 데리러 온 승택이 엄마는 '신발을 어떻게 벗어 놓았기에 꼭 네 신발만 없어지니?' 라고 나무랐지만, 승택이도 기가 막힐 노릇이었다. 매번 집에 갈 때마다 사라진 신발을 찾느라 쩔쩔매면서도 날마다 기를 쓰고 텔레비전을 보러 왔다. 마루 밑이고 댓돌 옆이고 보이지 않던 승택이 신발 한 짝은 독구·메리·쫑 집에서 발견되기 일쑤였다.

"야, 네가 얼마나 모자라 보였으면 독구·메리·쫑 까지, 너를 우습게 보고, 네 신발만 물고 들어가겠니?"

앵두가 깔깔댔다.

"호오, 그놈 참 영특하네. 개가 어떻게 꼭 우리 승택이 신발만 물고 들어간다니."

사람이 좋은 승택이 엄마는 신발을 물고 들어간 독구·메리·

쫑을 나무라기는커녕 꼭 승택이 신발만 용케 골라서 물고 간다며 신기해했다.

그날따라 숙제가 많아서 만화영화 시간을 맞출 수가 없었다. 텔레비전 먼저 보고 숙제해도 되는지 물었지만, 인정사정 봐주지 않는 엄마에게는 통하지 않는 일이었다. 벌써 와 있는 승택이와 앵두가 둘이서만 만화영화를 보고 있을 걸 생각하니 애가 닳았다. 엄마는 저녁 밥상을 들여왔지만 나는 밥을 굶으면 굶었지, 텔레비전을 포기할 순 없었다. 숙제를 마치고 연필을 내려놓기 무섭게 방문을 열고 나가 댓돌 위에 놓인 신발을 신으려는데 그때 마침 변소에 다녀오는 앵두의 뒷모습이 보였다. '마린보이'가 벌써 끝났냐고 물으려던 찰나 마침 큰 마루 앞 댓돌에 이른 앵두가 고개를 좌우로 돌려 살펴보더니 승택이의 고무신 한 짝을 집어 들어 독구·메리·쫑의 집 안쪽으로 획 던져 넣었다. 앵두는 어두운 뜨락 건너편 바깥채에 선 나를 미처 보지 못했던 모양이다. 앵두는 자기 손으로 승택이의 신발을 감추고 매번 모른 척 시치미를 뗀 것이었다. 나중에서야 앵두가 왜 그랬는지 그 속내를 들을 수 있었다.

"그래야 승택이가 우리 집에 더 오래 있을 거 아냐."

점방 아주머니

여름방학이 되었다. 학교에 가지 않으면 신이 날 줄 알았는데 더운 여름에 종일 집에만 있는 건 참으로 지루한 일이었다. 앵두와 함께 시원한 우물물을 퍼 올려 물장난을 치는 것도 잠깐은 시원하고 재미있더니 며칠 연이어서 하니 그것도 금세 지루해졌다.

지치지도 않고 울어대는 매미 소리를 들으며, 앵두와 함께 큰마루에 엎드려서 방학 숙제를 하고 있었다. 물건을 떼와야 한다며 새벽같이 큰 시장으로 나갔던 점방 아저씨가 아직 점심때도 안 된 오전 시간에 허둥허둥 돌아왔다. 보통 장 보러 가는 날은 언제나 물건이 잔뜩 들어있어 이불 보퉁이만큼이나 큰 보따리를 어깨에 짊어지고 점심때가 다 되어서야 돌아오는데 그날은 무슨 일인지 창백하진 얼굴로 식은땀까지 흘리며 빈손으로 돌아왔다.

"엄머? 왜 빈손이라?"

점방 아주머니가 따라 들어오며 물었지만, 박 씨 아저씨는 넋이 나간 사람처럼 그냥 고개만 저을 뿐이었다.

"아니, 말을 좀 해봐. 물건 하러 간 사람이 왜 넋은 빠져서 빈손으로 돌아온거?"

"아이, 말 좀 시키지 말어 봐. 정신 사나우니께."

아주머니는 뭔가 더 물으려다가, 휘휘 손을 내저으며 툇마루 끝에 털썩 주저앉아 빈 하늘을 멍하니 바라보는 아저씨를 바라보며 그냥 입을 다물었다.

"무슨 일이 있나? 낯빛이 왜 그런가?"

이번에는 새달 아저씨가 호기심 가득한 얼굴로 물었다. 박 씨 아저씨는 여전히 고개만 절레절레 좌우로 흔들 뿐 아무 말도 하지 않았다. 아저씨의 쪽 째진 쥐눈이 그렇게 불쌍해 보이긴 처음이었다. 집안사람들이 모두 나와 구경 난 듯이 쳐다보고 있으니 아저씨는 눈살을 찌푸리며 방 안으로 들어가 버렸다.

"집이 바깥양반이 아무래도 뭔 일이 있었나 보네?"

두부 할머니가 점방 아주머니를 향해 소근거렸다.

"글쎄, 차멀미가 났나? 새벽녘에 집을 나설 때만 해도 콧노래를 부르던 사람이 어째 저렇게 허깨비가 되어서 왔는지."

아주머니도 무슨 일인지 전혀 모르는 눈치였다.

"약이라도 사다 멕여야 하는 거 아녀?"

걸핏하면 들러붙어서 아옹다옹 다투는 사이지만 막상 박 씨 아저씨의 행동이 심상치 않으니 두부 할머니도 은근히 걱정되는 모양이었다.

"아무래도 안 되것네. 우리 점방 좀 들여다봐 줘요."

점방 아주머니가 방문을 열고 안으로 들어갔다. 두부 할머니는 점방 아주머니가 사라진 방문을 잠시 근심스럽게 쳐다보다가 가게로 나갔다. 나도 아저씨에게 무슨 일이 생긴 건지 걱정이 되었다. 슬그머니 숙제 보따리를 끌어안고 점방 아주머니네 툇마루로 올라가, 아주머니네 방문 가까이에 엎드려 숙제하면서 방안에서 들리는 말소리에 귀를 종긋 세웠다.

"뭐라고?"

박 씨 아저씨가 뭐라고 했는지, 점방 아주머니가 바람 같은 소리로 물었다.

"미, 미선이를 봤다고."

아저씨의 목소리가 가늘게 떨려 나왔다. 날마다 쪽 째진 쥐눈을 치뜨고 건들거리며 새달 아저씨를 놀려먹던 박 씨 아저씨와 같은 사람이라고 믿기 어려울 정도였다.

"다시 말해봐. 누굴 봤다고?"

'미선이를 보았다' 라고 말하는 아저씨보다 더 떨리고 내려앉은 목소리로 묻는 아주머니에게 아저씨는 아무 대답도 하지 않았다.

"다, 다시 말해보라니까? 누, 누굴 봤다고? 미선이를 봤다고 했어?"

아주머니가 다시 목소리를 낮춰서 물었지만, '미선이'라는 이름이 분명하게 들렸다.

"입이 들러붙었우? 당신 정말 미선이를 봤다는 거야? 우리 미선이를?"

"그려. 미선이. 자네가 아는 그 미선이. 자네한테 그 미선이 말고 다른 미선이가 또 있는가?"

이번에는 아저씨가 가볍게 역정을 내었다.

"흡!"

이번에는 점방 아주머니가 말문이 막히는 모양이었다.

"어, 어디서? 미선이를 어디서 봤우? 우리 미선이가 어디에 있습디까?"

한참 정적이 흐르던 방에서 아주머니의 목소리가 젖어있었다.

"말 좀 해봐요, 미선이는 어때 보입디까?"

"첨엔 몰라봤어. 그럴 만도 하지. 그 세월이 얼만데. 그 애가 용케 나를 알아보고 쫓아왔더군."

"세상에. 어찌 알아보았을까나."

"휴~ 한 번도 잊은 적이 없었다고. 그동안 우리를 백방으로 찾아다녔대."

"흑흑!"

점방 아주머니가 흐느껴 울었다.

"어떱디까. 몰라보게 컸어요?"

나의 연필은 아까부터 계속 공책 같은 자리에 머물러 있었다.

"어른이 되었더라고."

"세상에."

"미선이인걸 알아보고 나니, 호랭이를 만난 듯이 숨이 턱 막히더군. 처음엔 나도 당황해서 그냥 못 알아본 척하고 줄행랑을 쳤지."

"아휴~ 어쩌면 좋아."

"미선이 그것이 기어이 따라붙더라고. 내 소맷부리를 꼭 잡더니 안 놓아 주더라고. 어릴 적에도 똑 부러진 게 야무지더니."

점방 아주머니는 대답 대신 '으으' 소리를 내며 흐느끼고 있었다.

"잘못했다고 했어. 싹싹 빌었지. 잘못했으니까. 손이 발이 되게 빌어대니, 미선이도 그만 손을 놓고 울기만 하더군."

"아이구, 그 불쌍한 것이 웁디까? 그, 그래서 둘이 무슨 얘기를 더 했우?"

"무슨 할 말이 있겠어. 그저 둘 다 망연자실 마주 앉아서 한동안 아무 말도 할 수가 없었어."

"휴우~ 어떻게들 살았대요? 고생한 거 같애? 아휴, 말해 뭐해. 고생했겠지. 그래, 명선인, 명선이는 잘 있대요?"

점방 아주머니는 깊은 한숨을 한 번 쉬더니 여러 질문을 한꺼번에 쏟아냈다.

"아, 그, 그렇게 한꺼번에 물으면 내가 어떻게 대답하나. 하나씩, 천천히."

"에효…… 내 죄가 크지, 내 죄가 커."

"미선이는 어릴 적에도 그러더니 아주 속이 깊은 게 잘 컸더라고. 어릴 때는 많이 원망했대. 당연하지. 부모 버리는 자식은 있어도, 자식 버리는 부모는 없는 법인데. 그 어린것들을 버리고 도망쳤으니. 그런데도 그 속 깊은 것이 다 이해한다더군. 처음엔 좀 원망스러웠지만, 이젠 다 이해한대."

"아이구, 애가 우리보다 어른이구먼."

아주머니는 입을 틀어막고 터져 나오려는 통곡을 참는 눈치였다.

"미선이는 중학교를 졸업하고 공장에 다니면서 공장 부설 야간 고등학교에 다녔대. 부모도 없이 늙으신 할머니 모시고 어린 동생까지 책임지며 가장 노릇 하느라 고생이 많았겠지. 그래도 그 똑똑한 것이 착실하게 돈을 모았던가 봐. 얼마 전에 친구랑 시장에 작은 옷 가게를 냈다더군. 명선이는 이번에 고등학교에 입학했다. 그리고."

'명선'이라는 이름이 나오자 아주머니는 또 한 차례 흐느껴 울었다. 한참 말을 잇지 못하고 흐느끼던 아주머니는 조금 진정이 됐는지 말을 이었다.

"그래, 안 그래도 고등학교 갈 때가 됐지, 했어. 골목에 고등학교 교복 입은 학생들 지나가면 명선이가 이만할까, 이보다 더 클까, 아니면 작으려나? 혼자서 정신 나간 년처럼 중얼중얼…… 근데 우리 미선이 얼굴은 어때 보입디까?"

"이뻐. 어릴 땐 까무잡잡 이쁜 줄을 몰랐는데 피부가 뽀얗고 인물이 훤해졌더군. 명선이도 잘 있대. 공부도 곧잘 하고."

"애, 애들 할머니는……."

아주머니는 말을 맺지 못했다. 박 씨 아저씨도 잠시 말을 바로 잇지 못했다.

"에휴, 성질이 꼬장꼬장 서릿발 같으시더니 이젠 이빨 빠진 호랑이라고. 우리 그렇게 나가고 나서 처음에는 노발대발하시고 당장 우리를 잡아서 철창신세 지게 만들겠다고 길길이 뛰시다가 그 성질을 못 이겨 제풀에 쓰러지기도 하셨다더군. 몇 날 며칠을 크게 앓아누웠다 일어나더니 말을 잊은 양반처럼 아무 말도 없으시더래. 아무래도 큰 병원에 가 봐야 하나 싶을 때쯤, 입을 여셨다지. '어디서든 마음고생이나 안 하고 살면 좋겠다.' 라고 하시더래."

박 씨 아저씨의 말에 점방 아주머니는 참을 수 없다는 듯이 오열을 터뜨렸다. 아주머니가 그렇게 서럽게 우는 건 처음 있는 일이었다. 나는 가슴이 두방망이질 치면서 두 사람이 말하는 '미선'과 '명선'이 누구일지 매우 궁금했다.

점방 아주머니는 병이 나서 며칠째 방에서 꼼짝도 못 하고 끙 끙 앓았다. 밤이 되면 아주머니의 앓는 소리가 방문 밖에서도 들 렸다. 박 씨 아저씨가 날마다 아궁이에서 흰죽을 쑤어다 아주머 니에게 먹였다. 아주머니가 아직 방에서 앓고 있던 어느 날 하늘 하늘 예쁜 원피스 차림의 날씬한 언니가 왔다. 보자기에 싼 선물 꾸러미를 들고 조심스럽게 대문을 열고 들어서는 예쁘장한 언니 를 보고 우물가에서 빨래하던 두부 할머니가 물었다.

"뉘신가? 누구를 찾아오셨어?"

"저…… 여기 점방 하시는…… 점방으로 갔더니 안에 계신다 고 해서요."

그때 문밖 인기척에 부스스 방문이 열렸다. 아주머니는 며칠 새 볼이 움푹 팬 게 얼굴이 아주 많이 못쓰게 되었다. 쑥 들어간 눈꺼풀을 치켜올려 문밖에 선 사람을 가만히 쳐다보더니, 아주머 니가 '아악!' 외마디 소리를 질렀다. 두 손으로 얼굴을 감싸고 폭 풍 같은 울음을 울기 시작했다. 얼마나 격하게 우는지 아주머니 가 저러다 숨이 넘어가는 건 아닐까 걱정될 정도였다. 문밖에 선 채로 그런 아주머니를 내려다보던 언니도 한 손으로 입을 가로막 은 채 흐느껴 울었다. 갑작스러운 장면에 두부 할머니도 놀라서 빨래하던 젖은 손을 치맛자락에 쓱쓱 문지르며 일어섰다. 저녁밥 을 짓기 위해 들어오던 엄마도 깜짝 놀라서 눈을 동그랗게 뜬 채 두 사람의 얼굴을 번갈아 보았다.

"미, 미선아! 미선아······."

점방 아주머니는 말을 잇지 못했다. '미선'이라는 이름의 언니 역시 대답하지 못한 채 꺽꺽 치밀어 오르는 울음을 눌러 내리고 있었다.

"내가 잘못했다, 내가 잘못했어. 내가 죽을죄를······ 너희들을 볼 면목이 없다."

점방 아주머니가 부스스 방에서 나오더니 신발도 신지 않은 맨발로 뜨락으로 내려와 미선이라는 언니를 와락 끌어안고 몸부림치며 울었다.

"엄마, 엄마!"

미선이라는 이름의 언니도 그제야 '엄마'를 목놓아 부르며 울었다.

여태 자식이 없는 줄 알았던 점방 아주머니에게 딸이 있었다니, 너무나 놀란 집안사람들은 그저 서로 멀뚱한 눈빛만 나눌 뿐 아무도 소리 내는 사람이 없었다.

"아유, 뭔 일이대? 무슨 일인데 이렇게들 소란스럽냐? 정신 사나워 죽겠네."

저녁을 준비하던 참이었는지 앵두 엄마가 부엌문 밖으로 짜증스러운 얼굴을 내밀고 뜨락 건너편을 내다보았다.

"아유, 보아하니 말 못 할 사연이 긴 모양인데 찬물이라도 한 그릇씩 마시고 마음 가라앉혀요."

두부 할머니가 눈치 빠르게 시원한 우물물을 퍼 올려 한 사발씩 담아 두 사람에게 갖다주었다. 두 사람은 두부 할머니가 준 물을 한 사발씩 마시더니 잠시 숨을 돌리며 툇마루에 앉아 손을 마주 잡았다.

"들어가자. 들어가자, 미선아. 들어가서 천천히 얘기하자. 밤새 얘기하자."

하염없이 얼굴만 마주 보고 있던 점방 아주머니가 갑자기 정신을 차린 듯 미선이라는 이름의 언니의 손을 잡아끌어 방 안으로 데리고 들어갔다. 어느 틈에 점방 아저씨도 들어와 뒤축에 서서 눈물을 찍어내며 두 사람을 건너다보고 있었다. 앵두 엄마한테 무슨 소리를 들었는지 새달 아저씨도 안채 큰 마루 기둥에 매달려서 닭 모가지 같은 목을 쭉 빼고 건너다보고 있었다.

방안에서는 모녀의 이야기 소리가 이어졌다 끊어지기를 반복했다. 그리고 간간이 끌어안고 우는지 통곡 소리가 합창처럼 울려 나왔다.

"모녀간에 오래간만에 만났으니 할 얘기가 오죽이나 많을까. 찬은 없지만, 그래도 밥때가 지났으니 간단히 요기라도 하면서 얘기들 나눠요."

두부 할머니가 아주머니네 방 안으로 저녁밥 상을 넣어주고 또 하나 밥상을 따로 차려 어스름한 들마루 위에 올렸다. 거기서 점방 아저씨와 책 장사 아저씨가 함께 저녁을 먹었고 일찍감치 저녁을 먹고 난 새달 아저씨가 궁금해서 못 견디겠다는 표정으로 허리춤에 담뱃대를 꽂고 슬슬 걸어 나와 그들 틈에 끼어 앉았다. 우리 모녀와 함께 툇마루 위 밥상 앞에 앉은 두부 할머니도 궁금하긴 마찬가지였는지 반찬도 없이 맨밥에 물 말아 훌훌 마시면서 연신 점방 아주머니네 방 쪽을 기웃거렸다.

"무슨 일인가? 방 안에 있는 젊은 아가씨는 누구고?"

"……."

새달 아저씨가 물었지만, 밥도 먹는 둥 마는 둥 숟가락을 내려 놓은 점방 아저씨는 아무 말 하지 않았다.

"그러니까 뭔가. 저 안에 있는 젊은 아가씨가 자네 안사람 딸인데, 자네 딸은 또 아니고. 이게 다 무슨 소린가?"

새달 아저씨가 참다못해 또 물었다.

그 소리에 두부 할머니도 물 말은 밥을 마저 후루룩 마시고는 들마루 쪽으로 몸을 돌렸다.

"휴우! 손바닥으로 하늘을 가리지. 이왕지사 이렇게 드러난 거. 다 말씀드릴게요. 저 사람하고 난 오랫동안 한 동네서 알고 지낸 사이예요. 난 장가도 못 간 늙다리 노총각이었고 저 사람은 남편하고 일찍이 사별한 과부였지요."

한참 뜸을 들이고 앉아있던 아저씨가 마침내 입을 열었다.

"그럼, 둘이 부부가 아니었어?"

새달 아저씨가 말을 툭 내뱉었다.

책 장사 아저씨가 얼른 박 씨 아저씨의 눈치를 살피며 새달 아저씨 옆구리를 찔렀다. 한 상에 둘러앉아 있던 아저씨들이 귀를 쫑긋한 것은 물론이고 엄마와 두부 할머니까지 아예 들마루 귀퉁이에 걸터앉았다. 나 역시 슬그머니 어른들 틈에 엉덩이를 끼워 넣었다.

"한 동네 살면서 얼굴이나 아는 사이였어요. 저 사람은 애들 둘 데리고 홀시어머니를 모시고 사는 처지였지요. 젊은 과부가 호랭이 같은 시어머니 밑에서 시집살이를 하는 게 어찌나 딱해 보이던지. 오며 가며 물이라도 한 동이씩 길어다 주면서 말을 텄는데, 그게…… 서로 외로운 처지다 보니 말 몇 마디에도 정이 들더란 말입니다. 아, 그런 눈으로 쳐다보지 마세요, 애초부터 흑심을 가지고 접근한 건 아니고 살림까지 차릴 생각은 더욱 없었다고요. 그저 젊은 여자가 남정네도 없이 호된 시집살이 하는 게 안쓰러워 그랬지요. 시어머니란 양반이 어찌나 성난 호랭이 같은지. 제가 한 번씩 물을 길어다 주고, 가끔 말을 섞는 걸 눈치챈 노인네가 저만 보면 도끼 눈을 뜨더란 말이에요. 하기야 웬 놈이 혼자 된 며느리 채갈까 봐, 싫기도 싫었겠지요. 사람 마음이 참 이상한 게 그 양반이 그러면 그럴수록 더 오기가 나더란 말이죠. 뭐 저 사람도 처음부터 애들 버리고 나올 생각은 없었어요. 제가 같이 살자고 죽자 살자 매달려도 애들 없이는 절대로 안 된다고 했죠. 그래서 제가 애들까지 맡겠다고 했어요. 그런데 무

슨 눈치가 있었는지 노인네가 서슬이 시퍼레서…… 동네방네 제
가 자기 며느리 꼬여낸다고 지레 나쁜 소문을 내는 바람에 제가
얼굴을 들고 다닐 수 없게 만든 거예요. 오며 가며 물이나 한 동
이씩 길어다 준 게 전부인데 말이에요. 그러면서 아들을 일찍 보
낸 것도 원통한데 손자까지 남의 집 성씨를 받게 할 수 없다고 동
네 사람들 모아놓고 못을 박더군요. 제가 남의 집 대 이을 손에
제 성씨를 붙이겠습니까? 그저 노인네가 그러니까 더 몸이 닳더
란 말이죠. 애간장이 녹고…… 눈을 떠도 저 사람이 얼굴이, 눈
을 감아도 저 사람이 얼굴이 아른거리는데, 견딜 수가 있어야죠.
결국, 어느 날 밤에 '에라! 모르겠다' 하고 몰래 저 사람을 찾아갔
다가 싸리 빗자루로 등 짝만 처맞았지요. 빗자루로 때려 내쫓고
나더니 여편네도 마음이 좋지 않았던 모양인지, 그때부터 저 여
편네도 저를 보는 눈이 조금 달라지더란 거지요. 나중에 하는 말
이 자기 좋다는 사람을 막상 들짐승 때려 내쫓듯 하고 보니 그렇
게 마음이 아프더랍니다."

"에구, 에구, 기어이 사달이 났구먼. 사달이 났어."

새달 아저씨는 침을 꼴깍 삼키며 연속극이라도 보는 줄 착각
하는 것 같았다.

"점점 더 애가 닳는데, 사람 환장하는 거 시간 문젭디다. 하지
만, 당최 호랭이보다 더 무서운 그 집 노인네를 설득할 수가 있어
야 말이죠. 까딱하다가는 과부 며느리 꾄다고 때려죽일 참이더란

말이죠. '제가 어머니로 모시겠습니다' 해도 귓등으로도 안 들을 양반이고…… 그렇다고 순순히 자기 며느리를 내줄 양반도 아니고. 애들도 데리고 가고 싶었지만 늙으신 노인네 홀로 두고 가면 꼴깍 숨넘어가게 생겼고. 결국, 여편네 잡아끌고 도망쳤어요. 숨소리도 참아가며 몰래 골목길을 빠져나오는데 어느 집 담장 위에 올라있던 시커먼 도둑괭이가 우리를 내려다보며 냐옹! 소리를 내는 거 아니겠어요? 도둑이 제 발 저려, 어찌나 놀라고 무섭던지……. 그때 이후로 저 여편네는 괭이를 끔찍하게 싫어해요. 조금 지나서 노인네 누그러지면 그때 가서 제대로 인사드리고 정식으로 애들하고 가정을 꾸려야 했는데……. 사는 게 또 그렇게 말처럼 쉬운가요. 애들을 데리러 가려도 사는 게 번듯해야 말이죠. 애들 팽개치고 도망간 어미로서 염치가 없으니 차마 가지도 못하고 늘 죄인처럼 살았어요."

"그래서 자네 아이는 영 안 가진 겐가?"

새달 아저씨가 바짝 다가앉으며 물었다.

"뭐 일부러 그런 건 아닌데 안 생기데요. 저는 마음으로 늘 저 사람 자식들을 제 자식으로 생각했기 때문에, 그게 그렇게 섭섭하진 않아요."

"아무리 그래도 남의 집 자식이 내 자식 되나. 자기 자식 하나 낳았으면 좋으련만."

두부 할머니가 혼잣말하듯이 고개를 돌리며 한마디 했다.

그날 밤이 깊어서야 점방 아주머니의 딸 미선이 방에서 나왔다. 얼마나 울었는지 눈이 퉁퉁 부어있었다. 딸이 돌아간 후에 아주머니는 빈방에 혼자 남아 큰 소리를 내며 오래 울었다. 사람들이 들어가서 달래주라고 점방 아저씨를 쿡쿡 찔렀지만, 아저씨는 들마루에 가만히 앉아 방문에 비친 아주머니의 그림자만 말없이 바라보고 있었다.

"밤낮 '조막네는 뱃속이 조막만 해서 애가 안 들어선다' 하기에, '저도 애가 없기는 마찬가진데 저런 입찬소리를 한다' 하고 혀를 찼는데 그런 사연이 있었구먼. 에휴, 돌아보면 딱하지 않은 인생이 없어."

방안에서 아주머니의 흐느끼는 소리를 들으면서 두부 할머니가 눈물을 찍어냈다.

"애들을 떼어놓고 사는 그 속이 오죽했을까요."

엄마도 혼잣말하듯 허공에 대고 말했다.

그 일이 있고 두 주쯤 지난 일요일에는 점방 아주머니의 딸 미선은 훤칠하게 키가 큰 고등학생 하나를 데리고 다시 왔다. 키가 큰 고등학생은 아주머니의 아들 명선이라고 했다. 지난번 미선 언니가 왔을 때와 마찬가지로 또 한바탕 울음바다가 되었다. 명선이라는 아주머니의 아들은 '컹컹' 개 짖는 소리를 내며 서럽게 울었다. 그 후 주말이면 한 번씩 아들과 딸이 점방 아주머니를 찾아오더니 그해 추석에는 한복을 곱게 차려입은 박 씨 아저씨 부부가 선물을 바리바리 싸 들고 마치 친정 나들이 가듯이 늙은 시어머니를 뵈러 간다고 했다. 수줍게 웃는 점방 아주머니를 보면서 점방 아주머니도 특별한 것 없는, 보통 사람이구나 싶었다.

수상한 손님

"손님이 들었다구?"

두부 할머니가 대문간을 넘으며 물었다.

"예, 앵두 엄마 친척 동생이라네요."

엄마가 슬쩍 별채 손님방 쪽으로 눈길을 주며 말했다.

"점방 여편네 말이 어쩐지 인상이 별로 안 좋은 게 께름칙하다 던데."

할머니도 슬쩍 같은 쪽을 건너다보며 귀엣말을 했다.

"글쎄요, 그냥 봐서 아나요?"

엄마는 심상히 장을 뜨러 뒤란으로 갔다. 할머니가 한 번 더 별채 쪽을 넘겨다보는데 앵두 엄마가 마침 방문을 열고 나왔다.

"뭔 구경 났슈?"

눈이 마주친 앵두 엄마가 두부 할머니를 흘겨보며 말했다.

"손님이 오셨다구 해서."

"예, 친척 동생이 왔네유."

말이 끝나기가 무섭게 쌩하니 찬바람이 돌게 지나치는 앵두 엄마의 뒤통수에 대고 두부 할머니가 구시렁거렸다.

"원, 사람이 어째 시간이 지나도 정이 안 붙어."

"누이! 슬슬 출출한데, 저녁밥 좀 일찍 먹읍시다."

그때 방문이 다시 열리더니 인물이 반반하고 빤지르르하게 기름이 흐르게 생긴 젊은 남자가 고개를 내밀고 부엌 쪽으로 향하는 앵두 엄마를 향해 소리쳤다.

"그려, 내, 얼른 차릴게."

앵두 엄마의 드물게 살가운 목소리에 두부 할머니가 별일이라는 듯이 눈을 휘둥그레 떴다.

"누가 왔다고?"

외출했다가 돌아와 아직 두루마기 차림인 새달 아저씨가 별채 쪽으로 걸음을 옮겼다.

"오셨우?"

손님방에서 친척 동생과 밥상을 사이에 두고 마주 앉아 키들거리던 앵두 엄마가 새달 아저씨의 목소리에 화들짝 놀라 호들갑스럽게 문을 열었다. 그렇지 않아도 새로 오신 손님이 궁금하던 집안사람들도 제각각 방문을 열고 고개를 빼 밀었다.

"안녕하세요, 형님? 처음 뵙습니다."

별채 방 안쪽에서 아까 그 빤지르르 개기름이 흐르는 남자가 벌떡 몸을 일으켜 문간에 서서 뜨락의 새달 아저씨를 내려다보며 꾸벅 고개를 숙였다.

"어어, 그래, 어떻게 되는 동생이신가?"

새달 아저씨가 별채 방 앞에 바짝 다가서며 물었다.

"아유, 당신이 누구라면 알우? 친척 동생이우. 여기서 이러지들 말고 안방으로 듭시다. 당신도 저녁 자셔야 할 것 아니우."

앵두 엄마는 모가지를 빼고 내다보고 있는 집안사람들을 향해 성가시다는 듯한 눈길을 주더니, 새달 아저씨에게 말했다.

"그려, 나도 시장하구먼. 자네는 밥을 먹던 중이었나 본데, 마저 먹고 안채로 들게. 나도 옷을 좀 갈아입어야 하니께."

새달 아저씨가 몸을 돌려 안채로 향하자 앵두 엄마가 찡끗 동생에게 눈짓을 한 번 하고는 허둥허둥 부엌으로 갔다. 낯선 손님은 어색하고 불편한 표정으로 바깥채 사람들 쪽을 쭉 둘러보더니 방으로 들어가 버렸다.

"수상해, 수상해!"

점방 아주머니가 작은 소리로 속삭이더니 방문을 닫았다.

"외간 남정네하고 야반도주해본 경험이 있는 사람이라 그런가? 남의 집 수상한 냄새는 잘도 맡는구먼."

두부 할머니가 점방 아주머니네 방 쪽에 대고 속삭이고는 눈을 찡긋거리며 웃었다. 그러더니 금세 웃음기를 거두고 별채 쪽을 가리키며 목소리를 낮췄다.

"아닌 게 아니라, 어째 점방 여편네 말대로 인상은 썩 좋아 보이진 않지?"

"그러게요, 점잖아 보이진 않네요."

엄마도 두부 할머니의 말에 맞장구를 쳤다. 앵두는 그 손님을 원래부터 잘 알고 지냈던지 스스럼없이 '삼촌'이라고 불렀다. 앵두 삼촌은 하는 일이 없는지 며칠이 지나도 돌아갈 생각은 없이, 별채에 머물며 앵두 엄마가 해 바치는 밥상을 받으며 빈둥거렸다. 앵두 엄마가 손님방에 머무는 시간도 점점 길어졌다. 다들 건넌방에 모여 연속극을 볼 적에도 앵두 엄마만 별채에서 동생과 함께 누룽지 튀긴 걸 나눠 먹으며 시시덕거렸다.

"먼 친척 동생이라면서 두 사람이 참 사이도 좋네. 아무리 귀한 손님이래도 사흘이 넘어가면 성가신 법인데, 어떻게 된 게 두 사람은 점점 더 사이가 좋아지는 것 같아."

별채에서 한참을 노닥거리다가 밤이 되어서야 방을 나서는 앵두 엄마를 향해 점방 아주머니가 야릇한 표정으로 말했다.

"워낙 어릴 적부터 친하게 지낸 동생이라 그래유."

"거, 치마허리 돌아갔네요. 뭘 했길래, 치마허리가 다 돌아갔나, 몰라."

"근데 아주머니는 남의 치마허리가 왜 돌아갔는지가 왜 그렇게 궁금하대유? 궁금한 거 많아서 자시고 싶은 것도 많것네. 하여간 이 집구석 사람들은 할 일도 드럽게 없어."

앵두 엄마는 추썩거리며 치마허리를 제자리로 돌리더니 점방 아주머니에게 눈을 흘기며 샐쭉거렸다. 점방 아주머니도 그런 앵두 엄마 뒤통수에 대고 빈 주먹을 흔들었다. 앵두 엄마는 점점 별채 방에 있는 시간이 늘어서, 뭐가 그리 재미있는지 걸핏하면 밥때가 지난 줄도 모르고 키들거리다가 새달 아저씨에게 지청구를 들었다.

"아니, 그 방에만 들어가면 어떻게 된 게 나올 줄을 모르는가? 그 방에 꿀이라도 발라놓은 겨?"

새달 아저씨가 역정을 내는 날이 많아졌다.

"누이가 동생 방에 좀 들어간 걸, 뭐 그렇게 심하게 역정은 내신대유?"

"배고파서 그러잖어. 여편네가 밥때가 지난 줄도 모르고."

"뱃속에 비렁뱅이가 들어앉았나. 쯧!"

앵두 엄마는 그런 새달 아저씨에게 되레 더 크게 소리를 지르며 눈을 부라렸다.

"자네 동생은 하는 일이 아예 읎나? 젊은 사람이 왜 허구한 날 방구들만 지고 누워서 빈둥대는가? 때마다 꼬박꼬박 밥은 챙겨 먹으면서…… 뭐, 내가 자네 동생이 먹는 쌀값이 아까워서 하는 말은 아니네만."

새달 아저씨가 방 안에 있는 군식구에게 들리게끔 일부러 큰

소리를 내자 방 안에 있던 앵두 삼촌이 삐죽 민망한 미소를 지으며 고개를 내밀었다.

"그렇지 않아도 형님께 의논드릴 게 있었는데 괜찮으시면 지금 안방으로 들어가도 될까요? 누이하고는 벌써 얘기가 됐지만."

"자네가 나랑 의논할 일이 뭔가? 의논할 일이 있으면 자네 집안 어르신을 찾을 일이지."

"하하 형님, 농담도 잘하십니다. 아, 형님이 집안 어르신 아닙니까? 저한테는 형님이 가장 가까운 집안 어르신인걸요."

앵두 삼촌이 어색한 웃음을 껄껄 웃었다.

"변죽도 좋다. 언제 봤다고 집안 어르신이여?"

두부 할머니가 아궁이 위에 얹힌 된장찌개를 한 숟갈 떠먹어 보면서 들릴 듯 말 듯 혼잣말을 했다.

"네, 그렇지 않아도 당신한테 얘기 좀 하려고 했는데 말 나온 김에 의논 좀 합시다."

앵두 엄마까지 나서서 앵두 삼촌을 부추겼다. 앵두 엄마가 새달 어르신 뒤를 쫓아 안채로 향하면서 동생에게 눈을 찡긋거리며 신호를 보내자 그도 냉큼 일어나 신발을 신고 안채로 따라갔다. 앵두네 집 어른들이 모두 안방에 모여서 한참 무슨 얘긴가를 하더니 갑자기 큰 소리가 들렸다.

"뭐여? 자네 지금 제정신인가? 멀쩡한 우리 집을 술집으로 만들겠다고?"

갑작스러운 새달 아저씨의 역정 소리와 '술집'이라는 당혹스러운 낱말에 집안사람들도 눈을 휘둥그레 뜨고 뜨락으로 모였다.

"아니, 그럼 밤낮 이렇게 놀구 지낼 거유?"

앵두 엄마도 지지 않고 말대꾸를 했다.

"형님, 형님, 그렇게 나쁜 쪽으로만 생각을 마시고 제 말씀 좀 더 들어보세요."

앵두 삼촌도 나서서 새달 아저씨를 달래는 눈치였다.

"아니, 지금 시대가 어느 시대유. 시월유신 이후 온 나라가 새마을 운동으로 국가 발전을 이루어가는 이 시점에 당신도 좀 발전적으로 살 줄을 알아야지, 언제까지 그렇게 하는 일 없이 마냥 빈둥거리며 놀고먹겠다는 거유?"

"놀긴 누가 논다고 그래? 내가 직접 농사를 안 지어서 그렇지 쌀 실어 오는 땅이 얼만데! 여기 우리 집에 딸린 가게만도 셋이나 되는데 무슨 말 같지도 않은 소리야."

새달 아저씨가 정색하고 말했다.

"그러니까 그게 발전적이지 못한 거지 뭐유. 사지 육신 멀쩡해서, 겨우 하는 일이 세나 받아먹는 게 뭐 자랑이우? 한 살이라도 젊었을 때 한 푼이라도 발전적으로 더 벌어야지. 당신 나이가 몇이우? 당신은 안 죽고 영영 지금처럼 살 거 같우? 당신이 갑자기 꼴딱 죽어 자빠지기라도 하믄 앞길이 창창한 나나 우리 불쌍한 앵두는 워쩐대유?"

"죽어 자빠지다니, 죽어 자빠지다니? 자네 여태 내가 죽어 자빠지기를 기다리고 있었는감? 어디 나 몰래 숨겨둔 샛서방이라도 있는 감?"

"에헤이! 형님도 참, 왜 그런 억지소리를 하세요? 누이 말은 그런 게 아니잖아요. 글쎄 그렇게 나쁘게만 생각하실 일이 아니라니까요?"

"글쎄 우리 집이 어떤 집인데 술집을 낸다는 거야?"

"뭐 술집 내는 집은 따로 있답니까? 뭐 그리 대단하게 내세울 집구석이라고 술집을 내면 안 된다는 거유?"

"그러니까 형님, 역정부터 내실 일이 아니고, 제 말 좀 들어보세요. 제가 경험이 좀 있으니까 알음알음 점잖은 손님만 받는 그런 고급 술집을 내겠다는 거예요."

"글쎄 필요 없다고! 자네는 왜 남의 집에 기어들어 와서는 여편네한테 바람을 넣는 건가? 당장 자네 집으로 돌아가게!"

"바람을 넣긴 누가 바람을 넣었다고 그래요? 나는 뭐 생각도 없는 사람인 줄 알우? 당신이 어디 나가서 돈을 벌어올 위인도 못 되고 어쩌겠우, 내가 평생 배운 일이 그 일이니까, 마침 동생하고 이런 일 해 보면 어떨까 의논을 한 거지."

"평생 배운 일이 그 일인 게 뭐 자랑이라고. 아이구, 망신스러워. 술집이 웬말이여."

"아니, 술집이 그렇게 망신스러우시우? 그렇게 망신스러워서 술집 작부 질이나 해 먹던 나 같은 여편네하고는 어떻게 산데요? 아이구 서러워라! 세상에 서방이란 위인이 자기 마누라를 똥 친 막대기로 취급하는구먼! 아이구, 내가 이 대접을 받으려고 초 씨 네 집구석으로 기어들어 왔나! 내가 이런 서방하고 계속 붙어살 아야 옳아? 못 살것네, 못 살것어."

"당장 제집으로 가라니요, 형님. 형님, 말씀 참 섭섭하게 하시 네. 누이하고 형님이 계시면 제집이기도 한 거지요."

주먹질만 안 했지 싸움이 나도 크게 난 모양이었다. 큰소리치 는 새달 아저씨에 방바닥을 두드리며 대성통곡하는 앵두 엄마로 모자라 앵두 삼촌까지 나서서 여간 정신없는 것이 아니었다. 뜨 락 아래 매여있던 영문 모르는 독구·메리·쫑 까지 컹컹 짖고 난 리가 났다.

"오메오메, 집구석이 난장판일세. 똥개까지 짖어대니 완전히 개판이구먼. 근데 저건 뭔 말이야. 그나저나 술집을 낸다면, 우 리를 내보내려는 거 아니여?"

점방 아주머니가 눈을 화등잔만 해져서는 걱정스럽게 말했다.

"살다 살다 별일을 다 보것네. 점잖으신 초 씨 어르신이 무덤 에서 벌떡 일어나시것네. 아이고, 조막네가 들었으면 기가 막히 겠어."

두부 할머니도 넋이 나간 표정으로 고개를 절레절레 흔들었다.

"그럼, 우리는 정말 가게를 빼야 하는 걸까요?"

156

엄마도 걱정되기는 마찬가지인 모양이었다.

"내가 뭐랬어, 애초부터 여염집 여편네는 아니라고 했잖어. 언제고 이런 날이 올 줄을 내가 알아봤다고."

박 씨 아저씨도 얼굴이 붉어져서 언짢아 보였다. 집안사람들이 저마다 좋지 않은 표정으로 자기 엄마에 대해 수군대자 나와 함께 소꿉을 놀던 앵두가 입술을 뽀루퉁이 내밀더니 안채로 들어갔다.

초 씨 어르신이 돌아가신 이후로 새달 아저씨의 입지는 여간 불안정한 게 아니었다. 그러니 아무리 큰소리로 역정을 낸다고 하더라도 앵두 엄마가 결정한 일을 새달 아저씨가 뒤집는 건 애초부터 불가능했다. 전에도 그랬는지, 그렇게 보아서 그런 건지 잘 모르겠지만 새달 아저씨의 얼굴은 더욱 주름졌고, 가느다란 모가지는 늙은 수탉 모가지처럼 안쓰러워 보였다.

두 사람에게 어지간히 시달렸는지 뜨락이 어둑해졌을 때쯤 새달 아저씨가 허청허청 걸어 나오더니 들마루 위에 젖은 행주처럼 널브러져 앉았다. 빈 담뱃대 물뿌리를 뻑뻑 빠는 새달 아저씨 곁으로 점방 아저씨가 다가갔다.

"형님, 대체 이게 무슨 일이우?"

"……."

"밖에서 얼핏 듣기로는 술집을 낸다는 것 같던데 그러기로 한 거유?"

"휴우! 낸들 알겠나? 벌써부텀 둘이 작당을 한 모양이야."

"쯧쯧 예전에는 초 씨 어르신 앞에서 기를 못 펴더니, 이젠 마누라 무서워서 쩔쩔매는 형님도 참 딱하시우."

"휴우!"

새달 아저씨는 깊은 한숨과 함께 슬쩍 돌아앉았다. 엄마도 근심스러운 얼굴로 엉거주춤 두 분 아저씨들 곁으로 갔다.

"저기, 그러면 저희는 어떻게 되는 건가요?"

"가게들 빼게 하진 않을 테니 염려 말아요. 가게 사람들은 돌아가신 아버님이 들인 사람들인데 제가 나가라고 못 해요. 어떻게든 가게는 지켜드릴게요. 그 정도는 해요, 내가."

새달 아저씨가 스스로 다짐하듯 쐐기를 박았다.

"새 다린지 사다린지 저 양반 말도 믿을 말이 못 된다니까. 마누라 앞에서 사족을 못 펴는 걸 뭐."

어느 틈에 나타났는지 점방 아주머니가 엄마 곁에 서며 성난 얼굴로 속삭였다.

며칠 지나니 앵두 엄마와 그 동생이 인부들을 불러왔다. 인부들은 한 뼘씩 되는 넓이의 기다란 판자를 잔뜩 실어 오더니, 바깥채와 뜨락 사이에 담장을 치기 시작했다. 대문간 한쪽 기둥에 붙여서 치기 시작한 나무판자 담장은 별채 방 뒤쪽 담장까지 길게 이어졌다. 새로 친 담장은 바깥채 툇마루에서 불과 두어 걸음이나 될까.

"아니 이렇게 담장을 치면 우리는 앞으로 어떻게 드나들라는 거유?"

점방 아저씨가 전에 없이 노기를 띠고 앵두 엄마에게 따졌다.

"방마다 가게로 통하는 쪽문이 있을 텐데요. 앞으로는 그리로 다니세유."

앵두 엄마가 쌀쌀맞게 말했다.

"이렇게 담장으로 막아놓으면 당장 우물물은 어떻게 길어 쓰나요?"

엄마도 근심스럽게 물었다.

"담장 한쪽에 쪽문을 달 테니까 급할 땐 쪽문으로 출입하고, 되도록 안채 출입은 삼가면 좋겠네유. 우물은 급할 때 아니면 우리 집 우물 퍼 쓰지 말고 동네 우물물 길어다 먹도록 하고 변소도 길가 쪽으로 뚫어 문짝을 달아 놓을 테니까 앞으로는 그쪽으로 출입 하시구유."

"에구, 에구, 여드레 삶은 호박에 이도 안 들어가게 생겼네."

두부 할머니도 어이가 없어서 입만 딱 벌리고 아무 말도 못 했다.

"내가 저 작자가 처음부터 수상하다고 했잖아요. 저 절구통 같은 여편네가 이제야 본색을 드러내는구면."

점방 아주머니가 씨근덕거리며 팔짱을 끼고 담장 너머 안채 쪽으로 눈을 흘겼다. 그날부터 당장 동네 우물에서 물을 길어다 써야 하는 것이 엄마로서는 여간 낭패가 아니었다. 점방 아주머니야 점방 아저씨가 있고 두부 할머니도 책 장사 아저씨가 길어다 주면 됐지만, 집안에 남정네가 없는 엄마가 문제였다. 엄마가 헛간 한쪽에 처박혀 있던 물지게를 내놓고 한숨을 쉬자 책 장사 아저씨가 조용히 다가와 말했다.

"제가 한 번씩 길어다 드릴 테니까 너무 염려 마세요."

"아유, 매번 그렇게 신세를 지면 쓰나요. 제가 조금씩 길어다 쓸 테니 나중에 겨울에 눈이 오거나 할 때만 한 번씩 도와줘요."

엄마가 풀 죽은 목소리로 말했다. 바깥채 사람들은 당장 뒤란 장독대에 함께 놓고 쓰던 장 항아리들을 담장 안쪽으로 옮겨왔다. 다음 날 아침엔 점방 아저씨도 책 장사 아저씨도 변소에 가려고 종이를 구겨 들고 길가에 붙은 변소 문 앞에서 새달 아저씨가 볼 일을 다 보고 안채 쪽 문으로 나갈 때까지 기다리고 서 있었다. 사람들이 오가는 길가 변소 문 앞에 종이 한 장씩 구겨 들고 서 있는 건 여간 민망한 일이 아니었다. 우물가에서 각자 하나씩 세숫대야를 늘어놓고 세수하던 사람들이 좁은 바깥채 담장을 코앞에 두고 나란히 엎드려 세수해야 했다. 매일 아침 책가방을 메고 앵두와 함께 대문을 나서던 나 역시 그날부터는 대문 밖에 서서 앵두가 나오기를 기다렸다가 함께 학교에 갈 수 있었다.

복숭아꽃, 도화 언니

담장 작업을 마친 후 앵두 엄마가 제일 먼저 한 일은 근처를 지나가던 개장수를 불러 돈 몇 푼에 독구·메리·쫑을 팔아버린 일이다. 눈 하나 깜짝 안 하고 독구·메리·쫑을 팔아넘기는 걸 본 나는 곤지를 죽게 한 사람은 정말로 앵두 엄마가 맞다는 확신이 생겼다.

"멍청한 게 먹을 것만 밝히고 당최 집도 못 지키는 개를 뭐 하러 길러?"

독구·메리·쫑은 낑낑 울며 끌려가지 않으려고 안간힘을 썼지만, 결국 모지락스럽게 목줄을 끌어당기는 개장수에게 질질 끌려가고 말았다. 앵두는 잠시 주저앉아 떼를 쓰며 울었지만, 밥때가 되자 슬그머니 방으로 들어가 저녁 밥상 앞에 다가앉았다. 그러곤 곧 텔레비전을 보면서 독구·메리·쫑을 잊어버렸다.

그리고도 며칠 동안 안채에는 인부들이 드나들며 공사를 계속했다. 그러더니 금세 뜨락을 다 덮을 만큼 넓은 볕가리개를 치고 새로 짜 놓은 커다란 들마루 위로 상을 몇 개 늘어놓았다. 큰 마루에도 큰 교자상을 두어 개 놓았다. 여태 점잖은 초 씨 어르신 댁이었던 안채가 순식간에 제법 그럴듯한 술집으로 변했다. 앵두 엄마가 뚱싯거리며 양산을 쓰고 나가더니 어디서 부엌일을 할 아주머니와 잔심부름을 도울 어린 소년, 그리고 젊고 예쁜 언니들 서너 명과 함께 돌아왔다. 커다란 여행 가방 하나씩 끌고 온 언니들은 건넌방에 짐을 풀고 거기서 지내게 될 모양이었다. 그러고 한 이틀쯤 지나 앵두 삼촌이 양복 입은 남자 어른들 몇 명을 데려오면서 본격적인 술집 영업이 시작되었다. 앵두 삼촌은 이제 아예 앵두네 집에 눌러살게 되는 모양이었다. 실제적인 술집 운영은 다 앵두 삼촌이 하는지 앵두 삼촌의 큰 목소리가 나무판자 담장을 넘나들었다. 새달 아저씨는 자기 집인데도 마음대로 왔다 갔다 하지도 못하고 웬만하면 작은 채 방에 틀어박혀 종일 꼼짝도 하지 않는 눈치였다.

날마다 앵두와 들러붙어 자매처럼 지내왔지만, 담장이 쳐진 이후로 안채 출입을 할 수 없던 나는 종일 나무판자 틈으로 코를 맞대고 앵두와 마주 서서 이야기했다. 앵두 엄마도 막상 그 꼴을 보니 딱한 마음이 들었던지, 바깥채 사람 중 나만 예외적으로 작은 채 출입을 허락해 주었다. 그러나 정작 나의 앵두네 집 출입을 탐탁지 않게 여긴 건 엄마였다. 그럴만한 일이 있긴 했다. 작은 채에서 나란히 엎드려 숙제하던 앵두가 내 옆구리를 쿡쿡 찌르더니 따라 나오라는 시늉을 했다. 앵두를 따라 뒤란으로 나가니 거기에 술 항아리가 여럿 놓여있었다. 앵두는 보란 듯이 그중의 한 항아리 위에 걸쳐진 체에서 술지게미를 손으로 푹 떠먹더니 나더러도 떠먹어보라는 시늉을 했다. 나도 조금 떠먹어보니 들척지근한 맛이 나쁘지 않았다. 앵두와 나는 서로 번갈아 가며 술지게미를 떠먹었다. 얼마쯤 먹었을까 기분이 좋긴 했는데 고개를 돌릴 적마다 어지럼증이 일었다. 게다가 졸음이 쏟아져서 앵두와 나는 작은 채 방에 그대로 쓰러져 잠이 들었다. 밥때가 되어도 내가 집으로 돌아오질 않자 엄마가 안채로 들어와 나를 찾았다. 건넌방에 사는 경아 언니가 '애들 여기 작은 채에 있을 거예요' 하며 작은 채 분합창을 열었다가 술 냄새 풍기며 잠이 든 우리를 발견하고는 깔깔 웃음을 터뜨렸다. 엄마는 잔뜩 화가 나서 나를 두들겨 깨워 귓불을 잡아끌고 집으로 돌아왔다. 엄마에게 혼쭐이 나면서도 나는 어지럼증 때문에 똑바로 앉질 못하고 자꾸 한쪽으로 쓰러졌다. 이후로는 엄마는 낮에 잠깐만 작은 채에서 숙제하는 거까지만 허락하고, 해가 지도록 거기에 머무는 건 절대로 안 된다고 못을 박았다. 엄마는 술 냄새 때문에, 종일 머리가 띵하니 무겁다고 했지만 나는 들척지근했던 술지게미 생각도 나고 알큰해지던 기억에 그 술 냄새가 그렇게 나쁘지만은 않았다.

밤이 되면 방문을 꼭 닫고 있어도 술손님들의 왁자한 웃음소리와 노랫소리가 나무 담장 넘어 들려왔다. 노래는 주로 경아 언니가 불렀는데, 남진 아저씨의 노래를 자주 불렀다. 언니가 '저 푸른 초원 위에!' 선창하면 술손님들은 '지랄허고 자빠졌네!' 후창하며 젓가락으로 장단을 맞췄다. 자꾸 듣다 보니 내 머릿속에서도 종일 그 노래가 뱅뱅 돌았다. 엎드려 숙제하면서도 '저 푸른 초원 위에! 지랄허고 자빠졌네!' 나도 모르게 흥얼거렸다.

"얘가, 지금 무슨 노래를 부르는 거야?"

엄마한테 등판을 후려 맞고야 정신이 들었다. 엄마는 눈을 허옇게 뜨고 나를 무섭게 흘겨보았다.

앞으로 또 한 번만 술손님들 노래를 따라 불렀다가는 발가벗겨져 쫓겨날 줄 알라고 했다. 점점 엄마가 못 하게 하는 일이 많아졌다. 사실 앵두네 술집이 아니더라도 이미 텔레비전 방송 '쇼쇼쇼'를 통해서 자주 들었던 그 노래는 내가 매우 좋아하는 노래였다. 물론 내가 불건전한 후렴구를 생각 없이 따라 부른 것은 잘못했지만, 그게 그렇게까지 혼날 일이었는지 조금 억울한 생각이 들었다.

앵두네 집에 머무는 언니들 이름은 도경, 민경, 경아 등 모두 '경' 자가 들어간 이름이었다. 그중에서 도경 언니가 제일 예뻤다. 언니는 예쁘기만 한 것이 아니라 그들 중에서 나이도 가장 어리고 마음씨도 고왔다. 수줍음도 많고 얌전한 언니가 어떻게 저녁마다 술상에 앉아서 신나게 젓가락을 두드리며 노래를 따라 부르는지 신기했다. 낮에 앵두와 함께 작은 채 방에 엎드려 숙제하고 있으면 한 번씩 분합창을 통해 누마루 너머로 들여다보며 배시시 웃었다. '새우깡'이나 '맛동산' 같은 과자 봉지를 건네주는 것도 언제나 도경 언니였다. 바로 옆에 점방이 있어도 생전 얻어 먹어 보지 못했던 과자였다. 그런데 엄마는 앵두네 집 언니들이 과자를 사주는 것까지 트집이었다. 엄마의 말이 걸려서 사양하면 도경 언니는 기어이 과자 봉지를 쥐여주면서 말했다.

"언니가 사주는 건 괜찮아. 시골에 있는 동생들 생각나서 주는 거야."

"고맙습니다."

내가 인사를 하자 언니는 빙그레 웃으며 말했다.

"언니한테는 그렇게 깍듯할 필요 없어. 반말해도 괜찮아. 공부하면서, 사이좋게 나눠 먹으렴."

그러더니 언니는 갑자기 웃음기를 거두고 쓸쓸한 표정으로 말을 이었다.

"너희들은 공부 열심히 해서, 훌륭한 사람이 되어야 한다. 언니같이 살면, 안돼."

앵두네 집 언니가 사준 과자라고 하면 엄마가 싫어할 게 뻔해서, 앵두네 집에서 과자를 먹으면 집에 가기 전에 특별히 더 입가에 묻은 과자 부스러기를 싹싹 문질러 닦았다. 늘 친절한 사람인 줄 알았던 엄마가 앵두네 언니들에게는 왜 그렇게 쌀쌀맞은 건지 알다가도 모를 일이었다.

한 달에 한 번, 마지막 일요일, 술집이 노는 날이 되면 언니들이 마당에서 밀린 빨래를 하느라 법석을 떨었다. 나도 괜히 들떠서 빨래가 즐거운 놀이 같다는 생각이 들었다. 그날도 언니들은 담요를 빨았는지, 언니들은 바깥채 담장 쪽문을 열고 코맹맹이 소리를 냈다.

"저기요, 형석씨! 저희 빨래 짜는 것 좀 도와주실래요?"

언니들은 원래도 조금 그렇긴 했지만, 책 장사 아저씨를 부를 때면 유난하게 더 코맹맹이 소리를 냈다.

"아, 예, 그러죠. 도와드릴게요."

착하고 순한 아저씨는 언제나 싫다는 법이 없었다. 도움을 청하는 언니들은 장난치듯 키들키들 웃었고 아저씨가 오히려 언니들 앞에서 굽신굽신 허리를 굽히며 쩔쩔맸다. 그러면 언니들은 또 그런 아저씨를 보며 까르르 웃음을 터뜨렸다. 아저씨에게 함부로 구는 언니들에게 나는 조금 부아가 났다. 부아가 나는 건 두부 할머니도 마찬가지였던 모양이다. 책 장사 아저씨가 앵두네 집 언니들의 빨래 짜는 걸 도와주고 나서 허리를 굽혀 쪽문을 열고 바깥채 쪽으로 들어서자 할머니가 기다렸다는 듯이 아저씨의 등판을 손바닥으로 세게 후려치며 눈을 부라렸다.

"아이고, 노인네 손도 맵지, 아, 왜 그래요?"

아저씨는 할머니의 속도 모르고 오히려 눈을 동그랗게 떴다. 아저씨의 눈은 실눈이라, 그 눈으로 동그랗게 뜨는 건 불가능한데도 아저씨는 눈에 힘을 주고 크게 떴다.

"왜 그런지 몰라, 묻냐, 이눔아! 아이그, 이런 넋 빠진 눔 같으니라구. 내가 너더러 저런 년들 치다꺼리나 해주라고 따뜻한 밥을 지어 먹이는 줄 아냐? 이 밥버러지 같은 눔아! 처먹는 밥이 아깝다, 이눔아!"

두부 할머니가 이를 악물고 소리 죽여 말을 하면서 계속 아저씨의 등판을 후려쳤다. 한 번 더 때리려고 손바닥을 쳐드는데 아저씨가 후다닥 툇마루 위로 뛰어 올라서면서 말했다.

"거, 참. 저쪽에서 다 듣겠어요. 고운 말 다 두고 저런 년들이 뭡니까? 그리고 다 큰 아들 체면도 있는 건데 왜 그렇게 말끝마다 이놈 저놈 해요?"

"너 같은 눔이 체면이란 게 있긴 하냐, 이눔아? 체면 차릴 줄도 알어? 아무 눔한테나 살살 웃음이나 흘리면서 살랑대는 저런 천한 것들한테는 '년' 소리도 아깝지, 흥!"

할머니는 기어이 한쪽에 놓여있던 물독에서 물을 한 바가지 퍼서 아저씨에게 확 끼얹었다.

"에잇 정말, 노인네 성미 하고는…… 기어이 물을 뿌리시네. 그거 내가 저기 동네 큰 우물까지 나가서 길어온 물이라고요. 물 길어오는 게 얼마나 힘든 줄이나 알어요? 엄니가 안 길어오니까

물 귀한 줄을 모르셔. 다음엔 엄니가 가서 길어와요. 직접 해 봐야 고마운 줄을 아시지."

아저씨도 화가 났는지 통 그런 법이 없더니 웬일로 할머니한테 말대꾸했다.

"제 어미 쓸 물 길어오는 건 힘들고, 저년들 빨래 짜주는 건 안 힘드냐? 이 밸 빠진 눔아. 잘하면 아예 저년들 빤쓰까지 빨아 주겠다, 이눔아!"

"에헤잇! 노인네 정말. 저쪽에서 다 듣겠어요. 동네 챙피스럽게 정말 왜 이러셔. 누가 빤쓰를 빨아 줘요? 무거운 담요라잖아요. 안 그래도 무거운 담요가 물을 먹었으니 얼마나 무거워. 그 무거운 걸 저 가냘픈 손목으로 짜는 걸 그럼 그냥 두고 봐요? 엄니는 엄니 아들이 그런 놈이면 좋겠어?"

"야, 이눔아, 그 집에는 남자가 읎냐? 병순지 병언지 앵두 삼촌은 잘 됐다 국 끓여 먹으려고 아껴 두냐? 잔 심부름하는 사내애도 있더구먼. 그것들 다 어디에다 두고 네가 나서서 저런 년들 빨래나 짜주고 있어?"

"아이구, 울 엄니 오늘 아침에 뭘 잘못 드셨나, 왜 괜히 시비래요, 시비가?"

아저씨는 행여나 담장 너머 저쪽에서 언니들이 들을까 큰소리도 못 내면서 정말 화가 났는지 문을 요란하게 닫고 방으로 들어가 버렸다.

"그 집에 빈둥대는 뺀질이 같은 눔 놔두고, 왜 지가 나서서 지랄이여? 하는 짓마다 모자란 짓만 한다니까. 너 하는 꼴을 늬 아부지가 보시믄 뭐라고 하시겄냐!"

할머니도 성이 안 풀리는지, 손에 들고 있던 물바가지를 항아리에 툭 던져 넣으며 닫힌 방문을 향해 구시렁거렸다. 할머니가 밥상을 차려서 툇마루에 막 올려놓고, 방문을 열려는데 아저씨가 모처럼 쫙 빼입은 양복 차림으로 나왔다.

"밥때 됐는데, 어디 가냐? 옷은 기생오라비처럼 쫙 빼입고?"

할머니가 아저씨를 흘겨보며 물었다.

"왜요, 어디 가는 줄 알면, 따라나서시게?"

"이런, 우라질 눔. 점심상 들일 참이었으니까 그러지!"

"아, 집구석에 있으면 뭘 해요, 두들겨 패기나 하면서. 내가 북어유? 동네 북이유? 꼴도 보기 싫은 놈 안 보이면 더 좋지!"

"에이구, 아무짝에도 쓸데없는 작부 지지배들 한테는 입에 혀같이 굴면서 늙은 즤 어미한테 하는 말본새 좀 보라지."

"거, 참, 고운 말 다 놔두고 작부 지지배가 뭡니까? 저쪽에서 다 듣겠네."

아저씨도 할머니 쪽으로 눈을 허옇게 흘기며 싫은 소리를 했다.

"그래, 점심상도 안 받고, 뭐 좋은 거 주워 먹으러 나가냐, 이 눔아."

할머니가 그래도 서운한지 마주 눈을 흘겼다.

"월부책이나 파는 놈은 밖에서 사람 만날 일도 없우? 점심은 말본새 고운 엄나나 혼자 곱게 앉아 드시우. 내 몫까지 두 그릇 드시우."

아저씨는 할머니에게 건성으로 말하더니 벽에 걸린 뿌옇고 네모난 거울을 들여다보며 고무줄로 거울에 매달린 머리빗을 당겨 머리를 빗었다. 댓돌 위에 놓인 구두를 반짝 들고 들어가 방 뒤쪽 두부 가게 쪽으로 뚫린 쪽문으로 나가 버렸다. 아저씨가 나가 버리자 할머니는 아저씨 나간 쪽을 쳐다보며 혼잣말을 했다.

"빌어먹을 놈, 내가 늬 놈이 밖에 나가는 게 왜 싫것냐, 이놈아. 장가갈 때가 지나도록 만나고 댕기는 여자가 없어 그렇지 않아도 가슴이 저릿저릿 하구먼, 한다는 소리 하고는……. 나가도 맨 실속 없는 놈들만 만나고 댕기니까 하는 말이지."

내가 숙제 거리를 끌어안고 앵두네 안채로 가려는데 할머니가 생각난 듯이 나를 돌아보며 물었다.

"연지 밥 먹었니? 안 먹었으면 할미랑 같이 먹을까?"

"아니요, 전 벌써 먹었어요. 앵두랑 숙제할 거예요."

"그래, 어여 가서 숙제해라. 혼자 먹으려니 할미도 딱, 입맛이 없다."

할머니는 밥상을 도로 내려놓으며 허공에 대고 혼잣말을 했다. 쪽문을 열고 안채 뜨락으로 들어서니 잔 꽃무늬가 고운 분홍 원피스를 차려입은 도경 언니가 빼딱 구두를 신고 있었다. 언니는 막 외출하려는 모양이었다.

"와아, 언니 예쁘다."

"정말? 정말로 연지 보기에 예뻐 보이니?"

나는 황홀한 눈빛으로 고개를 끄덕였다.

"그래, 고맙다."

도경 언니가 내 얼굴을 들여다보며 빙긋 웃더니 사뿐사뿐 밖으로 나갔다.

"캬, 데이트하기 좋은 날씨구나."

건넌방 분합 창을 활짝 열고, 외출하는 도경 언니를 내다보고 있던 경아 언니가 하늘을 올려다보며 말했다. 앵두와 함께 숙제하고 저녁밥을 일찍 먹고 나니 오랜만에 앵두네 집에서 텔레비전을 보고 싶어졌다.

"엄마, 오늘은 술손님들 없는 날인데 앵두네 가서, 언니들이랑 테레비 좀 보면 안 될까?"

나는 가게에 있는 엄마에게 최대한 불쌍한 표정을 지으며 말했다. 엄마는 아랫입술을 깨물고 눈을 하얗게 치떴다. 씨도 안 먹히겠다 싶어서 풀이 죽은 채 방으로 들어가려는데 마침 엄마 가게에 놀러 와있던 두부 할머니가 역성을 들어주었다.

"에그, 좀 보게 해줘. 어린 것이 데레비가 얼마나 보고 싶겠어."

할머니는 아무리 '테레비'라고 가르쳐 줘도 언제나 '데레비'라고 말했다.

"한 번 두 번 허락해 주면, 자꾸 가서 보려고 할 거 아녜요. 어린 게 자꾸 저 집에 드나드는 게 싫어요. 마음 같아서는 당장이라도 가게를 옮기고 싶은데, 살림방 딸린 가게를 구하기도 쉽지 않고……. 용케 구한다고 해도 밀린 방세가 있으니 쉽게 나갈 수도 없고. 이래저래 심란하네요."

"그러게 말여. 점방 박 씨도 저번에 담장 너머 지지배들을 기웃거리다가 여편네한테 꼬집히는 것 같더구먼."

"호호, 그런 일이 있었어요?"

"하여간 안채 저 여편네가 들어온 후로는 집구석이 조용할 날이 없다니까."

"휴우! 집을 옮기려고 해도 날 추워지기 전이면 모를까, 곧 날도 추워질 텐데 그 안에 갑자기 돈이 어디서 생길 리도 없고……."

두부 할머니는 빙그레 웃으며 나를 한 번 쳐다보더니 말을 이었다.

"심란한 얘긴 그만두고, 오늘은 앵두네 술집도 노는 날이니까 가서 데레비 좀 보고 오라고 해. 애들이 뭔 죄라고."

할머니 말에 엄마도 할 수 없다는 듯이 가벼운 한숨과 함께 고개를 끄덕였다. 신이 나서 앵두네 집으로 달려가 모처럼 코미디 프로를 재미나게 볼 수 있었다. 저물녘도 지나고 뜨락이 어두컴

컴해지자 건넌방 언니들이 내 엉덩이를 발끝으로 툭툭 차며 인제 그만 집으로 가라고 했다. 야속한 마음으로 일어나 변소부터 갔다. 밤에 자다가 오줌이 마려우면 대문 밖 길가 쪽으로 나 있는 문을 이용해야 해서 안채에 있을 때 미리 가 두는 게 나았다. 변소에 쪼그려 앉아서 오줌을 누고 있는데 길가 쪽으로 난 변소 문 밖에서 귀에 익은 목소리가 들렸다.

"오늘 정말 즐거웠어요."

"저도요. 그럼, 먼저 들어갈게요."

"저, 저기, 잠, 잠깐만요."

"어머나, 누가 보면 어떡하시려고……."

"그럼, 잠깐 저쪽 공터 쪽으로……."

나는 귀를 쫑긋 세우고 그들의 말소리에 더욱 집중했다.

"아이, 왜 이러세요."

"왜 이러긴요. 좋으니까 그러죠."

"호호 농담도 잘하시네요."

아마도 남자가 하려는 일이 여자도 싫지는 않은 모양이었다. 귀에 익은 그 목소리는 도경 언니와 책 장사 아저씨였다. 듣다 보니 그들의 행동이 눈에 보이는 듯했다. 뭔가 그 둘이 무슨 짓을 저지를 것만 같아서 마음이 급해졌다. 나는 얼른 바지춤을 추켜올리고 변소 문을 소리 나게 벌컥 열고 밖으로 나갔다.

"어맛, 깜짝이야!"

변소에서 나오는 나를 보고 도경 언니는 마치 못된 짓 하다 들킨 것처럼 대문 안으로 후다닥 뛰어 들어갔다.

"어, 너, 연, 연지구나?"

책 장사 아저씨가 당황해서 붉어진 얼굴로 실눈을 뜨고 웃었다. 갑자기 나타난 나 때문에 뭔가 그르친 건 분명했지만, 그래도 기분은 좋아 보였다. 두 사람 사이가 심상치 않았다. 책 장사 아저씨에게도, 도경 언니에게도 나는 어쩐지 배신감이 느껴졌다.

"아저씨."

"응?"

"아까 도경 언니랑 뽀뽀하려고 했어요?"

"뭐? 하핫, 이 녀석!"

"아저씨!"

"뭐, 이 녀석아."

"아저씨, 도경 언니 좋아해요?"

"그래 보이니?"

나는 고개를 끄덕였다. 내 눈에 눈물이 핑 돌았지만, 어둠 속이라 아저씨는 그걸 알아채지 못했다.

"응, 좋아해. 많이 좋아해."

"……"

"근데, 아직은 비밀이다. 아무한테도 말하면 안 돼."

"근데, 할머니는 건넌방 언니들 싫어하는데."

"연지야, 도경 씨 좋은 사람이야. 이런 데 있다고 해서 나쁜 사람은 아니야. 사람은 그냥 겉으로만 봐서는 모르는 거야. 할머니도 도경 씨가 어떤 사람인지 알면 좋아하실 거야."

나와 아저씨는 가게 앞에 나란히 쭈그려 앉았다.

"도경 씨도 처음부터 이런 데 있던 사람은 아니야. 동생들을 위해서 공장에서 일했었는데 회사 아저씨들이 언니와 언니 친구들을 속였대. 일은 아주 많이 시키고, 돈은 아주 적게 줬대. 그래서 언니는 회사하고 오랫동안 힘든 싸움을 했어."

"도경 언니가 싸움했어요?"

"응. 도경씨는 아주 용감한 사람이거든."

"근데 그 아저씨들은 왜 언니를 속였대요?"

"글쎄다. 세상이 그렇구나."

"그 아저씨들도 언니에게 인생을 가르쳐준 건가요? 아저씨가 아이들에게 책을 팔면서 인생을 조금 일찍 가르쳐 주는 것처럼."

"하하하……. 너, 그 말을 여태 기억하고 있구나. 우리 연지, 아주 똑똑한걸. 음…… 그래. 도경 언니도 그렇게 인생을 많이 배운 모양이더라. 도경 씨는 인생을 가르쳐준 그 아저씨들과 아주 길고 힘겨운 싸움을 해야 했어. 결국, 회사에서 쫓겨났지만 다른 공장엘 갈 수가 없었대. 공장 아저씨들과 큰 싸움을 한 도경 씨를 받아주는 회사는 한 군데도 없었으니까."

"언니는 왜, 싸움은 해서."

"그러게. 이기지 못할 걸 알면서도 싸움을 했더구나."

아저씨 말에 나는 조금 헷갈렸다. 인생을 가르쳐준 아저씨들이면 좋은 사람들일 텐데 언니는 왜 그 아저씨들과 싸움을 했는지, 이기지 못할 걸 알면서 언니는 왜 싸운 건지, 그게 왜 용감하다는 건지. 알 수 없었다.

"이기지 못할 걸 알고도 싸웠대요?"

"응. 그 싸움은 어차피 이길 수 없는 싸움이었어. 세상은 그런 거란다."

"질 걸 알면서 왜 싸워요?"

"그래도 싸워야지. 이길 수 없는 싸움이라도 싸울 일은 싸워야지. 그들이 잘못하고 있다는 걸 말해줘야지."

"누구한테요?"

"그들에게, 그리고 세상 사람들에게."

"그럼 이제 싸움은 끝이 난 거예요?"

"싸움은 사는 동안 계속해야 하는 거야. 사는 건 그런 거야."

"무슨 말인지 모르겠어요. 싸움은 나쁜 거라면서요. 싸우지 말라면서요. 아이들에겐 그렇게 가르쳐놓고, 어른들은 왜 싸워요?"

"그래, 우리 연지는 아직 알 필요 없다. 평생 모르고 살 수 있다면 그러는 게 좋지."

"……."

"참, 연지야. 언니 진짜 이름은 도경이가 아니고 '도화'래. 복숭아꽃. 예쁘지."

도경이 언니의 진짜 이름이 도화라는 걸 가르쳐주는 아저씨의
표정은 복숭아 꽃이 만발한 꿈속에서 헤매는 것 같았다. 아저씨
는 도경 언니, 아니 도화 언니 생각만으로도 행복해지는 모양이
었다. 아저씨가 행복한 건 좋았지만, 이상하게 그 행복한 얼굴을
바라보는 내 마음은 슬퍼졌다. 아무래도 아저씨가 우리 아버지가
되는 일은 그른 모양이었다. 가게 문을 잠그고 방 안으로 들어가
서 모로 누워있는 엄마 품을 파고들었다.

"왜, 이제 왔어. 어린 애가 이런 늦은 시간까지 텔레비전을 보
면 되겠어?"

엄마가 나를 안으며 내 등을 가볍게 때렸다.

"변소에 있었어."

"똥 눴어?"

"응."

"낮에 갔다 오지, 왜 밤 똥을 눠."

"엄마, 엄마……."

나는 엄마 품에 얼굴을 파묻었다.

다 큰 게 왜 안 하던 짓을 해?"

엄마는 말은 그렇게 하면서도 나를 꼭 끌어안았다. 그러자 괜
히 눈물이 났다. 복숭아꽃. 도화 언니를 생각했다. 내 이름도 연
지가 아니고 연화, 연꽃이라면 좋겠다.

눈물의 씨앗

삼학년이 되자 새마을 운동은 전국적으로 확대되었고, 우리 학교에도 새마을 운동의 불길이 일었다. 일요일에도 아이들을 이른 시간부터 학교에 모이게 했다. 아이들은 하나같이 머리에 까치집을 짓고 잠이 덜 깬 얼굴로 운동장에 모였다. 운동장 확성기에서는 '새벽종이 울렸네. 새 아침이 밝았네' 하는 새마을 노래가 힘차게 울려 퍼졌다. 담임 선생님들이 부석부석한 얼굴로 출석부를 들고나와 아이들의 출석을 확인했다. 그러고 나면 골목길마다 반별로 정해진 구역을 빗자루로 쓸어야 했다. 담배꽁초도 줍고 보도블록에 눌어붙은 껌도 떼어내고 껌 종이도 주웠다.

책 장사 아저씨와 도경, 아니, 도화 언니의 도둑 데이트 장면을 목격한 이후로 나는 이상하게 마음이 무겁고 가라앉아서 뭘 해도 재미가 없었다. 거리를 깨끗이 쓸어내면 마음이 좀 나아지려나 싶어, 나는 말 한마디 안 하고 죽기 살기로 빗자루로 길을 쓸고 쓰레기를 주웠다. 그래도 내 마음은 조금도 나아지지 않았다. 오히려 기운만 더 없어졌다.

거리 청소를 마치고 다시 운동장에 모이자, 확성기에서는 '잘 살아 보세, 잘살아 보세, 우리도 한 번 잘살아 보세'라는 노래가 울려 퍼졌다. 참 좋은 노래였다. 리듬도 경쾌하고 노랫말도 좋았다. 나도 노래 가사처럼 아주 잘 살았으면 좋겠다는 생각이 들었다. 나도 우리 반 부반장 형주처럼 빨간 덩굴장미가 어우러진 이층 양옥집에서 살면 얼마나 좋았을까. 피아노가 있는 그 집에서 그 애처럼 예쁜 깔깔이 원피스 자락을 하늘거리며 살면 날마다 얼마나 행복할까. 그랬더라면 책 장사 아저씨도 알지 못했을 것이고, 아저씨가 도화 언니를 만나든 말든 아무 상관이 없었을 터였다. 나는 이층집은 고사하고 오래된 한옥 바깥채 한 칸 방에 세 들어 살 뿐만 아니라, 남들 다 있는 아버지도 없다. 거기다 큰길가로 문이 난 변소에서 볼일을 봐야 한다는 게 나를 얼마나 더 슬프게 하는지 몰랐다. 이런저런 우울한 생각에 내 마음은 점점 더 물에 젖은 솜 뭉치처럼 내려앉았다.

내 모든 슬픔의 근원은 아저씨였다. 나는 언제부터인가 아저씨를 좋아하고 있었다. 나는 그걸 아저씨가 도화 언니와 만난다는 걸 알고 나서야 깨달았다. 그러니까 아저씨는 나의 첫사랑이었다. 아저씨를 향한 나의 사랑을 이제 막 깨달았는데 아저씨는 이미 다른 사람을 좋아하고 있었다. 내가 좋아하는 사람이 행복한 건 좋은 일이지만 그 행복이 내가 아니라 도화 언니한테서 오는 거라는 걸 인정하는 건 정말 슬픈 일이었다. 아무에게도 말할 수 없는 깊은 슬픔에 자꾸만 눈물이 나고 가슴이 아팠다. 내가 가슴이 아파 보고 나서야 어른들이 가슴이 아프다고 말하는 건 그냥 하는 말이 아니라는 걸 알게 되었다. 근육통을 앓듯이 정말로 가슴이 뻐근하게 아팠다. 그래서 숨도 잘 쉬어지지 않았다. 자꾸 눈물만 나려고 했다. 참으려고 하면 할수록 더 눈시울이 뜨거워졌다. 그제야 나훈아 아저씨의 '사랑은 눈물의 씨앗'이라던 절절한 가사가 이해되었다. 어른들이 부르는 노래는 그냥 나온 노래가 하나도 없는 모양이었다.

선생님들은 '잘살아 보세' 흥겨운 노랫소리가 흘러나오는 운동장에서 중간에 집으로 내뺀 아이들이 없는지 인원을 점검했다. 그러고 나면 다 같이 국민체조를 했다. 교단 위에 서신 선생님이 아무리 힘차게 호루라기를 불며 구령을 하여도 나는 기운이 하나도 없어서 뼈 없는 오징어처럼 흐느적거릴 뿐이었다. 힘겹게 국민체조까지 마치고 집으로 돌아가는 길이었다.

긴 나무 자루가 달린 플라스틱 빗자루를 질질 끌면서 '사랑이 무어냐고 물으신다면, 눈물의 씨앗이라고 말하겠어요.' 나훈아 아저씨의 노래를 흥얼거리며 걷고 있는데 뒤에서 앵두가 부르는 소리가 났다.

"연지야!"

뒤를 돌아보니 앵두가 코를 한 번 훌쩍이더니 눈을 흘겼다.

"왜 말도 없이, 혼자 가니?"

앵두는 삼학년이 되도록 여전히 코에 누런 콧물을 매달고 다니는 철부지였기에 사랑의 아픔 같은 걸 알 리가 없었다.

"미안."

나는 철없는 앵두에게 변명을 하는 것조차 귀찮았다.

"연지야, 너 몸이 왜 그렇게 흐느적거려?"

"기운이 없어."

"왜?"

"몰라. 그냥 기운이 없어."

동네에 다다르니 새달 아저씨가 언덕 아래 골목 어귀에까지 와서 앵두를 기다리고 있었다.

"아부지!"

앵두는 새달 아저씨에게 어린아이처럼 응석을 부리며 자기 아버지에게 달려갔다. 아버지가 없는 나는 그 모습이 눈꼴시어서 슬쩍 입술을 삐죽였다.

"오냐, 오냐. 새벽 여섯 시부텀 나간 애가 왜 이제야 오는 거냐?"

와락 달려가 안긴 앵두를 떼어내며 새달 아저씨가 말했다.

"몰라, 몰라. 온 동네 골목마다 죄 쓸고 다녀서, 힘들어 죽겠어.”

“새마을 운동인지 뭔지, 원, 코흘리개들 고사리손까지 빌어서 동네를 쓸고 지랄들이구나. 에잇, 똥물에 튀길 놈들!”

새달 아저씨 말에 앵두는 콧물을 훌쩍거리며 히히 웃었다.

“아무리 코흘리개라지만 우선 네 콧물이나 좀 닦자. 원, 못 봐 주겠구나.”

새달 아저씨가 손수건을 꺼내 누렇게 매달린 앵두의 콧물을 닦아 주었다. 집에 들어서자 책 장사 아저씨가 또 할머니에게 야단을 맞고 있었다.

“너 바른대로 말해, 바른대로 말허지 못해?”

“아, 뭘 바른대로 대라는 거예요?”

“너, 요새 자꾸 어딜 몰래 나다니는 거여? 전엔 노는 날이면 집 구석에서 구들만 지고 누워있던 놈이 요즘엔 노는 날마다 밖으로 돌잖어!”

“아이그, 참! 언제는 집구석에만 처박혀 있다고 구박이시더니…… 하여간 엄니 변덕을 누가 말려요?”

책 장사 아저씨도 참지 않았다.

“아닌 게 아니라 요즘 책 장사 총각이 좀 수상하긴 해. 연애하나?”

점방 아주머니는 그럴 때는 좀 눈치껏 빠져 주면 좋으련만. 요즘엔 소식이 끊어졌던 아들, 딸과 자주 연락하고 지내니 이전보다 더 기세가 등등하고 주변 사람들한테 더욱 입찬소리한다. 나는 그런 점방 아주머니가 미워서 아주머니에게 눈을 허옇게 흘기며 방으로 들어와 벌렁 드러누웠다.

"버르장머리 없이!"

엄마가 곧 뒤따라 아침 밥상을 들고 들어오며 눈을 흘겼다.

"아, 점방 아줌마 짜증 나."

"쯧, 일어나 밥이나 먹어."

"입맛이 없어."

"밤톨만 한 게, 입맛이 없긴 뭐가 입맛이 없어!"

"배 안고파. 밥맛이 없다고."

"오냐 오냐 봐줬더니 점점 버릇이 없어지네. 너 좋아하는 고등어 소금 뿌려서 석쇠로 바싹 구웠으니 어서 먹어."

"고등어?"

방금 구워낸 고등어라는 말에 군침이 돌았다. 사랑은 눈물의 씨앗인데, 눈물의 씨앗을 단숨에 이겨버린 고등어라니! 새로 지은 밥에 고등어구이를 먹으니 꿀맛이긴 했다.

"밥맛 없다는 애가 고등어 구워 올리니까 밥만 잘 먹네."

"엄마, 나 요즘 이상해. 가슴 여기, 여기가 뻐근하게 아파."

"왜 가슴이 아파? 벌써 젖멍울이 생기려나?"

"아니, 그게 아니고. 에이, 엄마는 몰라."

"엄마가 뭘 모른다는 거야."

엄마가 고등어 가시를 발라, 내 밥숟갈 위에 얹어주며 말했다.

"근데, 엄마."

"응?"

"나 책 장사 아저씨 비밀 안다."

"비밀?"

"아저씨 요새 연애해."

"연애? 네가 연애가 뭔지나 알어?"

엄마는 피식 웃으면서도 궁금하긴 했던지 눈을 동그랗게 뜨고 나를 쳐다보았다.

"내가 봤어."

"그래?"

"응 앵두네 건넌방, 도경 언니랑 연애해."

"뭐?"

엄마가 입을 딱 벌리더니 밥숟갈을 밥상 위에 딱 소리 나게 내려놓았다. 아저씨가 말할 때까지 절대로 아무한테도 말하지 말라고 했지만, 나는 이제 아저씨의 비밀을 지켜주고 싶지 않았다. 나는 심통이 났고 아저씨의 비밀이 확 새 나가 버려서 두부 할머니의 귀에 들어갔으면 좋겠다고 생각했다. 그래서 두 사람의 사랑이 확 깨져버리길 바랐다. 하지만 막상 엄마가 그렇게까지 정색하며 놀라는 걸 보니 내가 뭔가 잘못한 건 아닌지 가슴이 덜컥 내려앉았다.

"어쩌면 좋으냐. 할머니가 크게 실망하실 텐데."

"근데, 언니 진짜 이름은 도화래, 복숭아꽃. 아저씨는 그 이름이 그렇게 좋대."

엄마는 이미 내 말이 들리지 않는 모양이었다.

모든 슬픔은 아름답다

삼학년이 되자 과목도 어려워졌고, 주말이면 해야 할 숙제도 꽤 많았다. 숙제 거리를 안고 앵두네 집 뜨락에 들어서니 분위기가 싸늘했다. 외출복 차림의 도경 언니는 고개를 외로 꼬고 있었고, 앵두 삼촌 최병수가 두 손을 양 허리에 얹은 채 씩씩 숨을 몰아쉬고 있었다.

"야, 이 쌍년아. 너 지난주에도 볼 일 있다고 외출했잖아!"

"왜, 멀쩡한 사람 이름을 두고 욕을 해요, 상스럽게?"

도경 언니가 눈을 똑바로 치뜨면서 대들었다.

"이게 어디서 말대꾸야? 네 깐 년들 이름이 이름이냐? 솔직히 도경이가 진짜 네 이름이냐? 막 지어다 붙인 이름 아냐!"

"욕하지 마세요. 불쾌해요."

아직 잠옷 차림의 민경 언니와 경아 언니가 부스스한 얼굴에 눈을 동그랗게 뜨고 건넌방에서 뜨락 쪽으로 난 분합 창문을 열고 고개를 내밀었다.

"이 쌍년이 얻다 대고 눈을 똑바로 뜨고 대들어? 뭐? 불쾌해? 난 너 때문에 불쾌하다 이년아. 너, 아주 남의 집 장사 망치려고 작정을 했지? 지난주 일요일에도 말도 없이 빠져나가서, 저녁때 들어왔잖아!"

"그때 분명히 볼 일이 있다고 말했잖아요."

"볼 일? 볼일 같은 소리 하고, 자빠졌네. 너 바람나서 돌아댕기는 거, 내가 모를 줄 알아?"

앵두 삼촌이 손바닥을 쳐들어 때리려는 시늉 하며 말했다. 내가 겁에 질려서 눈을 동그랗게 뜨고 굳은 듯 그 자리에 서 있으려니 뜨락 건너에 있던 앵두가 어느새 내 곁에 와서 섰다.

"모르는 척해. 저렇게 열 받아 있을 땐 쥐 죽은 듯 있는 게 상책이야."

"무슨 일이야? 너희 삼촌이 왜 도경 언니한테……."

"우리 엄마 말이 도경 언니가 요새 바람이 나서 그러는 거래. 한번 혼 좀 나야 한대."

앵두가 내게 귀엣말했다.

"아니, 내가 볼 일이 있다고요. 병수씨가 내 일을 다 알아요?"

도경 언니가 날카롭게 쏘아붙였다.

"야, 듣자 듣자 하니깐 들어 줄 수가 없네, 씨팔! 네깐 년이 볼 일은 무슨 볼일이냐고. 너 지금 바람나서 암내 풍기고 돌아댕기겠다는 거 아냐! 너 지난주에도 늦게 와서 손님 놓치게 만들고. 이게 좀 맞아야 정신을 차리겠나."

"아이 정말! 욕하지 말랬잖아! 누군 욕할 줄 몰라서 안 하는 줄 알어? 새끼야!"

꽃같이 예쁜 도경 언니 입에서도 거친 욕이 튀어나왔다. 나는 놀라서 입을 틀어막았다.

"야, 이 쌍년아, 너 지금 욕했냐? 이게 돌았나, 너 요즘, 머리 꼭대기까지 기어오른다. 외출? 너 외출 한다고 했냐? 네 깐 년이 외출 같은 게 가당키나 해? 이 작부 년아!"

앵두 삼촌도 더욱 흥분해서 날뛰었다.

"야! 너도 하는 욕을 내가 못 할 줄 알았어? 이 나쁜 새끼야. 내가 아무리 천해도 너 같은 인간 말종보다는 나아 이 새끼야! 남의 등이나 쳐서 먹고사는 생 양아치 날라리 주제에."

"이게 죽으려고 환장을 했나. 오늘 날 잡은 줄 알아라. 너 오늘 내 손에 죽는다, 이 쌍년아!"

사태가 심상치 않자 건넌방에서 분합창 밖으로 내다보며 눈치만 보고 있던 언니들이 줄줄이 잠옷 자락을 펄럭이며 뜨락으로 달려 나왔다.

"어머 어머 병수씨, 병수씨가 참아요."

"도경아, 너 오늘 왜 그래? 얼른 잘못했다고 빌어."

"아우, 병수씨, 도경이 얘, 아직 어리잖아요. 아직 철이 없어서 그래."

"어린 게 객지에서 돈 벌겠다고 애쓰는데……."

언니들이 죄 달려 나와 한 마디씩 보태며 앵두 삼촌을 뜯어말렸지만, 독이 오를 대로 오른 도경 언니는 그럴수록 더 바락바락 악을 쓰고 덤볐다. 앵두 삼촌도 말리는 언니들을 뿌리치고 소매를 걷어붙이며 도경 언니에게 달려들었다.

"왜들 아침부터 소란이랴!"

안방 분합 창문을 활딱 열어젖히고 앵두 엄마가 속옷 바람으로 소리쳤지만, 딱히 싸움을 말릴 마음은 없어 보였다.

"야, 어디 때려봐. 나도 겁날 것 없어 이 새끼야. 맞으면 죽기밖에 더 하겠냐? 때려, 때려 봐, 이 새끼야. 경찰서에서 콩밥 원없이 먹게 해줄 테니까!"

도경 언니가 완전히 이성을 잃은 듯 악을 쓰며 달려들었다.

"어머머, 도경아, 너 미쳤니? 왜 그래?"

"이 씨팔년이!"

경아 언니가 당황하여 도경 언니를 앵두 삼촌에게서 떼어내려는데, 앵두 삼촌이 더 빠르게 주먹을 날려 도경 언니 얼굴을 강타했다. 그 바람에 경아 언니와 앵두 삼촌의 허리 뒤에 매달려 뜯어말리고 있던 민경 언니가 엉덩방아를 찧으며 나동그라졌다.

"아악!"

앵두 삼촌의 주먹질을 당한 도경 언니도 얼굴을 감싸 쥔 채 반대쪽으로 쓰러졌다. 나는 숨이 멎는 듯했다. 언니들도 손으로 입을 틀어막고 아무 소리도 못 했다. 일순간 뜨락에는 정적이 감돌았다. 잠시 죽은 듯이 쓰러져있던 도경 언니가 몸을 일으키며 서럽게 울기 시작했다. 언니의 얼굴을 감싸 쥔 손가락 사이로 피가 흘렀다.

"어디서 까불고 있어. 건방지게!"

앵두 삼촌이 빈 코를 한 번 훌쩍이더니 바지춤을 올리면서 한마디 조용하게 뇌까렸다. 나는 아침에 엄마한테 책 장사 아저씨의 비밀을 누설한 죄가 있어서, 아저씨가 좋아하는 도경 언니가 피를 흘리며 땅바닥에 쓰러져 있는 꼴을 그냥 두고 볼 수가 없었다. 후다닥 달려가 담장 끝에 달린 쪽문을 열고 좁다란 바깥채 뜰로 들어섰다. 허둥지둥 책 장사 아저씨네 방문을 열었지만, 아저씨가 없었다. 다시 쪽문 안, 안채 뜨락을 지나 대문을 열고 밖으로 나와 아저씨네 두부 가게로 달려갔다. 내가 들이닥치자 마침 가게에서 할머니를 도와 커다란 베주머니 속, 두부를 짜고 있던 아저씨가 깜짝 놀라서 나를 쳐다보았다.

"아, 아저씨."

내가 숨이 차서 말을 잇지 못하자 아저씨가 물었다.

"연지야. 왜 그래? 무슨 일이야?"

"아, 아저씨, 도경 아니, 도, 도, 도화 언니가……."

아저씨가 표정이 금세 굳어지더니 짜고 있던 두부 자루를 내려놓고 벌떡 일어섰다.

"도화 씨가 왜?"

"앵, 앵두 삼촌이, 도, 도화 언니를 때렸어요."

"뭐어?"

아저씨의 얼굴은 한순간에 핏기가 가시면서 종잇장처럼 하얘졌다.

"도, 도화 언니 얼굴에 피가……."

내 말이 미처 끝나기도 전에 아저씨는 바람같이 몸을 날려 대문을 열고 앵두네 집 뜨락으로 달려갔다. 두부 할머니가 넋이 빠진 얼굴로 벌써 저만치 달려가는 아저씨의 뒷모습을 멍하니 바라보았다. 입을 딱 벌리고 서 있던 할머니가 나에게 뭔가를 물으려 하셨지만 나도 어느새 아저씨의 뒤를 쫓아 앵두네 집 뜨락을 향해 달리고 있었다.

도화 언니는 아직도 피가 흐르는 채 땅바닥에 주저앉아 있었다. 다른 언니들이 호들갑을 떨며 물수건으로 도화 언니의 얼굴에서 피를 닦아주고 있었고, 새달 아저씨가 눈을 부라리고 뜨락에 나와 서서 앵두 삼촌에게 역정을 내고 있었다. 책 장사 아저씨는 앞뒤 사정을 물을 것도 없이 앵두 삼촌에게 달려들어 주먹부터 날렸다. 밤낮 실눈을 뜨고 웃는 줄이나 알았던 아저씨가 그렇게 화를 내는 건 처음 보았다. 무방비 상태로 서 있다가 주먹으로 한 대 맞은 앵두 삼촌이 바닥으로 나동그라졌다. 그 바람에 마당에 있던 세숫대야가 요란한 소리를 내며 찌그러졌다. 그때까지도 속옷 바람에 안방 분합 창문을 열고 내다보고만 있던 앵두 엄마가 벌떡 일어서더니 우아악! 괴성을 지르며 맨발로 뛰어 내려왔다. 그 사이에 책 장사 아저씨는 앵두 삼촌이 미처 몸을 일으키기도 전에 바람 같이 앵두 삼촌 위에 올라타서 몇 차례 더 주먹을 날리고 있었다.

"형석씨! 그만요."

도화 언니는 손으로 피가 흐르는 코를 움켜쥔 채 울부짖었다. 도화 언니의 울부짖음에 책 장사 아저씨가 언니 쪽으로 고개를 돌리자 앵두 삼촌이 벌떡 몸을 일으켜 책 장사 아저씨에게 반격하려던 찰나에 새달 아저씨가 가로막고 서서 앵두 삼촌을 막았다.

"그만두지 못해?"

비쩍 말라서 기운도 없게 생긴 새달 아저씨에게 그런 위엄이 있을 줄 몰랐다. 나도 모르게 휴우! 안도의 한숨이 새어 나왔다.

"도화씨, 괜찮아요? 어디 좀 봐요, 괜찮아요?"

책 장사 아저씨의 그렇게 다급하고 걱정스러운 얼굴은 그때 처음 보았다.

"코뼈가 괜찮은지 모르겠어요. 병원에 가봐야 할 것 같아요."

"그래요, 어서 병원으로 가요."

"언니, 얼른 나가서 택시 좀 불러봐."

싸움이 좀 진정되자, 건넌방 언니들이 저마다 한마디씩 거드는 바람에 삽시간에 도떼기시장처럼 부산스러웠다. 언니들은 택시를 부른다고 잠옷 자락을 펄럭이며 대문 밖 언덕길을 내려갔고 책 장사 아저씨도 그 뒤를 따라 도화 언니를 번쩍 안아 들고 달려가고 있었다. 나는 그 모든 게 영화의 한 장면을 보는 것 같았다. 그러는 동안 앵두 엄마는 피가 나는 앵두 삼촌의 입술을 까뒤집으며 들여다보았다.

"동생, 어디 입 좀 벌려봐. 워뗘, 이빨은 괜찮은 거 같어?"

"……."

"아유, 이걸 어째, 동생 입술이 찢어졌구먼, 세상에 이 입술 찢어진 것 좀 보게. 아니 저 사람은 왜 남의 집에 들이닥쳐서는 난리랴."

앵두 삼촌은 자기 입속을 들여다보며 끊임없이 주절거리는 앵두 엄마가 성가신 모양인지 인상을 찌푸렸다.

"거, 잘하면 자네 낯짝이 아주 그 입속으로 기어들어 가겠구먼. 꼴사나우니 당장 뚝 떨어지지 못해?"

새달 아저씨가 꽥 소리를 치자 그제야 앵두 엄마가 정신을 차린 듯 앵두 삼촌의 얼굴에서 떨어져 나왔다.

"옥화 자네는 들어가서 옷이나 꿰어 입고, 그리고 병수 자네는 나를 좀 보세나. 방으로 좀 들어오게. 집안의 기강이 무너져도 분수가 있지."

새달 아저씨가 전에 없이 굳은 얼굴로 앵두 엄마와 앵두 삼촌을 번갈아 쳐다보며 말했다. 앵두 엄마는 그제야 아직 속옷 바람인 게 생각이 났는지 후다닥 안방으로 들어갔고 새달 아저씨가 쯧쯧 혀를 차며 뒤따라 들어갔다. 앵두 삼촌도 물 한 바가지를 떠서 피 묻은 얼굴을 쓱 문지르더니 바지에 묻은 흙먼지를 툭툭 털며 새달 아저씨의 뒤를 따랐다.

나도 심란한 마음으로 터덜거리며 집으로 돌아왔다. 쪽문을 열고 좁다란 바깥채 마당으로 들어서니 두부 할머니가 멍하니 툇마루에 앉아있었다. 할머니는 나를 보더니 뭐라고 하시려다가 그냥 말았다. 나도 딱히 할머니에게 할 말이 없어서 모르는 척 방으로 들어갔다. 나는 반닫이 궤짝 위에 개켜져 있는 이불 하나를 끌어 내려 바닥에 펴고 그대로 엎드려 엉엉 울었다.

"놀란 모양이구나."

엄마가 내 등을 쓸어주며 말했다. 처음 본 주먹 다툼 때문에 무섭기도 했지만, 그보다는 내 가슴에서 북받쳐 오르는 서러움에 눈물을 참을 수가 없었다. 무엇이 그리 서러운 건지 알 수가 없었지만 참으려고 해도 뜨거운 눈물이 끝도 없이 솟구쳤다.

얼마나 울었던지 이마에 열이 나기 시작했다. 머리가 아프고 무거워 똑바로 앉기도 힘들었다. 엄마는 나더러 아무 생각 하지 말고 한숨 푹 자라고 했다. 그렇지 않아도 실컷 울고 났더니 퉁퉁 붓고 뻑뻑해서 눈을 뜰 수가 없었다. 잠을 좀 자다가 잠깐 엄마가 차려준 점심을 먹고 나서 다시 잠을 잤다. 종일 자고 나서도 기운이 없었다. 오히려 몸이 더 땅속 깊은 곳으로 가라앉는 것 같았다. 오소소 소름이 돋고 으슬으슬 춥기까지 했다. 몸살이 난 모양이었다.

"쯧쯧, 어린 게 새벽부터 동네 청소하느라 피곤한 데다, 어른들 주먹 다툼에, 피까지 봐서 놀란 모양이네."

엄마가 이마에 물수건을 올려주며 혼잣말을 했다.

"숙제를 아직 못했는데."

"숙제는 무슨…… 걱정하지 말고 그냥 자. 아무래도 내일은 학교에 못 갈 거 같다."

엄마가 나를 딱하다는 듯이 가만히 내려다보았다."

"아저씨하고 도화 언니는?"

"아까 왔어. 다행히 뼈는 안 다친 모양이더라."

엄마는 말을 마친 뒤 깊은 한숨을 쉬었다. 나도 공연히 마음이 무거워졌다. 옆방 책 장사 아저씨 방에는 별일 없는지 궁금했다. 옆방과 우리 방 사이를 가로막고 있는 얇은 벽에 귀를 갖다 대었다. 두 사람 다 소리를 낮추고 얘기했지만, 오히려 사방이 조용해서 두 사람 목소리에 더 집중할 수 있었다. 두 사람이 워낙 침통하고 낮은 목소리로 말을 하는 바람에 자세한 내용이 들리진 않았지만, 옆방에 감돌고 있는 무거운 공기에 나까지 숨이 막혔다. 엄마는 나처럼 귀를 대고 들은 것은 아니지만 엄마 역시 옆방에 신경을 쓰는 눈치였다.

"글쎄, 안 되다면 안 되는 줄 알어. 정신 똑바로 차려, 너!"

낮고 떨리지만 단호한 옆방 두부 할머니의 목소리가 들렸다.

"같이 살 사람이 좋다는데 왜 엄니가 안 된다는 거예요."

아저씨의 목소리 역시 떨렸지만 강하고 깊은 반항이 묻어있
었다.

"그래, 좋다. 그럼 나 죽고 나서. 그때 네 맘대로 해라. 그렇지
만 내 눈에 흙이 들어가기 전까진 절대로 안 된다."

"엄니 죽기 전에 제가 먼저 죽어요."

아저씨의 목소리가 가늘게 떨렸다.

"뭐? 어미 앞에서 죽는다는 말을! 그게 어미한테 할 소리냐. 내
가 무슨 낯으로 늬 아버질 만나겠니."

"아버지? 저에게 아버지가 있나요?"

낮은 목소리긴 하지만 또박또박 힘주어 분명하게 말하는 아저
씨의 말소리에 나는 또 알 수 없는 두려움으로 눈시울이 뜨거워
졌다.

"점점, 못 하는 소리가 없구나."

"전, 아버지가 없어요. 전 처음부터 아버지가 없었어요."

"그게, 그게 무슨 소리냐. 아버지가 없이 니가 어떻게 태어났
겠냐. 어디서 그런 못된."

"저에게 아버지가 언제 한 번 아버지로서 있어 준 적이나 있나

요? 전 자라면서 한 번도 아버지를 느끼지 못하고 살았어요. 아버지는 제 존재를 알기나 하셨나요?"

"너, 이렇게 못된 아이였구나. 내가 너를 어떻게 키웠는데."

"어떻게 키우긴 어떻게 키워요. 이 모양 이 꼴로 키워 놓았지."

아저씨 목소리에 울음이 섞여 있었다. 잠시 정적이 흐르더니 짝! 하고 뺨을 때리는 소리가 들렸다. 할머니가 아저씨를 때린 모양이었다. 흡! 나도 모르게 숨이 멎으며 손으로 입을 틀어막았다. 동시에 다시 뜨거운 눈물이 주르르 흘러 베개를 뜨끈하게 적셨다.

"옆방 신경 쓰지 말고 그냥 자. 신경 쓰면 더 골치 아퍼."

내가 숨죽여 흐느끼기 시작하자 엄마가 내 등을 쓸어주며 안쓰럽다는 듯이 말했다.

"어디 사람이 없어서…… 어디 사람이 없어서 술집 작부냐."

할머니의 목소리가 젖어있었다.

"작부가 어때서요."

아저씨가 무뚝뚝한 목소리로 말했다.

"뭐가 어쩌고 어째?"

할머니가 목소리를 떨었다.

"작부가 도둑입니까? 작부가 죄인이에요? 작부면, 날 때부터 작부였겠어요?"

"그러니 더 나쁘지. 처음부터 작부도 아닌 걸 제 발로 기어들어가 작부가 된 거니 더 나쁘고말고."

"오죽하면, 오죽하면 그렇게 됐겠어요. 어른들이 그렇게 만들었잖아요. 세상이 그렇게 내몰았잖아요."

"허! 아무리 어려워도 깨끗하게 사는 여자들도 많다."

"저 사람인들 그러고 싶지 않았겠어요?"

"언제부터 그 애를 알았다고 역성이냐."

"병든 아버지 대신 어린 동생들 공부시키겠다고 열댓 살부터 객지에 나와 고생한 사람이에요. 어린 나이에 방직공장에서 밤낮없이 고생하면서, 쥐꼬리만큼 받는 월급 한 푼 쓰기도 아까워서 두어 평 되는 쪽방에 서너 명이 모여 살면서, 그렇게 모든 돈으로 아버지 약값 대고 동생들 학비 댄 사람이에요. 그런 데서 일하는 사람은 사람도 아닌 겁니까? 열악한 작업환경 좀 개선해 달라고, 일 한 만큼 돈을 달라고, 손바닥만 한 권리라도 지키겠다고 싸우다가 돈 한 푼 못 받고, 무자비한 인간들에게 구둣발로 밟히고 몽둥이로 매를 맞고 똥바가지를 뒤집어쓴 채 쫓겨난 사람이에요. 죄인 아닌 죄인으로 낙인이 찍혀버려서 저 사람을 받아주는 공장이 없더랍니다. 그러니 어떡해요. 쥐구멍 같은 데라도 기웃대야지. 어쩌겠어요. 아버지 약값도 벌고 동생 학비도 대려면 그래야지. 방법이 있나요? 저 사람만 바라보고 있는 식구들의 눈을 생각하면 아무 데라도 가야지요. 그렇게 옮긴 데가 창문도 없고 환풍기도 없는 지하실의 반 평 남짓 되는 봉제 공장이었대요.

창문이 없으니 밤인지 낮인지도 해가 뜨는지 달이 뜨는지도 계절이 가는지 알 수나 있나요. 작업등 밝혀놓고 밤이나 낮이나 고개박고 재봉질만 했다는군요. 그래도 쉬지 않고 일했대요. 그러다가 몸이 상했더랍니다. 창문 하나 없이 공기가 나쁜 그곳에서 계속 일하다가는 딱 죽겠구나 싶더래요. 혼자 몸 죽는 게 두려운 게아니라 집에서 자기 하나 바라보고 있는 식구들을 생각하니 더는 거기서 견딜 수가 없더랍니다. 그러니 어떡해요, 받아주는데찾아가야지요. 그렇게 찾은 일이 작부라네요. 작부면 어때요, 그일로 부모님께 효도하고 동생들 공부시키는데 그보다 더 고귀한사람이 어디 있나요."

"겨우 그런 년이나 만나라고 내가 그 고생을 하면서 널 대학공부까지 시킨 줄 아냐. 너 대학 학비 대느라고 내 등골이 다 휘었다."

"글쎄 대학 공부까지 마쳤으면 뭘 해요. 엄니 등골 휘게 고생해서 만든 두부 팔아서 날 공부시켰으면 뭘 하냐고요. 내가 겨우이 모양 이 꼴인데."

"고작 이 꼴을 보려고 내가 그 고생을 했구나."

"더 계셔도 좋은 꼴은 못 보여 드려요."

"내가 당장 죽으면 네가 좋겠구나."

"아시잖아요. 내가 뭘 하고 싶어도 아무것도 할 수가 없는 거엄니가 더 잘 아시잖아요. 맨날 실실 웃고 다니니까 속이 없어서

실실거리는 줄 아세요? 내가 모른 척하고 있어서 그렇지 내가 움직이는 대로 사람이 몇이나 따라붙어 다니는 줄 아세요? 엄니 보시기에 내 꼴은 작부보다 나아 보여요? 내가 어떤 심정으로 하루하루를 버티는지 알기나 하세요? 엄니만 아니면 난 벌써…….”

“어미 앞에서 별 험한 소리를 다 하는구나.”

“더 험한 소리 해 드릴까요. 죽어서 아버지 뵐 면목이 없다고요? 만나면 그 얼굴에 침이나 뱉어 주세요. 아버지? 아버지가 저에게 뭘 해 줬는데요? 남들은 다 남쪽으로 남쪽으로 내려갈 때 아버지는 왜 북쪽으로 올라가셨대요? 다들 죽기 살기로 남쪽으로 갔는데, 빨갱이 피해 남쪽으로 가는 피난 행렬이 그렇게 길었다는데, 아버지는 왜 반대로 북쪽으로 가셨나요. 거기가 그렇게 좋은 곳이라면 엄니와 저도 데리고 가실 일이지 왜 아버지 한 몸만 가신 건가요! 북으로 가시면서, 한순간이라도 저나 어머니를 떠올리시긴 하셨대요? 어머니도 더는 아버지 생각하지 마세요. 그런 사람은 아예 기억에서 지워버리세요. 가족을 위해 자기 한 몸 희생하는 저 사람이 처자식 내팽개치고 혼자서 북으로 올라간 아버지보다 훨씬 나아요. 저 사람이 저렇게밖에 못 살게 만든 건 아버지 같은 사람들이에요. 아버지같이 이기적인 사람들이 세상을 이렇게 만들어 놓았다고요.”

아저씨가 하는 말이 무슨 말인지 이해할 수는 없지만, 아저씨의 피맺힌 목소리에 나는 가슴이 찢어지는 것 같았다.

"그만해라. 제발…… 그만해라."

두부 할머니가 흐느끼는 소리가 들렸다. 당장 옆방으로 달려가 할머니의 등을 가만히 껴안아 주고 싶었다.

"연좌제에 손발이 묶인 젊은 놈의 피가 터지는 고통을 엄니는 아시나요. 숨만 쉰다고 살아있는 건가요, 내가 움쭉달싹할 수가 없어요. 날마다 사지가 올가미에 걸려있는 것 같은데 그게 어떻게 산목숨인가요. 숨을 쉬는 것조차 힘이 든다고요."

"그만해라. 그런 네 놈을 속절없이 바라볼 수밖에 없는 애간장이 녹아내리는 어미의 심정은…… 딸린 어린것만 아니었다면 벌써 목숨을 끊고 싶었던 그런 어미의 심정은…… 관두자. 말을 한들 네가 알겠느냐. 내가 말을 한다고 네가 그 속을 헤아리기나 하겠느냐. 네가 죽었다 깨어난들 어미의 심정을…… 백 분의 일이나, 천 분의 일이나 헤아리겠느냐."

할머니의 목소리는 허공에 부는 시리고 아픈 바람 같았다.

"그러니, 아무 말씀 하지 마세요. 제 삶에 작게나마 희망의 불빛이 생긴 건 저 사람을 만나고 나서랍니다. 그래도 이 세상 한 번 살아볼 마음이 생긴 건, 저 사람 때문이니까."

"몹쓸 놈…… 나쁜 놈……."

두 사람이 하는 말이 무슨 뜻인지 알아듣지도 못하면서, 나는 계속해서 뜨거운 눈물을 흘렸다. 사르륵사르륵 엄마의 털실 감는 소리를 귓가에 흘려들으며 나는 울다 지쳐 잠이 들었다.

떠나간 사랑

책 장사 아저씨와 두부 할머니 사이에 있었던, 일기장에 꾹꾹 눌러쓰듯이 조용하면서도 비밀스럽던 그 깊은 밤의 대화를 들을 만한 사람은 다 들었던 모양이다. 점방 아주머니는 두부 할머니를 전염병 환자 대하듯 슬슬 피해 다녔다. 그러더니 엄마에게 다가와 '들었어? 월북 빨갱이라며?' 라고 속삭였다. 동네 사람들도 책 장사 아저씨가 지나갈 때마다 뒤에서 수군거렸다. 보나 마나 점방 박 씨네 부부가 여기저기 말을 옮겼을 게 뻔했다. 하지만 내 생각에는 책 장사 아저씨는 절대로 빨갱이가 아니었다. 어디로 보나 실눈 미소를 지닌 순둥이 같은 아저씨가, 반공 포스터에서 보이는 얼굴이 붉고 머리에 뿔이 난 험상궂은 빨갱이일 리는 없었다. 앵두 엄마도 들은 말이 있는지 급기야 새달 아저씨에게 두부 할머니 모자를 내보내자고 말을 한 모양이었다.

"굴러들어 온 돌이 백힌 돌을 패 낸다더니, 못 하는 소리가 없네!"

새달 아저씨가 아침부터 앵두 엄마에게 버럭 역정을 내었다.

"뭐, 뭐요? 굴러들어 온 돌? 시방 나더러 굴러들어 온 돌이라고 했우?"

앵두 엄마가 발끈 대들었다.

"굴러들어 온 돌이지, 그럼! 자네가 이 집식구 되기 훨씬 전부터 여기 살던 사람들이라고! 그 사람들은 내 사람들이 아녀. 아버님이 들이신 아버님 사람들이지. 자기들이 자기 발로 나가겠다고 하지 않는 한, 내가 내보낼 순 없다고, 전에도 알아듣게 말했을 텐데! 또 한 번만 그따위 소리를 입 밖에 냈다간 자네가 먼저 쫓겨날 줄 알어!"

늘 앵두 엄마가 하는 대로 당하기만 하는 줄 알았던 새달 아저씨가 뜻밖에 강경한 태도를 보이자 앵두 엄마가 오히려 놀래서 딸꾹질을 했다. 뜻밖의 새달 아저씨의 태도에 나는 안심했다. 딸꾹질이 멈추지 않아 우물에서 물을 한 바가지 마셔보기도 하고 숨을 참아 보기도 했지만, 딸꾹질은 계속되었다. 우선은 딸꾹질이 멈추지 않아 아무 생각을 하지 못했던 앵두 엄마는 생각할수록 억울하고 분했던 모양이다.

"아니, 어떻게 마누라보다 셋방 사람들을 더 챙길 수가 있어? 내가 분해서 못 살겠네!"

꺾쇤 목소리로 통곡을 시작한 앵두 엄마는 당최 그칠 줄을 몰랐다. 자고 일어나면 또 울고, 자고 일어나면 또 울었다. 밥숟갈을 입에 넣으면서도 우는 소리를 냈다. 최병수가 말려도 그치지 않았고, 점방 아주머니가 나서도 소용이 없었다. 지치지도 않고 사흘을 내리 우는 바람에 사람들의 관심은 책 장사 아저씨가 월북 빨갱이의 아들이라는 것보다 앵두 엄마가 도대체 언제까지 울음을 울 수 있는지로 옮겨갔다. 몇 날 며칠을 두고 목이 쉬도록 울어도 새달 아저씨가 눈 하나 꿈쩍하지 않자, 앵두 엄마도 콧물 한 번 훌쩍 들이마시더니 슬그머니 꼬리를 내렸다.

또 한 해가 지나 나와 앵두는 사학년이 되었다. 앵두 삼촌, 최병수와 책 장사 아저씨의 주먹다짐이 있고 난 뒤, 도화 언니는 앵두네 술집을 그만두었다. 대신 수시로 두부 할머니네 집에 드나들면서 두부 가게 일손도 돕고 빨래 등 집안의 소소한 일에 소매 걷어붙이고 나섰다. 그랬어도 두부 할머니는 당최 도화 언니에게 곁을 주지 않았다. 도화 언니가 오른쪽으로 다가서면 할머니는 왼쪽으로 몸을 돌렸고, 언니가 이쪽에서 오면 할머니는 저쪽으로 몸을 피했다. 마치 도화 언니가 투명 인간이라도 되는 듯이 할머니는 도화 언니에게 눈길 한번 주지 않았다. 참으로 딱한 일이었지만 누구도 두부 할머니에게 뭐라고 말할 수는 없었다. 하다못해 책 장사 아저씨도 아무 말도 못 한 채 그저 할머니 하는 대로 두고 보았다. 그래도 도화 언니는 지치지도 않고 늘 밝은 안색으로 할머니에게 미소 지으며 살갑게 굴었다.

꽝꽝 얼어붙어 꿈쩍도 하지 않을 것만 같았던 두부 할머니의 얼음장 같은 마음도 결국 도화 언니의 따뜻한 봄 햇살 같은 정성에 봄눈 녹듯이 녹은 모양이었다. 어느 날부터인가 두부 할머니도 짐짓 모르는 척 도화 언니가 건네는 숟가락으로 밥도 먹고, 도화 언니가 건네주는 물잔도 받아 마시면서 슬그머니 곁을 주기 시작했다.

"애가 싹싹하니, 괜찮구먼. 그놈이 죄 아비를 닮아 여자 볼 줄은 아네."

마침내 두부 할머니 입에서 그런 찬사까지 흘러나왔다. 그들 두 사람은 그해 가을, 어느 토요일에 결혼식을 올렸다. 앵두네 집, 식구들은 모두 결혼식에 참석했다. 결혼식은 언덕 아래 큰길에 새로 지은 '미미 예식장'에서 있었다. 반짝반짝한 샹들리에 불빛 아래 눈부신 웨딩드레스를 입고 선 도화 언니는 천사처럼 아름다웠다. 오랫동안 병을 앓아서 얼굴이 검고 깡마른 언니의 아버지가 한 손으로는 언니의 손을 꼭 잡고, 다른 한 손으로는 눈물을 훔치며 입장하였다. 새달 아저씨께 주례를 부탁했지만 부끄러워 못 한다고 한사코 사양하는 바람에 예식장에서 일하는 직업 주례에게 부탁했다. 하지만 돈까지 주고 시킨 주례사를 귀담아듣는 사람은 아무도 없어 보였다. '저런 뻔한 소리나 하는 게 주례사라면 내가 하는 게 나을 뻔했다.' 새달 아저씨는 연신 점방 박 씨 아저씨 귀에 대고 중얼거렸다. '하시라고 할 때는 안 하고, 왜 인제 와서 뒷북을 치시나.' 박 씨 아저씨가 성가신 표정으로 돌아앉았다. 여자들은 여자들대로 좌우로 고개를 돌려 미장원에서 새로 한 머리와 모처럼 차려입은 옷을 서로 칭찬하느라 귓속말을 주고받을 뿐이었다. 교장 선생님 훈화처럼 길고 지루한 주례사가 마침내 끝이 나고 가족사진을 찍을 때가 되자 모두 기다렸다는 듯이 와르르 몰려나가 가족사진을 찍음으로, 한껏 치장한 모습을 영원히 기념할 수 있게 되었다.

나는 결혼식을 보는 내내 가슴이 아팠지만, 연신 실눈을 뜨고 웃는 아저씨를 보면서 어렵게 사랑을 이룬 아저씨의 행복을 빌어주었다. 결혼식을 올린 두 사람은 속초로 신혼여행을 하고 온 후 다른 동네의 신혼집으로 이사했다. 책 장사 아저씨는 보증금을 빼서 방 두 칸짜리라도 얻어 함께 나가자고 했지만, 할머니는 한사코 마다했다.

할머니는 '아현동 변두리 단칸방에 사과 궤짝이나 겨우 놓고 살면서, 뭐가 그리 좋은지, 그저 둘이 마주 보고 헤벌쭉 웃더라'며 마음 아파했다. 아저씨 부부가 이사해 나가자 아저씨를 두고 빨갱이라고 수군거렸던 일들은 사람들 기억 속에서 사라져버렸다. 사람들 기억이란 게 그런 모양이었다. 하지만 나는 그날 밤, 아저씨의 낮지만, 또박또박 힘주어 말했던 그 소리 없는 절규를 평생 잊지 못할 것 같았다.

말로는 '밥버러지 같은 놈, 짝 맞춰서 멀찍이 떼어놓고 나니까 속이 다 시원하다'라고 했지만, 아저씨네 부부가 이사 나가고 나자 할머니는 어깨가 부쩍 처졌다. 가끔 가게에 혼자 앉아서 말없이 멍한 표정으로 있는 걸 보는 내 마음도 함께 아팠다. 그럴 때면 나는 가만히 할머니 등 뒤에서 두 팔을 감아 할머니를 안아 주었다. 할머니는 갈라진 목소리로 '에그 내 새끼, 어린 것이 속도 깊지……' 하면서 몸을 돌려 내 머리를 쓰다듬어 주었다.

나는 실연의 아픔을 겪으면서 사물을 바라보는 눈이 달라진 모양이었다. 늘 똑같은 집, 똑같은 거리, 똑같은 학교였지만 모든 것이 새롭게 보였다. 전보다 생각이 깊어졌다. 나는 성장하고 있었다. 하지만 나와 동갑인 앵두는 여전히 천방지축으로 철이 없었다. 그건 아마 앵두가 그때까지 진정한 사랑을 경험해 보지 못해서였을 것이다.

"근데, 연지 너, 요즘 말도 너무 없고 재미가 없어."

가슴에 묻어둔 이야기가 많을수록 오히려 입은 닫는 법이라는 걸 앵두는 알지 못했다.

"그래서, 뭐 어쩌라고."

"치! 맨날 골이 난 사람 같단 말이야."

앵두와 아웅다웅 티격태격하며 집 앞에 다다랐는데, 웬 낯선 남자들이 보였다.

"누구지?"

낯선 남자들이 대문 안쪽을 기웃거리다가 의아한 표정으로 다가서는 우리를 발견하고는 말을 붙여 왔다.

"얘들아, 너희들, 이 집에 사니?"

"네."

"오, 그래? 그럼, 말 좀 묻자. 혹시 이 집에 송옥화 라는 사람이 살고 있니?"

"송옥화는 우리 엄만데요"

앵두의 말에 낯선 남자들이 서로 눈을 마주치면서 고개를 끄덕였다.

"그럼, 너희들 혹시 최병수라는 사람도 알고 있니?"

"최병수는 우리 삼촌인데……."

"삼촌?"

"네, 우리 엄마 친척 동생이에요."

"너희 삼촌도 이 집에 함께 사니?"

"네."

"흠! 그래, 알았다. 너희들 여기서 우리 만났다는 말 절대로 누구에게 말하면 안 된다!"

"왜요?"

"글쎄 절대로 말하면 안 돼. 얘기했다가는 너희들도 잡혀갈 줄 알아라. 너희 엄마한테도 아무 말도 하면 안 돼. 알았지?"

나는 어쩐지 마음이 불안해졌다.

성장통

저녁을 먹고 바깥채 담장 아래서 세수를 하고 있는데 앵두네 집 대문이 우당탕 요란하게 열리면서 웬 낯선 남자의 목소리가 들려왔다.

"송옥화, 최병수, 나와라! 여기 있다는 걸 다 알고 왔어!"

남자는 뜨락에 서서 쇳소리를 내며 안채를 향해 외쳤다. 나는 급히 비눗물을 헹구고 쪽문을 조금 열어 안채를 엿보았다.

"누, 누구……."

별채에서 앵두 삼촌이 문을 삐죽 열다가 남자를 발견하고는 문을 도로 탁 닫았다.

"야! 최병수! 당장 나와. 야, 이 쥐새끼 같은 놈, 당장 안 나와?"

밖에 서서 소리치던 남자가 별채 방 쪽으로 달려들었다. 그때 그 낯선 남자의 모습을 똑바로 볼 수가 있었는데 아까 낮에 봤던 사람은 아니었다. 분명히 처음 보는 얼굴인데도 어쩐지 아는 얼굴인 듯 눈에 익었다.

"야, 너 안 나와? 송옥화는 어디 있어. 이 더러운 연놈들."

안방 문이 열리더니 앵두가 빼꼼 얼굴을 내밀었다. 앵두의 얼굴을 본 순간 조금 전 그 얼굴이 어째서 낯이 익었는지 깨달았다. 앵두의 얼굴은 마치 거푸집으로 찍어낸 듯 그 낯선 아저씨의 얼굴과 닮아있었다.

"이번엔 또 무슨 일인데 밖이 이렇게 소란스럽냐?"

안방 문이 활짝 열리더니 앵두 엄마가 나와 안채 큰 마루에 서서 밖을 내다보다가 갑자기 두 손으로 얼굴을 가리더니 이리저리 숨을 곳을 찾기 시작했다.

"오냐, 옥화 이년! 그래, 남의 돈 빼돌려서 저 기름 챙이 같은 놈이랑 내빼면 내가 영영 못 찾을 줄 알았더냐? 너희 바람난 두 연놈이 정분이 난건 상관없으니 내 돈이나 당장 물어내 이것들아!"

뜻밖의 소란스러움에 새달 아저씨는 또 겁에 질려 덜덜 떨며 큰 마루로 나왔다. 건넌방 언니들도 호기심 어린 눈을 하고 하나씩 큰 마루로 나와 섰다. 앵두 엄마는 여전히 손으로 얼굴을 가린 채 엉덩이를 빼고 꿩 새끼처럼 자꾸 어느 구석에 머리를 박고 숨으려고 했다. 그때 갑자기 별채 문이 확 열리고 앵두 삼촌이 날쌔

게 도망치려고 했지만, 앵두의 닮은 꼴 아저씨가 재빠르게 앵두 삼촌을 막아서는 것과 동시에 밖에서 경찰들이 들이닥쳤다.

"경찰입니다. 최병수씨, 당신을 사기 및 횡령죄로 체포합니다."

경찰들이 앵두 삼촌의 손목에 쇠고랑을 채웠다.

"에구머니나, 에구머니나!"

갑자기 큰 마루 무쇠 자물통이 매달린 반닫이 뒤로 꿩 새끼처럼 머리를 박고 숨어있던 앵두 엄마가 다시 허둥허둥 신발도 채 신지 못하고 뜨락으로 뛰어 내려오더니 누마루 밑을 지나, 뒤란 쪽으로 달아나려고 했다. 뒤란에는 어차피 밖으로 통하는 문도 없는데 왜 그쪽으로 뛰려고 했는지. 아마 당황한 나머지 아무 데나 사람들이 없는 곳으로 몸을 피하려 했던 모양이다.

"에고, 이게 뭔 일이야?"

집안이 어수선하니 점방 아저씨네 내외와 두부 할머니, 그리고 엄마까지 주르르 쪽문을 열고 안채로 들어와 담장 앞에 늘어서서 구경했다. 건넌방 언니들도 모두 눈을 동그랗게 뜨고 구경했다. 안채 큰 마루에는 새달 아저씨가 고장 난 인형처럼 턱을 뚝 떨어뜨리고는 덜덜거리고 있었다.

"송옥화 씨 당신도 공범으로 체포합니다."

또 다른 경찰이 앵두 엄마의 손목에도 쇠고랑을 채웠다. 사람 손목에 쇠고랑을 척, 채우는 건 늘 텔레비전 드라마 수사반장에서 최불암 아저씨가 하는 거로만 알았지, 내가 실제로 그런 장면을 보게 될 줄은 몰랐다. 두 사람이 경찰에 의해 끌려 나가는 걸 보더니, 그제야 정신이 드는지 새달 아저씨가 뜨락으로 달려 내려왔다.

"아, 아, 아니, 당신들은 왜 남의 집, 마, 마누라를 끌고 가는 거요!"

새달 아저씨가 맨발로 대문 밖에까지 나가 겨우 경찰의 팔뚝을 부여잡고 말을 했지만, 그 목소리가 어찌나 떨리는지 꼭 비루먹은 염소 새끼가 맥없이 우는 소리 같았다.

"자세한 건 경찰서로 오시면 알려드리겠습니다. 그럼, 이만!"

경찰 아저씨는 매몰차게 새달 아저씨를 뿌리치고 밖으로 나가 버렸다. 담장 곁으로 늘어서 있던 사람들은 그제야 서로 마주 보며 수런수런 무슨 일인가를 서로에게 물었지만, 자세한 내막을 아는 사람은 아무도 없었다. 하지만 그 낯선 남자가 앵두와 판박이로 닮았다는 건 뜨락에 둘러선 사람 중 눈이 달린 사람이라면 누구라도 알아챌 수 있었다. 사람들은 서로 눈빛을 교환하며 의미 있는 고갯짓으로 확인했다.

"당, 당신은 누구시오? 대체 누군데 아닌 밤중에 홍두깨로 남의 집을 이렇게 쑥대밭으로 만든 거요?"

가여운 새달 아저씨가 바들바들 떨리는 염소 같은 목소리로 물었다.

212

"보아하니 옥화 새 서방님 같아 뵈는데, 우선 냉수 한 사발이라도 드셔야지 잘못하다간 쓰러지시겠네. 거, 누구 이 양반한테 냉수 좀 가져다줘요. 이거 원 송장치고 개 값 물어주게 생겼어."

소란을 일으킨 낯선 남자가 큰 마루와 뜨락에 늘어서 있는 사람들을 돌아보며 소리쳤다. 그는 태도나 말투가 몹시 거칠고 예의 없어 보였다. 엄마가 화들짝 정신이 든 듯 얼른 사발에 냉수를 떠다 주었다. 사내가 물 사발을 받아 새달 아저씨에게 건넸고, 그새 얼굴이 반쪽이 된 새달 아저씨가 넋이 빠져서 사내가 대 주는 대로 사발에 입을 대고 냉수를 마셨다. 물을 마시고 난 새달 아저씨가 눈을 끔뻑끔뻑 감았다 떴다 정신을 가다듬으려 애를 썼다. 사내가 물 사발을 다시 엄마에게 건네고는 새달 아저씨 한쪽 겨드랑이에 팔을 끼워 부축해 큰 마루 쪽으로 향했다. 새달 아저씨보다 훌쩍 키가 큰 사내에게 팔짱이 끼워진 새달 아저씨의 한쪽 어깨가 번쩍 치켜 올라가, 마치 붙잡혀 가는 걸로 보였다.

"글쎄, 당신은 누구냐고?"

새달 아저씨가 사내에게 겨드랑이를 붙들린 채, 다리를 거의 질질 끌다시피 끌려가며 떨리는 목소리로 물었다.

"하, 이것 참 어떻게 설명해야 하나…… 베갯동서라고 해야 하나……. 보아하니 나이도 꽤 자신 것 같고 마땅히 부를만한 호칭도 없는데 그냥 형님이라고 하겠습니다."

"뭐, 뭣이? 베, 베갯동서? 혀, 형님? 내가 왜, 자네 형님인가?"

"일단 제 이름은 나봉수라고 하고요, 그러니까…… 나는 저 충청도에서 '과부집'이라는 술집을 하나 가지고 있었지요. 그런데 방금 잡혀간, 저 송옥화 년이 거기서 젓가락 장단 좀 쳤던 년인데, 저 기름 쟁이 같이 번들번들한 젊은 놈하고 눈이 맞아, 몰래 가게를 팔고 그 돈을 들고뛰었다 이 말씀입니다."

"그, 그러니까 당신이 옥화 전남편이란 말이요?"

"아니, 이 양반이 말귀를 잘 못 알아들으시네. 제가 그 썩을 년 남편일 리가 없지 않겠습니까? 뭐 물론 잠시 살림을 살긴 했지만요. 아시다시피 그년이 생긴 건 깍짓동처럼 생겼어도 만질 만은 하단 말이지요. 그거야 뭐 형님도 잘 아실 테고."

"뭐, 뭐요? 이 사람이! 나 원 참, 이거 민망해서 들, 들을 수가 없네."

새달 아저씨는 얼굴이 붉어져서 말을 더듬었다. 그때 뜨락 어느 구석에 서 있었는지 앵두가 벌벌 떨며 큰 마루 앞으로 걸어왔다. 눈앞에서 제 엄마가 잡혀가는 걸 봤으니 그럴 만도 했다. 앵두를 돌아보던 새달 아저씨가 갑자기 고개를 돌려 나봉수 쪽을 쳐다보았다. 몇 번을 앵두와 나봉수의 얼굴을 번갈아 쳐다보더니 마룻바닥에 철퍼덕, 주저앉았다.

"아, 이 양반 쓰러지시나? 이것 참, 성가시게 됐네."

"당, 당신이 그러니까 앵두 생부요?"

"뭐요? 생부? 생두부를 말씀하시오? 그거야 붙잡혀 간, 저 연

214

놈들이 감옥에서 나와야 먹는 거지요."

"아, 아니, 앵두, 저 애를 모르시겠소?"

새달 아저씨가 마루 끝에 서 있는 앵두를 손가락으로 가리켰다.

"앵두?"

새달 아저씨가 앵두를 손으로 가리키자 나봉수도 눈을 크게 뜨고 모가지를 쭉 빼 앵두 쪽을 쳐다보았다.

"넌? 오호라, 네가 그 애로구나. 그래, 네 이름이 앵두였지."

앵두는 겁에 질려서 코를 훌쩍이며 울먹거리고 있었다.

"저 애, 아비 되시냐고?"

"제가 왜 저 아이의 아비랍니까? 저 애가 누구 자식인지 그걸 누가 알아요?"

"허 참, 손바닥으로 하늘을 가리시게. 누가 봐도 딱 앵두 아비구먼 뭘 그래."

뜨락에 늘어선 사람들이 약속이나 한 듯이 고개를 끄덕였다.

"하, 이 영감님, 아직도 동서남북 분간을 못 하시네. 뭐, 괜찮으시면 방으로 좀 들어갑시다. 보는 눈들이 이렇게 많으니, 이거 원 내가 동물원 원숭이도 아니고. 내가 안에 들어가서 똥인지 된장인지 설명 좀 해 드려야겠습니다. 옥화 이년은 어떻게 사람도 안 가려! 어디 감히 노망들게 생긴 노인네까지 등을 쳐먹나 그래."

"뭐, 뭐요? 내가 주름이 좀 많아서 그렇지, 나이는 그리 많지 않수!"

"아, 알았어요, 알았어. 그 와중에 또 들을 건 다 들으시네. 우선 진정하시고요. 까딱하다간 내가 팔자에 없이 송장 치우게 생겼어요."

나봉수의 거침없는 말에 새달 아저씨가 현기증이 나는지 휘청거렸다. 박 씨 아저씨가 재빨리 큰 마루로 올라가 아저씨의 다른 한쪽 팔을 부축했다.

"형님, 괜찮으시우? 안으로 들어갑시다. 쓰러지게 생기셨어요."

박 씨 아저씨의 목소리에 진심으로 새달 아저씨를 걱정하는 마음이 느껴졌다.

"당신도, 일단 방으로 들어가서 자초지종을 얘기합시다."

박 씨 아저씨가 나봉수에게 말했다.

"아, 성가시게 생겼네. 보아하니 도통 무슨 사달인지 모르시는 모양인데, 좋소. 내가 설명해 드리리다."

기운이 빠져서 비척거리며 헛발질을 하는 새달 아저씨를 두 사람이 양 겨드랑이 사이로 팔을 끼고 거의 들어 올리다시피 안방으로 모셨다.

"아이고, 이게 무슨 일이래……."

"살다 살다 별꼴을 다 보네……."

점방 아주머니와 두부 할머니가 수런거렸다.

"어머머, 그러니까 지금 두 사람이 다 사기죄로 잡혀간 거잖아. 그럼 우리 월급은 어떻게 되는 거야?"

"뭘 어떻게 돼, 앵두 아버지한테라도 받아야지."

"그러니까, 누가 앵두 아버지야?"

"그러게? 누가 봐도 지금 저 양반이 앵두 판박이로 닮았는데, 또 본인은 아니라고 발뺌이고. 그럼 초 새달 저 양반이 앵두 아버지인 건가? 암튼 현재 주인 언니 남편은 초 새달 저 양반이니, 저분한테 받아야지."

"눈치를 보니 앵두 아버지도 저들 두 사람한테 속은 거 같은데?"

"우리가 지금, 그런저런 사정 봐줄 처지야? 우리 코가 석 잔데."

건넌방 언니들은 언니들대로 팔짱을 끼고 지지배배 찧고 까부르고 난리가 났다. 앵두는 큰 마루 끝에 앉아서 소리도 못 내고 서러운 눈물만 뚝뚝 흘렸다. 엄마는 그런 앵두의 등을 어루만져주다가, 손을 잡아끌어 우리 방으로 데려왔다. 앵두는 이부자리에 누워서도 계속 눈물만 흘리다가 베갯잇을 푹신 적시고야 잠이 들었다. 깊은 밤이 되어서야 나봉수라는 사람이 돌아가고, 박 씨 아저씨는 그 후로도 한참이나 더 있다가 안방에서 나왔다. 새달 아저씨가 다 죽게 생겨서 차마 그냥 두고 나올 수가 없었다고 했다.

박 씨 아저씨가 안방에서 나오자, 뒤숭숭한 마음에 그때까지 잠자리에 들지 못한 바깥채 사람들은 약속이나 한 듯이 아저씨 주변에 몰려들었다. 나도 앵두가 깊게 잠든 걸 확인하고 슬그머니 그들 틈에 끼었다.

박 씨 아저씨가 들은 얘기로는, 나봉수는 말하자면 앵두 엄마의 기생 서방 같은 사람이었다. 일찍부터 술집 작부로 잔뼈가 굵은 앵두 엄마는 어쩌다 보니 나봉수가 있던 술집까지 흘러들어 왔고, 보기와는 다르게 수완이 뛰어난 앵두 엄마를 눈여겨본 나봉수는 앵두 엄마를 앞세워 '과부집'이라는 이름의 술집을 차렸다고 했다. 과부집을 차리고는 잠깐 둘이 살림을 차렸을 만큼 정이 좋은 시절도 있었다고 했다. 그러다가 '과부집'을 찾았던 떠돌이 젊은 최병수와 눈이 맞았던 송옥화는 친척 동생으로 속여 나봉수의 가게에서 영업을 돕게 했다. 눈치가 좀 수상하긴 했지만 먼 친척 동생이라니, 그저 그런 모양이다, 했더란다. 송옥화는 최병수와 작당을 하고 급기야 나봉수 몰래 '과부집'을 헐값에 팔아넘기고 돈을 챙겨, 야반도주까지 했다는 것이다. 나봉수와 살림을 살고 나서 앵두가 태어난 건 사실이지만, 앵두가 자기 딸인지는 알 수 없는 일이라고 했다. 최병수는 애초부터 꿍꿍이가 따로 있었던지라 둘이 몰래 도망친 지 얼마 안 되어, 이번에는 최병수가 송옥화 뒤통수를 치고 돈을 몽땅 들고 달아났더란다.

살길이 막막해진 송옥화는 그때 마침 어수룩한 새달 아저씨를 떠올렸고 수소문 끝에 앵두를 앞세워 새달 아저씨를 찾아왔다.

태생이 사기꾼에 노름꾼인 최병수는 빼돌린 돈을 금세 모두 탕진했을 때, 송옥화가 자하문 밖 알부자 새달이란 이름의 늙수그레한 서방에게 빌붙어 살더라는 소문을 듣고는, 바로 송옥화를 찾아온 것이다. 이미 한 번 최병수에게 속고도 송옥화는 또다시 최병수의 감언이설에 넘어가, 순진한 새달 아저씨를 이용해 새달 아저씨의 돈까지 빼돌리기로 작당을 했던 모양이다. 나봉수의 말에 의하면 앵두 엄마 송옥화와 최병수의 행방을 쫓는데 근 오 년이 걸렸다고 했다.

새달 아저씨는 충격으로 몸져누워 사나흘을 죽게 앓았다. 뒤늦게 추슬러 일어난 새달 아저씨는 경찰서에 가서 참고인 조사를 받고 나왔고 경찰관의 도움으로 앵두 엄마 송옥화가 새달 아저씨를 속이고 재산을 빼돌리려 한 정황을 낱낱이 알게 되었다. 그동안 집안의 모든 돈과 자산 관리를 맡아왔던 앵두 엄마가 자산을 늘리기는커녕 초 씨 어르신이 오랜 기간 모아둔 재산과 땅을 자기 마음대로 야금야금 팔아 챙겼다는 사실도 알게 되었다. 새달 아저씨는 재산이 새어나가는 줄도 모르고 허수아비처럼 그저 송옥화가 해주는 삼시 세끼 밥이나 겨우 얻어먹고 산 셈이다.

술집 영업을 못 하게 되자 부엌 아주머니와 건넌방 언니들은 새달 아저씨에게 밀린 월급을 받아들고 앵두네 집을 떠났다. 혼자 남은 새달 아저씨는 종일 말 한마디 하지 않고 방안에서 꼼짝도 하지 않았다. 점방 박 씨 아저씨가 '죽었는지 살았는지 찔러

보기는 해야 할 것 아니야!' 라며 안방으로 들어가 보았더니 새달 아저씨가 이불을 쓰고 송장처럼 누워서 멀뚱멀뚱 천장만 쳐다보고 있더란다. 그 모습에 새달 아저씨가 죽은 줄 알고 가슴이 철렁 내려앉았는데, 가만히 보니 눈동자가 조금씩 움직이더란다.

"아휴, 깜짝이야. 형님, 종일 그렇게 누워서 뭐 하시우?"

박 씨 아저씨가 물어도 새달 아저씨는 귀가 들리지 않는 사람처럼 가만히 누워만 있더라고 했다. 그냥 두면 죽는 건 시간 문제라며 한 번은 두부 할머니가 또 한 번은 엄마가 그 다음번은 점방 아주머니가 하는 식으로 순번을 정해 밥상을 들여갔고 매번 박 씨 아저씨가 새달 아저씨에게 밥을 떠먹이다시피 해서 겨우 새달 아저씨의 끼니를 채웠다.

"형님, 인제 그만 일어나셔야지요."

박 씨 아저씨의 말에 새달 아저씨는 고개를 외로 꼰 채 가로 저었다.

"그럼, 계속 이렇게 방구석에만 계실 참이우?"

"망신스러워서. 동네 챙피해서 어떻게 낯을 들고 다니겠나."

"그게 어디 형님 잘못이우?"

"사람들이 날 뭐라고 하겠어."

"남들이 뭐라든, 그게 무슨 상관이우. 어서 기운이나 차리세요."

"그 방에서 늦게까지 시시덕거릴 때 나도 알아봤지. 기어 나올 때 보면 치마허리가 돌아가 있기 일쑤고. 그 꼴을 보면서도 말을 못 했어. 못난 놈이 공연히 젊은 놈 시샘한달까 봐."

"저런, 저런. 그러니까 형님 보기에도 수상한 눈치가 있었던 거군요."

박 씨 아저씨는 진심으로 새달 아저씨가 안쓰럽고 딱할 뿐이었다. 새달 아저씨가 넋이 빠져 반송장으로 지내는 동안 앵두 역시 조용한 아이로 변했다. 종일 함께 있어도 말 한마디 하지 않았다. 새달 아저씨는 마치 앵두를 잊은 사람 같았다. 앵두가 밥을 먹는지, 잠을 자는지, 학교에 가는지, 아무 관심이 없었다. 하루 아침에 아버지 사랑을 잃어버린 앵두는 엄마가 차려준 밥상에 앉아 꾸역꾸역 밥을 먹다가 한 번씩 서러운 눈물을 뚝뚝 흘리며 울었다.

"아무리 그래도, 어린 게 무슨 죄가 있다고……."

생전 그럴 줄 모르던 엄마가 앵두를 씻겨 학교에 보내면서 안방을 향해 눈을 흘겼다.

"그래, 저 아인 인제 어쩔 셈이우?"

박 씨 아저씨가 쥐눈을 새초롬히 뜨고 물었지만, 새달 아저씨는 묵묵부답이었다.

"뻔뻔스러운 여편네. 어떻게 형님하고 피 한 방울도 섞이지 않은 딸년을 데리고 와서!"

박 씨 아저씨가 먼데 눈을 두고 심상히 말했다.

"내가 그러질 않았나. 죽은 마누라하고 그렇게 오래 살았어도 안 생긴 애가 그렇게 쉽게 생겼겠냐고."

"……."

"자네도 알지? 내가 군대를 두 번이나 댕겨온 거."

"예전에 얼핏 듣긴 했는데…… 그게 어떻게 된 일이우?"

"기가 맥힌 일이지."

박 씨 아저씨는 새달 아저씨의 다음 말을 기다렸다.

"원래는 내가 아니라 친구가 가기로 되었던 거여. 그때 댕겨오기만 하면, 오백만 원을 준다는 거야. 그때 돈, 오백만 원이면 큰돈이었으니까. 친구 놈이 황해도 해주에서 내려온 놈이었거든. 키는 작달 만 한 놈이 몸이 아주 쟀어. 원래 그놈이 가기로 했던 거지. 몇 날 몇 시에 어디서 보자고, 거기로 오면 지프차가 태우러 온다고 했다는 거여. 가까이 지내던 놈이니, 인사도 할 겸, 또 지프차도 구경이나 해 볼 겸, 그 자리에 나갔는데 정작 나와야 할 놈이 안 나온 거여. 한참을 기다려도 나오질 않어. 그때야 뭐, 전화가 있길 하나. 그 사람들로서는 마냥 기다릴 수도 없고 낭패였지. 시간은 없고, 그냥 헛걸음할 수도 없으니, 나라도 그냥 가자는 거야. 말이 권유지, 거의 협박이나 마찬가지였지. 댕겨오기만 하면 오백만 원이 생긴다는 말로 꾀더라고. 얼떨결에 그놈 대신 내가 끌려갔다니께. 시간 없다고 어찌나 보채던지, 식구들한테 인사도 못 하고. 그길로 끌려간 게 북파 공작 특수 부대였어."

"예에? 아니 형님이 어떻게 그런 일을?"

"왜, 내가 덩치가 작으니까 안 믿기는가? 그땐 몸집이 작고 왜소한 사람을 뽑았어. 은신도 쉽고, 밥도 적게 먹을 테니까. 이북 사람들하고 체형이 비슷해야 하기도 했고."

"어이구, 그래서 정말 북쪽은 다녀오신 거유?"

"다녀왔지, 그럼. 훈련은 얼마나 독했게. 이래 봬도 내가 수중 침투로 세 번이나 갔댔는 걸."

"그래, 가서 뭘 하셨우?"

"사람마다 임무가 달랐겠지만, 나는 거기서 누굴 데리고 나오라는 거였지. 전쟁 때니까 북쪽에서 아직 못 내려온 지식인들이 좀 많았겠어. 젊어서 뭣 모르고 했지, 그게 목숨을 거는 일이잖나. 용케 두 번까지는 잘 돌아왔지. 몰래 숨어 있다가 깊은 밤이 되면 바닷물 위에 나뭇잎을 똑똑 떨어뜨려 물때를 보다 바다로 뛰어들어 헤엄을 쳤지. 서해는 들물 날물이 있으니께."

"형님이, 헤엄을 쳐요?"

"왜, 나는 헤엄도 못 치게 생겼나?"

"전혀 몰랐네요."

"세 번째 갔을 때, 데리고 나와야 하는 사람이 죽어도 바닷길로는 못 나오겠다지 뭔가. 헤엄을 전혀 못 친다는 거야. 하는 수 있나, 육로로 와야지. 그런데 이 사람이 허둥대다가 그만 지뢰를 밟은 거야. 그 사람은 그 자리에서 죽고, 나는 다행히 목숨은 구했는데 나도 크게 다쳤지."

"아이구, 저런!"

"폭발 소리에 득달같이 인민군들이 와서 바로 체포당했지. 내가 부상한 상태이다 보니 병원 수용소에 수감 되었어. 그땐 내가 까무룩 까무룩 자꾸 정신을 잃을 때라 거기에 얼마나 수용되었던 건지는 몰라."

"저런, 저런, 쯧쯧쯧."

"정신이 없는 가운데서도, 탈출은 해야겠더라고. 시커먼 석탄을 온몸에 바르고 캄캄한 밤을 기다렸다가 냅다 뛰었지. 내가 도망친다는 걸 알고는 뒤에서 사격해대는데……. 죽기 살기로 뛰었지. 그땐 내가 얼마나 다친 줄도 몰랐어. 용케 남쪽으로 넘어와 군부대를 만나, 사정 얘기를 하고 겨우 그들과 합류해서 남으로 내려왔지. 그런데 이 사람들이 날 군인병원에 데려가질 않는 거야."

"아니, 왜요?"

"내가 군인인 걸 확인할 수 없다질 않겠는가!"

"그럴 수도 있어요?"

"내가 명령을 받고 북파된 공작원으로 복무한 기록이 전혀 없다는 거야. 그들도 난감했는지 나를 그냥 영등포 어디쯤에다 내버리고 가버렸어. 반송장이 되어 겨우 집에 돌아온 걸 우리 아버지가 살려냈지. 겨우 살아났다 싶으니까 아버지가 중신 애비 한테 돈을 쥐여주고 며느릿감을 구하시더구먼. 그렇게 만난 게 조막네여. 이제 막 장개 들었는데, 그때 또 입영 통지가 날아왔지 뭔가."

"아니, 세 번이나 이북을 다녀왔다매, 군대에 또 가요?"

"어쩌겠나, 입영 통지가 또 나왔으니 갈 수밖에. 아무리 내가 군대에 다녀왔다고 말을 한들 그런 부대가 있다는 기록조차 없다는 걸. 환장할 노릇이었지만, 별수 있나. 또 끌려가서 개고생하고 왔지."

"그래서, 받기로 한 오백만 원은 받으셨우?"

"받긴 뭘 받어. 내가 거기 갔다 온 기록도 없다는 걸. 하긴 또 모르지. 원래 가기로 했던 그놈이 언제 받아 처먹었는지. 암튼 그놈하고는 그 뒤로 다신 못 봤으니까."

"형님도 참 딱하게 사셨우."

"의사 말이 부상 후유증으로 앞으로 후사가 있긴 힘들 거라고 했지. 군대 두 번 다녀온 거도 수치스러운데, 씨 없는 수박이 됐다는 걸 말하기는 죽기보다 싫었지."

"아니 그럼, 애초부터 앵두가 형님 핏줄이 아닌 걸 알았단 말씀이우?"

"처음엔 나도 긴가민가했지. 병원에서도 단정 지어 말한 건 아니었으니까."

"그럼 어떻게 아신 거유?"

"앵두 저년이 학교에서 혈액검사를 해 왔는데 O형이라지 뭔가. 내가 AB형인데 어떻게 O형이 나올 수가 있겠나? 아이쿠, 내가 뻐꾸기알을 품었구나 싶었지. 모자란 눔이 또 모자란 짓을 한 거지. 그동안 내가 좀 유난스럽게 굴었나. 차마 앵두를 내 딸이 아니라고 말하진 못하겠더구면. 앵두 그것이 딱하기도 했고. 나도 그동안 정이 좀 들었겠나. 옥화 그년이 괘씸하긴 했지만, 어쩌면 그년도 모르는 일일지도 모른다는 생각에, 가슴에 묻어두었지."

"부처님 가운데 토막이구면. 형님이 예수님이여. 그러니까 그때 앵두 엄마가 사흘을 내리 울어도 꿈쩍도 하지 않았던 이유가 다 있었구면."

"난 부처님 가운데 토막도 못 되고, 예수님도 못 돼. 그저 사람들한테 손가락질받을게 무서웠어."

"그걸 혼자 어떻게 견디셨우 그래?"

"팔자려니 했지. 죽은 마누라한테 지은 죄가 커서 벌을 받는다고 생각했지."

"그래서 형님은 앵두를 계속 키우시겠다는 거유?"

새달 아저씨는 고개를 좌우로 세차게 흔들었다.

"옥화 그년이 처음부터 작정하고 들러붙은 걸 생각하면 피가 거꾸로 솟아. 게다가 이젠 앵두 그년 낯짝을 볼 때마다 내 앞에서 빙글거리던 나봉수 낯짝이 보인단 말일세."

"그래, 앵두 엄마 피붙이는 하나도 없어요?"

"찾아보면 주소가 있을 거야. 충청도 어디에 언니가 있다고 했으니까."

박 씨 아저씨는 새달 아저씨가 크게 상심해 있는 와중에도, 틈을 봐서 바깥채를 막고 있는 담장을 그만 헐어내는 게 어떠냐고 물었다. 만사가 귀찮은 새달 아저씨는 손사래를 치며 마음대로 하라고 했다. 당장에 담장은 뜯겨나갔고 마침내 새달 아저씨의 집은 다시 원래의 모습을 되찾았다. 모든 것이 제자리를 찾은 듯 보였지만 실상은 모든 것이 달라져 있었다. 사기꾼 여편네 송옥화 딱 한 사람 빠져나간 건데도, 집은 절 간 같이 휑했다. 누구든 떠나간 빈자리는 시리고 아픈 법이다. 누구보다 새달 아저씨가 가장 아플 터였다. 그때 우리는 모두 성장통을 앓고 있었다.

안녕, 앵두

부엌 아주머니와 건넌방 식구들까지 모두 떠나간 안채는 겨울철 들녘처럼 황량했다. 새달 아저씨는 그야말로 잎을 모두 떨군 채 홀로 눈밭에 서 있는 겨울나무 같았다. 덩그렇게 큰 안채에 달랑 부녀지간 아닌 부녀만 남았는데 그들 둘은 서로 소가 닭 보듯, 닭이 소 보듯 하였다. 처음에는 그런 새달 아저씨가 낯설고 두려워 닭똥 같은 눈물을 뚝뚝 흘리며 서럽게 울던 앵두도 점차 그런 생활에 익숙해졌다. 안채 큰 마루에 멀뚱거리고 앉아있다가 밥때가 되면 눈치껏 바깥채 사람들 밥상머리에 끼어 앉았다.

"어린 게 입맛은 제 어미를 닮아서 이 상황에도 밥은 꼭 두 그릇을 비우네."

점방 아주머니가 바쁘게 숟가락질하는 앵두를 돌아보며 말했다.

"눈칫밥이란 게 그렇지. 먹어도 먹어도 허전할 테니까."

두부 할머니가 혀를 끌끌 찼다. 앵두네 집 부엌살림은 여전히 두부 할머니와 엄마와 점방 아주머니가 돌아가면서 해야 했다.

"이게 웬 팔자에 없는 시집살이래요."

그런 날이 길어지자 참다못한 점방 아주머니가 젖은 행주를 부뚜막 위로 집어 던졌다.

"아닌 게 아니라 인제 이 노릇도 못 할 짓이구먼. 밉네, 곱네, 했어도 앵두 엄마가 없으니 당장 아쉬워."

부쩍 기력이 약해진 두부 할머니도 불편한 내색을 했다.

"안채 어르신도 생각이 있겠지요."

보다 못한 엄마가 말했다.

"우리 집 양반도 그렇지, 언제까지 남의 집 홀애비 영감 밥시중을 들어야 하는 거예요, 대체……."

점방 아주머니가 다시 입술을 깨물었다. 끼니마다 안채에서 새달 어르신의 시중을 들어주는 박 씨 아저씨였으니 못 할 말도 아니었다. 온통 집안이 뒤숭숭한 가운데 어느 날 학교에서 돌아오다 보니 대문에 붙어 있던 '앵두네 집'이라는 문패가 보이지 않았다.

"어?"

내가 깜짝 놀라 문패 떼어낸 빈자리를 올려다보고 서 있는데, 등 뒤에서 앵두가 낮은 목소리로 말했다.

"없앤 지 벌써 꽤 됐는걸."

앵두는 쓸쓸한 얼굴로 대문간을 지나, 집 안으로 들어가 버렸다. 앵두의 빈 가슴에 슬픔의 깊은 강물이 흐르는 모양이었다. 나는 오랫동안 문패에 새겨진 '앵두'가 내 이름이기를 바랐지만, 굳건하게 붙어 있던 그 문패가 그렇게 하루아침에 사라져버릴 수 있다고는 생각하지 못했다.

얼마 뒤 앵두 엄마의 언니라는 사람이 찾아왔다. 새달 아저씨가 앵두 엄마 서랍을 뒤져 충청도에 산다는 앵두 이모의 연락처를 찾은 모양이었다. 깍짓동 같은 몸매에 한복을 차려입은 모습이 얼핏 보면 앵두 엄마와 닮았지만, 나이는 훨씬 많아 보였다.

"처음 뵙겠습니다."

큰 마루에 새달 아저씨와 마주 앉은 여자가 얘기를 시작하기도 전에 머리를 조아렸다. 이미 자초지종을 들어 아는 눈치였다.

"……."

새달 아저씨는 힐긋 곁눈질로 여자를 한 번 쳐다보고는 대꾸도 없었다.

"제가 그 베락 맞을 년 언니, 송매화 입니다."

'흥! 매화가 그 겨울에 다 얼어 죽었나 보군.' 새달 아저씨는 송매화의 옆얼굴을 한 번 훑어보며 대답 대신 끄응! 입맛을 다시며 돌아앉았다.

"어르신이 연락하시고 나서, 그년한테서 연락이 왔어요. 그간의 얘기도 들었고요."

송매화는 말하다 말고, 기가 막힌다는 듯이 깊은 한숨을 쉬었다.

"그래, 그년이 뭐랍디까?"

"그년이라고 뭐 할 말이 있겠습니까? 그저 주둥이가 광주리만 해도 할 말이 없는 년이지요. 어르신께 드릴 말씀은 아니지만, 저도 사실 입장이 아주 난처해졌답니다. 그년은 이미 우리 집에서 죽은 아이였어요. 열댓 살 먹어서 집을 떠난 뒤로 여태 소식 한 장 없었으니까요. 그러니 저도 갑작스러운 이 상황이 그저 당황스러울 뿐입니다."

"허, 그년이 아무리 몹쓸 년이라곤 해도, 언니라는 분이 어떻게 동생 생사도 모르고 여태 사셨을까, 그래."

"사실 자매라고는 해도 저하고 워낙 나이 차이가 있었던 데다 제가 일찍 결혼해서 나와 살았고 옥화 그년도 열댓 살 먹어서 남의집살이를 떠났던 터라 그렇게 가깝게 지낸 적이 없어요. 뭐, 어르신하고는 상관이 없는 일이지만······."

"그래서 억울하시우? 억울하면 나만 하시겠습니까, 어디?"

"예, 그저 면목이 없습니다. 부끄럽게도 저는 여태 몰랐습니다. 그년이 어르신과 부부로 살았다는 것도, 딸린 딸아이가 하나 있다는 것도. 이름이 뭐라던가? 머루라던가? 다래라던가?"

"앵두랍니다. 그 애 이름이 앵두예요."

"아, 예, 앵두. 그 애를 저더러 맡아 달라고 하는데······."

"그렇지 않아도 제가 연락드린 게 그 애 문제를 의논하려고 한

겁니다.”

“그게…… 사실 저도 참 곤란한 입장이라…….”

송매화는 똥 마려운 강아지처럼 엉덩이를 들었다 놓았다 불편한 기색으로 새달 아저씨의 눈치를 살폈다.

“댁의 입장이 어떻든지, 저랑 얘기하실 일은 아닌 거 같은데.”

“말씀드렸다시피 사실 제가 그년하고 남남으로 산 게 스무 해가 넘었어요. 죽은 줄 알았다니까요. 아닌 밤중에 홍두깨로 느닷없이 감옥에 붙잡혀 들어갔다는 소식이니 제 입장이 아주 곤란해요.”

“아니, 스무 해가 지났건 서른 해가 지났건 송옥화가 당신 동생이 맞는다면 당연히 조카를 맡아 주셔야지, 뭐가 곤란하다는 건가요? 곤란하기로 말하자면 피 한 방울 안 섞인 나보다 더 곤란하시겠우?”

“제가 출가외인이지 않습니까. 시어머니 시집살이가 보통이 아니라 제가 친정 조카딸을 끌고 들어갈 입장이 못 된다, 그 말씀이지요.”

“그럼, 나더러 저 애를 어쩌라는 겁니까? 뻐꾸기알을 품고 칠 년이나 자라 대가리 노릇 한 것도 억울한데, 인제 와서 이모라는 사람이 데려가기가 곤란하다니. 시방 이게 말입니까, 방겁니까? 인제 보니, 언니고 동생이고 그 집 사람들은 죄 경우가 없으시군.”

"그저 제 입장이 그렇다는 말씀입니다."

"입장이고, 퇴장이고 간에, 저랑 의논하실 일이 아니니, 당장 아이를 데리고 가시오."

"저기, 옥화랑 아주 모르는 사이도 아니고 칠 년이나 부부의 연을 맺고 사셨다고 하니……."

"시끄럽소! 이미 칠 년을 속아 살았으니 앞으로도 쭉 그러라는 거요? 옥화 그년에게 듣기로는 손발이 터지도록 남의집살이해서 오라비들 학비 댔다던데 그 오라비들은 다 어디 있습니까?"

"오라비들 공부시켜 놓으면 뭘 합니까? 그중 한 놈은 돈 벌겠다고 파라구아인지, 이름도 요상한 나라로 훌쩍 이민을 떠났고, 한 놈이 남았는데 그놈은 지금 옥화 얘기에 펄쩍펄쩍 뜁니다. 이제 겨우 좋은 회사 들어가서 자리 잡았는데, 그런 부끄러운 동생이 있다는 게 세상에 알려지면 출셋길이 막힌다는 거지요. 그러니 그 머루랬나, 다래랬나, 그 아이를 도대체 저도 어떻게 해야 할지, 아휴!"

송매화는 정말 땅이 꺼지게 한숨을 내쉬었다.

"이것 보시우, 앵두라고 했잖우. 이모란 사람이 조카딸 년 이름도 제대로 모르면 되겠우? 그나저나 그 집도 참 콩가루 집안이구먼. 옥화 그년이 서방 복만 읎는 것이 아니라 식구 복도 지지리 읎구먼. 국민학교 게우 마치고 남의집살이로 학비를 대주면 뭘 하나, 그런 동생이 부끄러워서 펄쩍펄쩍 뛴다는 오라비를. 옥화 그년이 헛고생했구먼. 하기야 그년 하는 짓이 노상 그렇지. 쯧쯧 다른 말 필요 없고, 일단 앵두, 저 아이를 데리고 가시우. 나는 인제 아주 꼴도 보기 싫으니. 시집살이하는 당신이 키우든, '파라구아이'인지 어디인지로 이민 갔다는 그 오라비가 키우든, 섧디 설운 남의집살이로 학비 대준 동생이 부끄럽다는 그 싹수없는 그 오라비가 키우든, 내 알 바 아니우."

"어르신도 참……."

어떻게든 새달 아저씨에게 앵두를 맡겨 보려던 송매화가 본전도 못 건지게 생겨 쩔쩔매는 꼬락서니가 볼 만 했다. 큰 마루 기둥에 붙어 서서 두 사람 하는 얘기를 엿듣고 있자니 참으로 앵두 신세가 딱했다.

"정신 사나우니 길게 얘기할 거 없고, 어여, 저 아이나 데리고 가시오. 나 원, 어떻게 피붙이라는 양반들이 하나같이 양심도 없고 뻔뻔한지. 내가 그래도 한 이불 덮고 살았던 정을 생각해서 내 손해 배상까지는 안 물리는 줄이나 아시우."

새달 아저씨가 닭 모가지같이 생긴 목에 핏대를 세워가며, 쇳소리를 냈다. 씨도 안 먹히게 생긴 새달 아저씨의 단호함에 송매화도 어쩔 수가 없었다.

"이리 뼈에 사무치게 말씀하시니, 어쩔 수 없이 아이를 데리고 가긴 갑니다만, 저도 눈앞이 캄캄하네요. 그런데 그 아이는 어디 있나요? 그…… 참, 머루랬나요, 다래랬나요?"

"허허, 참, 앵두요. 앵두! 그 애 이름은 머루도 다래도 아니고 앵두요."

새달 아저씨는 큰 마룻바닥을 손바닥으로 탁탁 치며 목청을 돋우었다.

"아, 예. 그래, 앵두는 어디 있나요?"

송매화가 민망한 듯이 사방을 둘러보자 건넌방에서 앵두가 한 손에는 옷 보따리를 들고 등에는 책가방을 메고 걸어 나왔다. 앵 두가 눈치 빠르게 간단한 옷가지와 책가방을 챙겨 나온 모양이다.

"오, 그래, 네가 앵두, 앵두로구나."

앵두가 풀 죽은 얼굴로 송매화에게 꾸벅 인사를 했다.

"눈치는 있어서, 벌써 보따리를 싸 들고나왔구나. 인제부터 여 기 네 이모가 너를 보살필 테니 네 이모를 따라 떠나거라."

새달 아저씨가 곁눈으로 앵두를 바라보며 차갑게 말했다.

"그래, 일단 나랑 가자꾸나. 나도 참 난감하긴 하다만 여기 이 어르신이 이렇게까지 펄쩍 뛰시니 어쩌겠니. 자, 가자."

송매화가 한 편으로는 화가 난 듯, 또 한 편으로는 풀이 꺾인 듯 앵두를 향해 말했다. 그 곁에서 앵두가 붉어진 눈시울로 눈물 을 참고 있었다.

"어르신께 큰절 올려 드려라. 피 한 방울 섞이지 않은 너를 칠 년이나 먹이고 입히고 키워주신 분인데 그 은혜는 잊으면 안 되 지."

"아버지, 고맙습니다. 안녕히 계세요."

"아버지는 무슨."

앵두가 큰 마루에 엎드려 새달 아저씨에게 큰절을 올렸다. 새달 아저씨는 절을 하는 앵두를 향해 무어라 호통을 치려다가 울음을 참느라 어깨를 들썩거리는 앵두를 보고는 그냥 아무 말 없이 반쯤 돌아앉아 빈 담뱃대를 뻑뻑 빨았다.

"가자."

송매화가 굳은 얼굴로 앵두의 보따리를 받아들며 말했다. 앵두는 신발을 신고는 집안을 천천히 둘러보았다. 뜨락 오른쪽, 그곳은 한때 '독고·메리·쫑'이 매여있던 곳이다. 건넌방 쪽, 그곳에서 앵두와 나는 냉장고에서 꺼낸 얼음을 입속에 넣고 살살 녹여 먹으며 배삼룡과 구봉서가 나오는 '웃으면 복이 와요'라는 코미디프로를 보며 행복했었다. 몸을 돌려 작은 채 쪽, 그곳은 초씨 어르신이 우리를 그곳에서 놀 수 있게 해준 이후로 그곳은 줄곧 우리의 공부방이었고 놀이방이었다.

"머루, 아니, 앵두야, 서두르자. 기차 시간 놓치겠다. 네 표를 미리 끊어놓지 않아서 기차표나 있을지 모르겠다."

송매화가 채근하자 앵두가 눈물 섞인 콧물을 한 번 훌쩍이더니 그녀의 뒤를 따라나섰다. 둘러섰던 집안사람들은 하나같이 울상이었다. 극성맞은 앵두 엄마 때문에 눈살을 찌푸린 적은 많았어도 앵두가 자라는 동안 정도 그만큼 깊었다.

"잘 가거라. 어린 네가 무슨 죄가 있겠냐."

두부 할머니가 앵두의 머리를 쓰다듬으며 목이 메었다.

"너는 그저 딴생각 말고 공부나 열심히 하여라. 네 엄마하고는 다르게 살아야 하지 않겠니."

점방 아주머니도 앵두의 등을 쓸어주며 말했다.

"어디서든 그저 몸 건강히 잘 살아라."

점방 아저씨도 코를 훌쩍이며 말했다.

앵두는 깊어진 눈빛으로 그들의 얼굴들을 천천히 돌아보더니 꾸벅 고개 숙여 인사한 뒤에 말없이 대문턱을 넘어갔다. 새달 아저씨를 뺀 나머지 집안사람들은 누구랄 것 없이 모두 언덕 아래까지 따라 내려가면서 앵두를 배웅했다. 앵두가 보이지 않게 될 때까지 손을 흔들어 주고 돌아왔는데 그때까지도 새달 아저씨는 큰 마루에 돌아앉아 있었다. 한참을 굳은 듯이 앉아있더니 혼자 크게 껄껄 웃으며 소리쳤다.

"어허! 속이 다 시원하네. 이제야 모든 것이 온전히 제자리를 찾았구먼."

새달 아저씨는 한참을 웃더니 그 웃음소리가 점차 울음소리로 변했다. 해가 저물어 사방은 어두워져 가는데, 아저씨는 울음은 그치질 않았다. 아무도 아저씨더러 이제, 그만 울라는 말을 하지 못했다.

불어오는 근대화 바람

앵두가 떠난 후 집안은 그야말로 적막했다. 아무도 말하는 사람이 없었다. 그런 시간이 필요하다고 느꼈다. 그게 앵두에 대한 도리 같았다. 그런 가운데 집안의 여러 가지가 소리 없이 변했다. 혼자가 된 새달 아저씨의 식사 수발과 빨래와 여러 가지 집안일을 도와줄 파출부 아주머니가 드나들기 시작했다. 아주머니는 집이 한옥이라 일이 더 많다고 불평했다. 앵두 엄마가 있을 적에 부엌의 모든 장작 아궁이를 연탄 아궁이로 고쳤고, 벽에 달아 매두었던 살강을 떼어냈고, 나무 찬장을 없앴다. 대신 그 자리에 유리문이 달린 삼층 그릇장과 커다란 냉장고를 들였다. 그 때문에 예전보다는 일이 훨씬 편해진 셈인데도 파출부 아주머니는 언제나 입을 댓 발이나 내밀었다.

아주머니가 다니는 다른 집들은 신식 문화주택이라 일하기가 얼마나 편한지 모른다고 자랑삼아 말했다.

"그렇게 불편하면 문화주택이나 다니지, 여긴 왜 와? 별꼴을 다 보것네."

그런 파출부 아주머니를 향해 점방 아주머니가 눈을 흘겼다. 아주머니는 수첩에 일 한 시간을 꼼꼼히 적어두었다가, 일한 시간만큼 돈을 받았다. 예전에 두부 할머니와 점방 아주머니와 엄마가 서로 돌아가면서 새달 아저씨네 살림을 봐줬어도 누구 하나 그 시간을 돈으로 계산하는 사람은 없었다. 하지만 세상이 달라져서 뭐든지 남의 일을 봐주면 일한 만큼 돈으로 환산해서 받는다고 했다. 날마다 드나드는 아주머니였지만 집안사람들과는 데면데면했다. 오가다 마주쳐도 그저 한번 눈인사나 가볍게 할 뿐 말을 섞지는 않았다. 새달 아저씨하고도 딱히 필요한 말 말고는 일체 개인적인 얘기를 나누는 거 같지 않았다. 새달 아저씨는 말을 잃어버린 사람처럼 보였다. 마치 혼자만의 세상에 갇힌 듯이 보였다.

그러는 사이 점방 아주머니는 시어머니가 편찮으시다고 몇 번 본가를 드나드는 것 같더니 얼마 되지 않아서 결국 돌아가셨다고 했다. 점방 아주머니는 눈이 퉁퉁 붓도록 엎드려 울었다. 엄마는 아주머니 가슴에 맺힌 게 많을 거라고 했다. 아주머니네 시어머니가 돌아가시고 얼마쯤 지나 아주머니네 딸 미선이는 같은 시장에서 일하는 건실한 청년과 결혼했다. 점방 아주머니 내외는 혼자 남은 아들 명선과 함께 살기로 했다. 아들은 괜찮다고 했다는데 그동안 못 해준 부모 노릇을 해주고 싶다며 박 씨 아저씨가 굳이 함께 살기를 권했다고 들었다. 자린고비처럼 돈을 움켜쥘 줄만 알았지, 쓸 줄은 모르더니, 모아놓은 돈이 꽤 된다고 했다. 게다가 점방 아주머니의 시어머니가 돌아가시기 얼마 전에 아주머니 손에 통장을 꼭 쥐여주며 '모질게 굴었던 지난날들 다 잊어라. 명선이 장가들 때 보태서 번듯한 집 한 채 마련해 주라'는 유언을 남기셨다고 했다. 통장에 깜짝 놀랄 만큼 큰돈이 들어있는 걸 보고는, 점방 아주머니는 그 통장을 끌어안고 오열했다. 복덕방 영감과 여러 차례 만나던 박 씨 아저씨는 언덕 아래 큰길 건너편에 번듯하고 널찍한 자리로 가게를 옮겼다. 거기에 '근대화 연쇄점'이라고 산뜻한 색깔의 아크릴 간판을 붙였다. 이전에는 널빤지를 깔아놓고 그 위에 물건을 늘어놓아 팔았지만, 이제는 벽에 금속선반들이 칸칸이 붙어 있어서 물건들을 가지런히 진열할 수 있게 되었다. 이제 아저씨가 커다란 보따리에 물건을 해 오는 것이 아니라 물건을 대 주는 회사에서 트럭으로 실어와 직접 진열까지 해주었다. 그뿐만 아니라, 그들은 서로 자기네 물건을 받아달라며 박 씨 아저씨에게 굽신거렸다. 돈을 받는 계산대도 따로 마련해 그 위에 여닫을 때마다 종소리가 울리는 금속 돈통도 내놓았다. 가게 안쪽으로 살림집이 딸려 있었는데 작은 마당과 널찍한 방이 두 개나 있어서 장성한 아들 명선이와 함께 사는 데 아무 지장이 없었다. 점방 아저씨는 마치 자기 아들이라도 데려온 양 신이 났다. 동네에 번듯한 연쇄점이 들어서자 근처 다른 동네 사람들까지 와서 장을 봤다. 이제는 아무도 '어이 점방!' 혹은 '박 씨!'라고 부르지 않았다. 대신 '사장님'이라고 불렀다. 한집에 살 때는 밉살스럽더니 막상 이사하여 다른 집에 살게 되니 조금 섭섭하긴 했다. 다행한 건 그 자리에 책 장사 아저씨 부부가 돌아온 것이다. 아저씨는 이제 유명한 출판사 영업부에서 일하게 되었다고 했다. 연세가 많아져서 두부를 만드는 일이 힘에 부친 할머니는 가게 일을 그만두고 손녀딸을 돌보았다. 아기는 도화 언니의 큰 눈을 닮았으면 좋았으련만 하필이면 책 장사 아저씨의 실눈을 닮아, 가늘게 뜬 눈으로 웃는 게 책 장사 아저씨를 똑 닮았다. 두부 할머니 눈에는 세상에서 제일 예쁜 모양인지 날마다 아기를 물고 빨았다.

도화 언니는 빈 가게 안을 둘러보며 며칠을 골똘히 생각하는 거 같더니, 두부 가게와 점방이 빠진 자리에 봉제 공장을 차려 함께 운영할 것을 엄마에게 제안했다. 생각지 않은 제의를 받은 엄마는 오래 고민했다. 하지만 엄마 역시 오랫동안 번듯한 의상실을 경영해 보는 것이 꿈이었기에 용기를 내 보기로 했다. 새로운 세입자를 들이는 거보다 덜 성가시게 됐다며 새달 아저씨도 흔쾌히 개조 공사를 허락했다. 세 가게가 있던 바깥채를 모두 터서 한쪽으로는 작은 의상실 겸 디자인실을 만들고 나머지 공간에는 작은 봉제 공장을 차렸다. 엄마가 외국의 여러 잡지를 보며 새로운 디자인으로 샘플을 만들면 도화 언니가 들고 나가, 시장 사람들에게 보이고 주문을 받아왔다. 도화 언니는 젊은 아주머니 세 분을 고용해 함께 제품을 만들었다. 언니는 예전에 봉제 공장에서 일한 경험을 살려 공장을 잘 운영했다. 워낙에 엄마의 눈썰미와 손재주를 좋아하던 근방의 사람들은 엄마가 정식으로 의상실을 열자 수시로 드나들며 옷을 맞춰 입었다. 엄마의 디자인 감각과 뛰어난 솜씨가 입소문을 타서 이웃 동네 사람들까지 찾아오는 바람에 의상실 손님도 제법 많았다. 엄마는 도화 언니가 복덩이라고 했다. 도화 언니 역시 우리 엄마를 잘 따랐다. 예전에 앵두네 집 건넌방 언니들을 싸잡아서 모두 싫어하던 엄마는 옛날 일을 아예 잊어버린 것 같았다.

세상이 빠르게 변했다. 공터에서 블록을 찍어내던 승택이네도 이사 갔고, 그 자리에 새로운 주택단지가 생겼다. 예전에는 언덕길을 오르며 늘 친숙한 얼굴들과 마주쳤지만, 새로 이사 온 주민들이 많아지면서는 마주치는 이들이 모두 낯선 얼굴들이었다. 그러는 사이 나는 국민학교를 졸업하고 인근에 새로 생긴 여자 중학교에 배정받았다. 주민이 많아지면서 신설 학교가 몇 개 생겼는데, 엄마는 그 학교들은 하나같이 똥통 학교라고 했다. 내가 전통 있는 명문 중학교가 아닌 신설 똥통 학교에 가게 생겼다고 엄마는 울다시피 했다. '요즘에는 다 뺑뺑이 돌려서 추첨으로 배정

한다니까' 라고 아무리 말해도 소용이 없었다.

엄마도 나이 들면서 예전 점방 아주머니나 두부 할머니를 닮아가고 있었다. 하지만 한 가지 그들과 다른 건 이제 엄마가 돈을 꽤 잘 버는 여사장님이 되었다는 것이다. 통장에 돈이 넉넉하게 쌓였지만, 엄마는 자하문 밖 한옥을 떠나지 않았다. 공장에 딸린 살림집 때문만은 아니었다. 이유를 묻지는 않았지만 어쩐지 나도 그 이유를 알 것 같았다.

어느 날 자하문 밖 언덕길을 오르는 데 웬 아주머니가 날 불러 세웠다.

"얘, 너 혹시…… 맞네, 맞어. 너 연지 맞지? 어릴 때 얼굴이 보이네."

아주머니는 자신을 나의 외숙모라고 소개했다. 나를 앞장세워 엄마 가게를 찾아 들어온 외숙모를 보고는 엄마는 너무 놀라서 바닥에 주저앉을 뻔했다.

"귀신을 봤어? 왜 그리 놀래?"

엄마가 건네준 주스를 받아 마신 외숙모는 공장과 의상실을 돌아보며 고개를 끄덕였다.

"우리 애기씨, 성공했네. 그동안 고생 많았겠어."

엄마는 아무 대꾸 하지 않고 외숙모 곁에 앉았다. 외숙모는 물끄러미 그런 엄마의 얼굴을 바라보았다.

"이 동네서 애기씨 봤다는 사람이 있어서 찾아 나선 참이야.

기웃거리며 가게를 찾고 있는데 마침 연지가 지나가잖아. 많이 커서 못 알아볼 줄 알았는데, 다행히 어릴 적 얼굴이 그대로 남아 있네."

"많이 컸지요. 이제 새 학기가 되면 중학생이에요."

엄마는 내 쪽을 돌아보며 미소를 지었지만, 정말로 웃는 것으로 보이지는 않았다.

"벌써, 중학생이 되는구나. 세상에 애가 다 커서 중학교에 가도록 발을 딱 끊다니. 몹쓸 사람. 어떻게 그렇게 나가서는 소식한 장을 안 전해. 엎어지면 코 닿을 거리에 살면서. 순하고 착한 사람인 줄 알았더니, 보통 냉정한 사람이 아니야. 애기씨 그렇게 나가고 내가 오빠한테 얼마나 야단을 맞은 줄 알아? 피는 못 속인다고, 애기씨 오빠도 어쩜 그렇게 찔러도 피 한 방울 안 나오게 냉정한지. 한 석 달은 나랑 눈도 안 맞추고, 입을 딱 닫아버립디다. 당장 찾아내라니, 내가 어디 가서 찾아."

외숙모는 새삼 섭섭하고 서러웠는지 손수건을 꺼내 눈물을 찍어냈다.

엄마는 아무 말 없이 외숙모의 말을 담담히 듣고 있었다. 눈물을 닦고 난 외숙모는 가방 속에서 누런 돈 봉투를 꺼냈다. 봉투가 제법 두둑했다.

"이거, 그때 그 곗돈이야. 나라고 마음이 편했겠어? 손에 쥔 돈도 하나 없이 집을 나갔으니 내가 하룬들 다리를 쭉 뻗고 편히 잘 수 있었겠냐고. 어디 가서 살았는지, 죽었는지. 이렇게 번듯하게 가게도 차리고 잘 사는 거 봤으니, 나도 이젠 좀 다리 뻗고 편히 잘 수 있겠네."

봉투를 내밀어도 엄마가 받질 않자, 외숙모는 엄마 손을 억지로 끌어다가 돈 봉투를 쥐여줬다. 엄마는 눈물이 핑 도는 눈으로 마지못해 받아든 돈 봉투를 오래 내려다보았다. 그날 그토록 간절했던 돈 봉투가 오랜 세월 돌고 돌아서 엄마에게 돌아왔다. 자하문 밖 초 씨 어르신 댁으로 이사한 첫날 죽은 조막네 아주머니가 '옛말하며 살게 될 거요.' 하더니, 정말로 엄마에게 그런 날이 왔다.

"일간 들러요. 오빠가 애기씨 얼마나 보고 싶어 하는데. 애기씨 찾은 거 알면 오빠가 좋아하겠네. 연지 학교 들어가는 거, 졸업하는 거 다 못 챙겼으니, 그동안 못 챙겨준 거, 살면서 다 갚을게. 알았지? 참, 여기 전화번호나 줘. 이젠 연락은 하면서 지내야지."

엄마가 전화번호를 불러주자, 외숙모는 작은 수첩에 꼭꼭 눌러 받아 적었다.

그날 그렇게 외숙모가 다녀간 뒤로 엄마는 이전보다 훨씬 밝아졌다. 예전의 풀 죽고 쓸쓸해 보이던 모습은 완전히 사라졌다. 활짝 밝아진 얼굴로 농담도 잘하고, 웃기도 잘하는 엄마는 동네에 흔하게 보이는 보통 아주머니가 되었다. 목소리도 커져서 '근대화 연쇄점' 아주머니와 큰길을 사이에 두고도 대화가 가능할 정도였다. 예전엔 한 집에 점방이 있어도 생전 점방을 출입하지 않던 엄마가, 살 게 없어도 날을 정해놓고 한 번씩 장을 보았고, 돈이 있어도 외상을 졌다. 그러다가 한 번에 큰돈으로 외상값을 척척 갚았다.

기껏해야 자전거와 리어카나 겨우 다니던 언덕길에 자가용들이 다니기 시작했고, 연탄 배달 일을 하는, 석 씨 아저씨도 이제는 삼륜차를 몰았다. 집집이 연탄보일러로 난방시설을 바꾸어서 리어카로 배달하기엔 물량이 너무 많았다. 세상 모든 것이 빠르게 변하고 있었지만, 새달 아저씨만은 오래전 그 시간에 딱 멈춰 있었다. 시간이 멈춰버린 그 모습이 마치 오래전 초 씨 어르신 때부터 그 자리를 지키던, 큰 마루의 괘종시계 같았다. 파출부 아주머니가 드나들면서 아무도 새달 아저씨의 끼니를 염려하는 사람이 없었다. 한 번씩 새달 아저씨와 겸상을 받으며 말동무를 해주던 박 씨 아저씨도 '근대화 연쇄점' 일이 바빠지면서 통 새달 아저씨를 챙겨 볼 짬을 내지 못했다. 남들은 다 '박 사장'이라고 부르는데 새달 아저씨만 여전히 '점방'이라고 부르는 게 못마땅한 이유도 있을 터였다.

중학교 입학을 앞둔 나는 미장원에 가서 귀밑 2센티 단발로 머리를 잘랐다. 이것저것 준비할 게 많아서 분주한데, 이상하게 마음은 쓸쓸해져서 툇마루에 멀뚱멀뚱 걸터앉았다. 건너편 작은 채

246

분합창 문이 스르르 열리더니 볼이 홀쭉하게 팬 새달 아저씨의 기름기 없는 얼굴이 보였다.

"머리를 잘랐구나."

나와 눈이 마주치자 새달 아저씨가 가래 끓는 소리를 냈다. 홀쭉해진 아저씨 얼굴에 예전에 흐린 눈으로 뜨락을 내려다보던 초씨 어르신의 모습이 겹쳐 보였다.

"요즘 식사는 잘하시죠?"

아저씨 모습이 안쓰러워 나도 모르게 어른처럼 물었다. 아저씨는 고개만 한 번 끄덕일 뿐 아무 말 하지 않았다. 아저씨가 창문을 열어두고 앉은 작은 채는 나와 앵두가 함께 숙제하며 놀던 방이었다. 앵두가 떠난 뒤로는 한 번도 그 방에 들어가 보지 않았다. 앵두를 떠올리자 오래전 앵두와 함께 책가방을 메고 하낫, 둘, 하낫, 둘, 행진하듯 뜨락을 뱅뱅 돌며 깔깔거렸던 일이 떠올랐다. 마음이 쓸쓸해진 이유가 분명해졌다. 새달 아저씨도 내가 중학생이 되어 머리를 자른 모습에 앵두를 떠올렸을 터였다.

"아저씨!"

내가 아저씨를 부르자 새달 아저씨가 흐린 눈을 내게 돌렸다.

"앵두……."

앵두 소식은 들었는지 물으려다가 차마 말을 잇지 못했다. 그저 '앵두'라는 이름만 겨우 말했을 뿐인데 새달 아저씨 눈시울이 벌써 붉어졌다.

"점심 먹었니?, 파출부 여편네가 고구마를 쪄다 놓았는데, 함께 먹으련?"

어느새 코끝까지 붉어진 새달 아저씨가 딴소리했다. 나는 두 말 안 하고, 발딱 일어나 뜨락 건너 작은 채로 갔다. 오랜만에 들어가 보는 작은 채 방은 조금 낯설었다. 그 방은 마치 시간을 가두어 놓은 방처럼 초 씨 어르신의 기억과 앵두의 기억이 새록새록 했다.

새달 아저씨는 예전에 초 씨 어르신이 쓰던 앉은뱅이책상 앞에 앉아있었고, 책상 한쪽에 찐 고구마가 담긴 양푼이 있었다. 책상에 펼쳐진 편지에 눈이 갔다. 내 눈길이 책상 위의 편지에 닿은 걸 눈치챈 새달 아저씨가 얼른 도로 접어 봉투 안에 넣었다.

"흥! 제가 독립운동하다가 잽혀 들어간 유관순이라도 된 줄 아는지, 그 여편네가 옥중에서 보낸 옥중서신이란다."

"편지를 읽고 계셨나 봐요."

"뭐, 그냥, 심심하니께."

"고구마나 먹자꾸나. 혼자 먹으려니 당최 목구멍에 넘어가지도 않고……."

새달 아저씨가 고구마 하나를 내게 건네고 아저씨도 하나를 집어 말없이 껍질을 벗겨 한 입 물으셨다. 나도 곁에 앉아서 말없이 고구마 껍질을 벗겨내고 있었다.

"네 엄만 요새 바쁜가 보더라."

"네. 봄 상품 납품할 게 많은 모양이에요."

"허허, 바쁘면 좋지. 돈도 제법 버는 눈치더구나."

"네."

내가 웃어 보이자, 아저씨도 빙긋이 웃었다.

"요즘엔 동네 개들까지도 바쁜 거 같더라 마는, 나만 아무것도 할 일이 없구나."

아닌 게 아니라 새달 아저씨만 고장 난 괘종시계처럼 그 시간에 멈춰있었다.

송옥화의 변론

"넌 너무 어렸으니, 죽은 내 마누라는 기억 안 나지?"

한동안 아무 말 없이 고구마를 씹어 삼키던 새달 아저씨가 허공에 눈을 두고 혼잣말하듯이 물었다.

"조막네 아주머니가 절 많이 예뻐해 주셨는걸요."

"오, 그땐 네가 꽤 어렸을 텐데, 기억력이 좋구나. 그랬지, 그 사람이 널 귀애했지."

"돌아가신 아주머니 생각하고 계셨어요?"

"죽을 때가 가까워져서 그런지 죽은 사람이 생각나는구나. 평생 군소리가 없던 여편네인데, 내가 참 못 할 짓 많이 했지. 그렇게 허망하게 떠나갈 줄을 누가 알았나. 그런 여편네가 또 없는데 말이지."

"좋은 분이셨지요."

"생각할수록 그 여편네한테 미안해. 사실은 그 여편네 살아있을 적부터 미안했다. 속으로는 그러면서도 되레 역정을 많이 냈지. 공연히 면목 없고 미안해지면 더 그랬어. 뭐 하나 잘못한 것도 없이 그저 내 눈치만 살피던 여편네였는데."

"……."

"남들 다 낳는 애도 하나 못 낳는 여편네라고."

"……."

"사실은 그게 그 여편네 잘못이 아니었는데. 석 삼 년 피죽 한 그릇 못 얻어먹은 모양으로 혈색도 없이 비쩍 말라서 빌빌거리던 여편네는 그저 자기가 모자라서 애가 안 생기는 줄 알고 절절맸지. 나는 그 꼴이 또 보기 싫어서 공연히 더 타박 하고."

"……."

"저 감옥에 갇힌 깍짓동 같은 여편네가 앵두 손모가지를 끌고 들어왔을 때 말이다. 그저 기가 막히고 부끄러워서 낯을 들 수가 없기는 했지만 말이다. 그 고사리 같은 게 글쎄 내 핏줄이라는 말이 그렇게 좋을 수가 없더구나."

"네."

"너도 봤지? 그때 그 나봉수 눔 낯짝을. 그게 앵두 낯짝이 거푸집으로 찍어낸 듯이 그 눔 얼굴과 꼭 닮질 않았니. 동네 개들이 봤어도 단박에 그눔 씨라는 것을 알아차릴 것 같더구나. 내 새끼가 아닌 걸 모르지는 않았지만 근 칠 년을 내 새끼라 생각하고 키웠다. 금이야 옥이야, 그런데 하루아침에 동네 웃음거리가 됐지."

새달 아저씨는 아직도 그 일을 마음에 담고 있었다.

"뻐꾸기알을 품었지. 중국에서는 나 같은 사람을 '자라 대가리'라고 한다지. 내가 그자라 대가리가 아니고 뭐냐. 아니다, 아니야. 고구마나 먹자. 내가 공연히 널 데리고 쓸데없는 소리를⋯⋯."

"⋯⋯."

"그런데 연지야, 죽은 마누라한테 더 미안한 게 뭔 줄 아니?"

"뭔데요?"

"마누라보다 그 갈아먹어도 시원찮을 여편네가 더 생각난다는 거야."

"앵두 엄마가 생각나세요?"

"그 우라질 여편네. 그 불쌍한 여편네가, 어쩌다 그렇게 되었는지, 그 속에 갇혀서 먹는 밥은 괜찮은지, 병이 나지는 않았는지, 집에서 새던 바가지가 밖에서는 안 샐까, 다른 죄수들에게 밉보여서 몰매나 맞지는 않는지. 내가 거두지 않으면 그 못난 여편네를 누가 거둘까 싶기도 하고."

어느새 새달 아저씨 눈에 눈물이 그렁그렁 맺혔다. 소맷부리로 눈물을 훔쳐낸 새달 아저씨는 젖은 눈으로 한쪽으로 밀어둔 편지 봉투를 집어 들어 가만히 내려다보았다. 해진 겉봉에 마치 어린아이가 쓴 듯이 또박또박 '초생달 오라버니께' 라고 적힌 볼펜 글씨에 앵두 엄마의 진심이 보이는 듯했다.

오랜 세월이 흘러 새달 아저씨가 돌아가신 후 앵두를 도와 아저씨의 유품을 정리하던 중 그 편지를 다시 볼 수 있었다.

새달 오라버니께,

근 칠 년을 한 이불 덮고 부부로 살던 분께 오라버니라고 부르니 그것도 우습지만 지금 이 마당에 여보, 당신이라는 호칭도 어림없는 일이지요. 그러니 그냥 예전에 부르던 대로 오라버니라고 부르겠습니다.

감옥에 갇힌 년이 밖에 계신 오라버니를 더 걱정하고 있는 게 제가 생각해도 한심하고 우습지만, 오라버니가 어떻게 지내시는지, 자시는 건 잘 자시는지, 날이 꽤 쌀쌀해졌다는데 고뿔에 걸리지는 않으셨는지, 이 안에서 계절이 바뀌니 반닫이 안에 넣어둔 두꺼운 옷들을 꺼내드리지도 못하고 그저 걱정만 많습니다.

이 년은 잘 지내고 있습니다. 어떻게 된 년이 여기서도 밥맛은 좋아서 한 끼도 거르는 일 없이 잘 먹고 잘 지내고 있습니다. 처음 잡혀 들어올 때야 무섭고 겁이 덜덜 났지만, 막상 모든 죄가 드러나고 나니 차라리 홀가분하고 마음이 편합니다. 이렇게 편해질 줄 알았다면 진작 오라버니께 죄를 고백하고 용서를 구할 걸 그랬어요.

입만 떼면 거짓말이고 밥만 먹으면 늘 누굴 등쳐먹을까 궁리하던 년이라, 저도 제 인생 어디부터 어디까지가 거짓말인지 잘 모르겠더군요. 한순간이라도 거짓 아닌 적은 있었는지 오히려 곰곰이 따져보게 되네요. 입이 광주리만 해도, 제가 무슨 할 말이 있겠습니까. 선처를 바라지도 않고 변명할 생각도 없습니다. 제가 지은 죄대로 죗값을 온전히 치르고 나가기로 했습니다. 그래야만 제가 온전하게 새 삶을 살 수 있을 거 같으니까요.

애초에 제가 오라버니댁을 왜 찾아갔을까요? 그게 그렇게 후회되지만, 한편으로는 그렇게 오라버니를 만난 게 저의 천복이지요. 그렇지 않았다면 누가 이 년을 구해주었겠어요. 누가 우리 앵두를 그렇게 잘 키워주었겠어요. 그런 오라버니께, 저는 은혜를 원수로 갚고 말았습니다. 그저 죽을죄를 지었습니다. 제 평생에 단 한 번만이라도 누구 앞에서 진실해져야 한다면 그건 당연히 새달 오라버니 앞이어야 할 것입니다.

이년의 인생은 도대체 어디서부터 잘못된 것일까요? 애초에 생기지 말았어야 할 인생이지요. 주정뱅이 아버지가 다 늙어 술김에 만든 게 이년이랍니다. 이년은 애초에 생긴 것도, 그렇게 어이없게 생겼다는군요. 찢어지게 가난한 주정뱅이 마누라였던 어머니는 저를 떼어내려고, 간장을 들이마시기도 하고, 언덕을 구르기도 여러 번 굴렀다는데 이년 목숨은 모질기도 모질어서 떼지기는커녕, 뭐 좋은 인생이라고 멀쩡하게 달도 꽉 채워 튼실하게 태어났다지요. 아버지는 저를 만드실 때도 술김에 만드시더니, 팔아버리실 때도 술김에 팔아버리셨지요. 겨우 국민학교나 졸업한 저를 남의집살이로 보내셨지요. 월급은 아버지가 다 미리 당겨 가져가셨으니, 손발이 얼어 터져가며 식모살이를 해도 월급한 푼 받을 수 없었지요. 아버지가 미리 당겨간 제 돈은 노름빚 갚고, 오라비들 학비에 다 썼다더군요.

어린 나이에 낯선 남의 집에서 식모살이하는 건 무섭고 서럽고 고된 일이었습니다. 팔아버린 식구도 식구라고, 밤이면 밤마다 식구들 보고 싶어 베갯잇을 적시며 울기도 많이 울었지요. 복도 지지리 없는 년은 식모살이 복도 없는 모양입디다. 어느 날 밤, 잠을 자는데 언제 들어왔는지, 주인아저씨가 제 몸을 더듬겠지요. 어린 게 겁이 나서 밀어내지도 못하고, 그저 덜덜 떨기만 떨었지요. 한 번 그러고 나더니, 주인아저씨는 수시로 제 방을 드나들더군요. 결국, 아주머니에게 발각되고 말았어요. 잘못한 사람은 아저씨인데, 아주머니는 저만 개 패듯 패더군요. 겨우 죽지 않을 만큼 매를 맞고 돈 한 푼 없이 거리로 쫓겨났지요. 그게 제 나이 열여섯 살 적입니다.

그때부터 싸구려 술집 전전하며 작부 언니들 잔심부름이나 하고 부엌 설거지나 도우며 살았지요. 배운 게 도둑질이라고, 철들면서 할 줄 아는 일도 젓가락 장단이나 맞추는 일 밖에 뭐가 있었을까요. 술집 드나드는 사내중 저 좋다는 작자가 있으면 한 번씩 살림도 차렸다가, 걷어채면 다시 혼자 몸 되어 술집으로, 술집으로 떠돌며 살았지요. 그렇게 떠돌다가 나봉수도 만났고, 기생오라비 같은 최병수 놈도 만났지요. 그저 번지르르하게 생긴 것에 눈이 멀어서는 나봉수 가게도 몰래 팔아먹었지요. 사람들 말대로 제가 화냥기가 있기는 한 모양입니다. 결국, 최병수 놈에게도 속아서 빈털터리가 되었을 때 '과부집'에서 몇 번 만난 오라버니가 생각났습니다. 생각해보니 그때까지 저를 사람대접해 준 건 오라버니뿐이더라고요. 마침 오라버니가 홀아비가 되어있질 않겠습니까, 게다가 돌아가신 어르신이 선뜻 앵두를 손녀딸로 받아주시니 호박이 넝쿨째 굴어 들어온 격이지요. 사람의 욕심은 한이 없는 건지 거기서 안주인 행세를 하다 보니 저도 모르게 정말로 초씨 집안의 안주인이 된 줄 알았습니다. 평생 처음으로 큰 집에서 호강하며 살게 되었는데, 다시 나타난 최병수에게 또 홀려서 오라버니께 씻을 수 없는 죄를 지었습니다. 부모에게 가정교육도 제대로 못 받았고, 학교도 댕기다 말아 배운 것도 없다 보니, 그저 배운 게 도둑질이라고 못된 것만 배워서 그랬습니다.

이제 모든 것이 들통났고 모든 죄를 밝히고 나니 속이 후련합니다. 저는 이대로 좋습니다. 콩밥 먹으며 깊이 반성하고 나가겠습니다. 제 언니에게 따로 편지를 보내 놓았으니 제가 출소할 때까지는 앵두를 돌보아 줄 것입니다. 그러니, 앵두 염려도 하지 마시어요.

오라버니의 은혜 평생 잊지 않겠습니다. 저 같은 배은망덕한 년일랑은 깨끗이 잊어버리고, 부디 건강하게 오래오래 사십시오.

천하에 나쁜 년, 송옥화 올림.

그리움을 찾아서

　중학교 입학식을 앞둔 나는 교복도 맞추고 중학생용 책가방도 새로 사고 학용품도 사야 했지만, 엄마는 일이 너무 바빠 나에게 시간을 내지 못했다. 결국, 그 모든 일을 나 혼자 해야 했다. 앵두가 있다면 둘이 함께 다니면서 얼마나 즐거웠을까. 시내에 나가 교복도 맞추고 새로 산 학용품 보따리를 들고 대문을 들어서려는데 새달 아저씨와 딱 마주쳤다.

　"뭘 그리 많이 산 게냐."

　"새 학기 때 쓸 학용품을 샀어요."

　새달 아저씨가 고개를 끄덕거렸다.

　"그런데 어디 나가세요?"

　"갈 데가 있나. 그냥. 동네나 한 바퀴 돌아 볼까 하고"

　"괜찮으시면 저도 따라갈까요?"

"네가 함께 가주면 나야 고맙지. 그럼 우리 동네 한 바퀴 걸어 볼까?"

새달 아저씨의 팔을 부축하고 언덕길을 따라 천천히 걸었다. 얼마쯤 걷다가 철물점을 지나려는데 새달 아저씨가 힐끔 철물점 안쪽을 힐끗 곁눈질하였다. 오래전에 새달 아저씨가 앵두 때문에 철물점 아저씨와 몸싸움을 했던 기억이 났다.

"아직도 사이가 안 좋으세요?"

"원래도 뭐 썩 좋은 사이는 아니었는걸. 저 영감탱이는 나더러 어린 딸내미 데리고 유세 떨더니 꼴좋다고 하겠지."

조금 더 걷다 보니 만화방이 나왔다. 언젠가 '손주 보게 생긴 양반이 국민학교에 다니는 딸이 있었느냐'고 해서 새달 아저씨에게 혼쭐이 났던 영감님네 만화방이었다. 유리문 너머로 보니 영감님은 안보이고 그 자리에 며느리가 지루한 얼굴로 하품하고 있었다. 새달 아저씨도 유리문 너머를 기웃하는 걸 보니 옛날 생각이 나는 모양이었다. 만화방을 지나자 멀리 달고나 파라솔이 보였다. 파라솔 아래에서 코흘리개 아이들에게 쪼그려 앉아 열심히 달고나를 만들고 있었다.

"저런, 몹쓸 영감쟁이. 여태도 아이들 코 묻은 돈을 뺏어 먹고 있구먼."

새달 아저씨는 파라솔 쪽을 향해 눈을 흘겼다. 달고나에 찍힌 별무늬를 잘 떼어내면 달고나 하나를 거저 얻을 수 있다며 앵두는 손가락에 침을 묻혀가며 열심히 조각을 떼어내곤 했다. 매번 온전한 별을 떼어내지 못하고 부서지고 마는 달고나 조각을 들고 앵두는 울음을 터뜨렸고 그때마다 새달 아저씨는 동전 하나씩 더 꺼내 들어야 했다.

조금 더 걸어 올라가 모퉁이를 돌자 마침내 학교가 보였다. 앵두와 내가 처음 입학하던 날 새달 아저씨는 너무 기뻐서 심장이 튀어나올 것 같다고 했다. 그날 입학식을 마친 나와 앵두는 학교 앞 사진관에서 나란히 서서 사진을 찍었다. 사진관 안쪽을 기웃 들여다본 새달 아저씨는 이내 고개를 들어 사진관 이 층 중국집을 올려다보았다. 사진관에서 입학 기념사진을 찍은 후 헤어져 앵두네, 세 식구는 짜장면을 먹으러 이 층 중국집으로 올라갔고, 나와 엄마는 집으로 돌아온 기억이 있다. 그 얘기를 전해 들은 책 장사 아저씨가 그날 저녁 나만 따로 데리고 그 중국집에 가서 짜장면을 사주긴 했다.

새달 아저씨는 다시 천천히 학교 교문 쪽으로 걸음을 옮겼다. 교문 앞에 다다르자 아저씨는 넋 빠진 얼굴로 교문 안 운동장 쪽으로 걸어가고 있었다. 내가 총총걸음으로 새달 아저씨의 뒤를 따라붙었다. 널따란 운동장에서 사내아이들이 공을 차고 있었다. 다른 한쪽에선 계집아이들이 까르르 웃음을 터뜨리며 시소를 타고 있었다. 새달 아저씨는 갑자기 누군가를 찾듯이 두리번거렸다.

"아저씨?"

내가 새달 아저씨의 소매를 잡아당기자 아저씨가 눈물이 그렁한 얼굴로 나에게 물었다.

"방금, 너 못 봤냐?"

"뭘요?"

"방금, 저기 시소 타는 아이들 틈에 앵두가."

"……."

"내가 제정신이 아니로구나. 그년이 제 이모 손을 잡고 떠난 게 언젠데."

내가 뭐라 하지도 않았는데 새달 아저씨가 도리질하며 혼잣말을 했다.

"연지야."

"네?"

"여기, 운동장에서 너희들 처음 입학하고 노래와 율동을 배우던 때 말이다."

"네."

"너희들이 노래를 부르며 하늘을 향해 손바닥을 쳐들고 반짝반짝 흔들 때, 내 눈에는 정말로 햇살에 반짝거리는 나뭇잎 같아서 눈이 부셨단다. 그 속에 내 딸 앵두의 고사리손이 섞여 있다는 게 어찌나 감격스럽던지. 젊은 학부모들 틈에 끼어서 부끄러운 줄도 모르고 철철 울었지."

새달 아저씨는 마치 눈앞에 손바닥을 흔드는 아이들이 있기라도 하는 듯이 꿈결 같은 표정으로 눈물을 흘리고 있었다. 눈물을 흘리는 아저씨를 어쩌지 못해 나도 그저 아저씨 곁에 서 있을 뿐이었다. 날이 점차 저물어가고 있었고 어둑해진 운동장에는 아이들도 하나둘 집으로 갔다. 마침내 아무도 남지 않은 운동장에서 새달 아저씨는 소매로 눈물을 훔치면서 꺼이꺼이 쉰 목소리로 울었다. 새달 아저씨의 구슬픈 눈물에 나도 어쩐지 가슴이 아팠다.

운동장에 서서 반 시간은 족히 울고 난 새달 아저씨는 천연덕스럽게 아무 일도 없었다는 듯이 다시 앞장서서 걸었다. 말없이 그 뒤를 따르고 있는 나에게 새달 아저씨는 마치 혼잣말을 하듯 무심하게 말했다.

"남의 새끼인 줄도 모르고 바보짓 했다고 사람들 앞에서 망신당한 것만 억울했다. 그런데 연지야, 내가 그 바보짓을 하며 살았던 시간이 지나간 내 평생 중에 가장 행복했던 시간이구나. 그동안 내가 앵두에게 해준 것보다 앵두가 나에게 해준 게 훨씬 더 많구나. 그걸 잊어버리고 내가 앵두를 그렇게도 매몰차게 내쳤구나. 가만, 내가 연락처를 어디 뒀더라. 그 애가 어떻게 지내고 있는지 궁금해서 견딜 수가 없어."

새달 아저씨는 대문을 박차고 집으로 들어오기가 무섭게 댓돌 위에 신발을 아무렇게나 벗어젖히고는 안방으로 들어가더니 우당탕 퉁탕 요란하게 문갑 서랍을 뒤졌다. 마침내 전화번호를 찾앉는지 아저씨는 큰 마루 한쪽 구석에 놓인 전화기를 끌어당기더니 작은 쪽지를 들여다보며 다이얼을 돌렸다.

"여보시우, 나 자하문 밖 초새달이우. 그 짝이 앵두 이모 송매화 씨 맞소?"

수화기 저편의 소리는 들리지 않았지만, 전화번호가 맞기는 했던 모양이다.

"그래, 앵두, 그 아이는 어떻게 지내고 있는지, 좀 바꿔 줄 수 있소?"

수화기 저쪽에서 앵두 이모 송매화가 뭐라고 하는지 새달 아저씨의 표정이 굳었다. 그러더니 금세 얼굴에서 핏기가 사라졌다.

"뭐라고? 당신들이 그러고도 인두겁을 쓴 사람이요? 이모와 외삼촌이라는 사람들이 그 어린 것 하나를 보살피지 못하고 보육원에 내다 버렸소? 옥화를 무슨 낯으로 보려고."

저쪽에서 뭐라고 변명이 긴 모양이다. 새달 아저씨가 상대에게 버럭 고함을 질렀다.

"누구 때문에 옥화 인생이 그렇게 되었는데. 손발이 얼어 터져가며 식모살이하고 젓가락 장단쳐가며 댄 돈으로 학교 다니고 번듯한 집에 장가들고 보니 옥화가 그렇게 부끄럽습디까? 세상에 멀쩡한 이모와 삼촌들을 두고, 그 애가 왜 보육원엘 가야 한 답디까? 새마을 운동이다, 뭐다, 지랄해대고 알록달록 겉만 번드르르 요란하게 변하면 뭐 하나, 세상인심이 이렇게 더러운걸. 돈이 많아 잘살면 뭐 하오, 알맹이 잃어버린 껍데기뿐인걸. 당신들이 사람이오? 내 딸 행세를 하던 앵두가 가짜가 아니라 당신들이야말로 모두 겉만 번지르르한 가짜요. 그래, 거기가 어디요, 내가 당장 가서 그 애를 데려와야겠소. 당신들은 앞으로 내 딸 앵두를 볼생각 마시오. 내가 허락하지 않을 테니."

다음 날 일찍 말쑥하게 나들이옷으로 차려입은 새달 아저씨가 큰 마루를 내려와 구두를 챙겨 신었다. 그때 마침 부엌에서 아침상을 차려 안방으로 들이려던 파출부 아주머니가 아저씨와 마주쳤다.

"어디 가시나 봐요?"

"예."

"식사는 어떻게……."

"제가 어디 멀리 좀 가야 해서. 멀리 충청도에 좀 다녀오려고 합니다. 학기 시작하기 전에 딸년을 데려와야 해요."

파출부 아주머니는 멍한 표정으로 밥상을 들여야 하나, 말아야 하나, 새달 아저씨의 뒷모습만 바라보았다.

새달 아저씨는 집을 떠난 지 사흘째가 되도록 소식이 없었다. 앵두 이모네로 연락을 해봐야 하나 걱정을 하며 골목에 들어서는데 누군가 우리 집 대문 앞에 서 있는 것이 보였다. 내 기척을 느낀 단발머리 소녀가 고개를 획 돌려 나를 쳐다보았다.

'들창코? 앵두!' 키는 껑충하게 자랐지만 분명 앵두였다. 내 쪽에서 너무 놀라서 아무 소리도 못 하고 입을 딱 벌리고 서 있자 단발머리 소녀가 된 앵두가 먼저 활짝 웃어보였다.

"연지야!"

나는 가슴이 울컥하여 아무 말도 못 하고 달려가서 와락 앵두를 끌어안았다.

"돌아왔구나! 마침내, 돌아왔어."

"응, 돌아왔어. 긴 꿈을 꾸고 난 느낌이야."

앵두는 눈자위가 붉어져서는 빛바랜 대문에 붙은 '앵두네 집' 문패를 올려다보았다. 새달 아저씨는 어느새 문패를 제자리에 도로 붙여 놓았다.

갑자기 어디선가 '냐아옹!' 나비 소리가 들렸다. 소리 나는 쪽으로 고개를 돌려보니 털이 새까맣고 윤기가 반들반들한 어린 나비가 느릿느릿 걸어오고 있었다.

"곤지도 돌아왔나 봐."

"세상이 다 변해도 절대 변하지 않는 게 있지. 절대 변하면 안 되는 게 있지."

나는 나비를 꼭 끌어안았다. 앵두의 눈에도 눈물이 글썽거렸다.

앵두네 집

　자하문 밖 언덕길은 여전했다. 이전에 언덕길 양쪽으로 늘어서 있던 고만고만한 가게들은 모두 사라지고 없다. 대신 그 자리에 주상 복합 빌딩들이 들어섰다. 예전에는 언덕길 가운데를 걸어 다녔는데, 이젠 그 자리에 아스팔트가 깔려 차들이 달렸고, 사람들은 찻길 양쪽 인도로만 걸어야 했다. 노인이 걷기에 꽤 가파른 길인데 엄마는 힘든 줄 모르고 잘도 걸었다. 오히려 가슴이 설레는지 발그레 달아오른 얼굴에 미소가 걸렸다.

　"엄마, 여기가 어딘지 알겠어?"

　"우리 동네잖아. 자하문 밖."

　마침내 언덕 끝에 다다라 예전의 초 씨 어르신 한옥 앞에 섰다. 예전에도 이미 오래된 한옥이었던 지라 벌써 헐리고 없어졌을 줄 알았는데, 여전히 옛 자리를 지키고 있는 집을 보자 왈칵 반가움의 눈물이 터졌다. 돌아보니 가쁜 숨을 몰아쉬는 엄마의 얼굴에도 환한 웃음이 번졌다.

내가 미국에서 딸을 낳았을 때, 내 딸아이 얼굴은 앵두 알처럼 작고 동그랬다. 딸에게 '앵두'라는 별명을 지어주었다고 했을 때, 수화기 너머 한국의 앵두는 깔깔 웃었다. 그 후로 얼마쯤 지나 앵두는 남편을 따라 중국으로 가게 되어 자하문 밖 한옥을 팔았다. 그리고 그 집 대문에 걸렸던 '앵두네 집' 문패를 미국에 있는 나에게 보내주었다.

"네 문패를 나한테 주면 어떡해?"

"이제 그 집이 앵두네 집이잖아."

그렇게 중국으로 떠난 앵두와는 어쩌다 보니 소식이 끊겼다. 꼽아보니 그게 벌써 20년쯤 지났다. 앵두가 팔고 떠난 후 헐리고 없을 거라고 여겼던 한옥이 여전히 건재하고 있으니 참으로 감격스러웠다.

길가 쪽으로 나 있던 바깥채 가게들이 있던 자리는 다시 깨끗하게 벽으로 발려져 있었다. 대문은 새로 해 달았는지, 예전의 짙고 어두운색이 아니라 밝은 빛으로 반들반들 윤이 났다. 그런데, 예전에 문패가 걸렸던 그 자리에 가장자리에 네온을 두른 '앵두네 집'이라는 간판이 붙어 있었다.

"앵두네 집?"

뻘쭘하니 서 있는데 뒤에서 인기척이 났다.

"뭐 해? 집엘 왔으면 들어가야지."

돌아보니 웬 펑퍼짐한 중년 여자가 활짝 웃고 있다. 앵두는 나이를 먹었어도 들창코는 여전했다.

"너! 중국에 있는 거, 아니었어?"

"중국에 있었지. 향수병에 걸려 날마다 울고 지낼 때 이 집이 곧 헐리게 되었다는 소식을 들었어. 그 말에 뒤도 안 돌아보고 당장 날아왔지. 우리 집을 헐리게 둘 수는 없잖아."

"우리 집!"

엄마가 대문을 가리키며 말했다.

"그래요, 어머니, 여기가 우리 집이지요."

앵두가 엄마의 두 손을 마주 잡으며 웃었다.

앵두는 바깥채 가겟방마다 작은 거실과 욕실을 만들어 붙여서 게스트하우스를 운영하고 있었다. 우물이 있던 자리를 메우고 잔디를 깐 뜨락은 더 반듯하고 넓어 보였다. 예전 들마루가 있던 자리에는 예쁜 테이블과 의자를 놓아 아늑하고 정겨운 풍경을 자아냈다. 엄마와 나는 바깥채 맨 끝 방, 예전 우리가 살았던 방에 묵으며 꿈같은 시간을 보냈다. 머무는 내내 엄마의 머리는 놀랍도록 맑았다. 오래전 그 시절의 엄마를 보는 듯했다.

미국 집으로 돌아온 나는 '앵두네 집' 문패부터 찾아 거실 한쪽 벽에 걸었다.

"엄마, 이젠 여기가 우리 집이야."

엄마는 손을 뻗어 문패를 만지면서 고개를 끄덕였다. 저녁마다 자하문 밖 앵두네 집으로 가겠다고 보따리를 싸던 엄마는 더는 그러지 않았다. 그러던 어느 날 엄마는 주무시다가 거짓말처럼 영영 떠나가셨다. 엄마는 그곳에서도 눈 내리는 자하문 언덕을 올랐으려나.

엄마 장례를 치르고 돌아온 날 나는 여전히 거실 벽에 걸려있던 문패를 떼어내려고 손을 뻗다가 그대로 멈췄다. 나는 그 문패를 그대로 거실 벽에 걸어두기로 했다. 자하문 밖 앵두네 집은 나의 과거였고, 현재이며 또한 미래이기 때문이었다.

딸 아이가 올 때가 된 거 같아 창밖을 내다보는데 또 한바탕 눈이 올 모양이다. 딸아이와 오랜 대치 상태에 있던 남편은 결국 백기를 들었다.

'자식 이기는 부모 있나.' 말은 그렇게 했지만, 그가 자식에게 진 게 아니라 품는 거라는 걸 나는 안다. 오늘은 딸아이가 남자친구를 집으로 데리고 온다고 했다. 외국 아이인 줄은 알지만, 나는 일부러 갈비와 잡채를 준비했다. 마침 드라이브웨이로 차가 한 대 들어온다. 딸아이 곁에 키가 훌쩍 큰 사내 녀석이 보인다. 멀리서 보이는 미소가 정겹다. 나란히 선 딸아이도 까르르 싱그러운 웃음을 터뜨린다.

"녀석이 생긴 건 멀쩡하네."

언제 왔는지 남편도 등 뒤에서 창밖을 넘겨다보고 있다. 내년 봄이면 우리 '앵두네 집'에 식구가 하나 더 늘 모양이다.

앵두네 집

초판 1쇄 인쇄일 • 2024년 7월 20일
초판 1쇄 발행일 • 2024년 7월 25일

지은이 • 장은아
펴낸이 • 임성규
펴낸곳 • 문이당

등록 • 1988. 11. 5. 제 1-832호
주소 • 서울시 성북구 동소문로 65-2 삼송빌딩 5층
전화 • 928-8741~3(영) 927-4990~2(편)
팩스 • 925-5406

© 장은아, 2024

전자우편 munidang88@naver.com

ISBN 978-89-7456-584-8 03810

값은 뒤표지에 표시되어 있습니다.